魅惑と陶酔の風に吹かれて

六五歳の詩日記

呼戯人《COGITO》

文芸社

はじめに

私は、二〇二一年の終わりに六五歳を迎え、二〇二二年の三月で退職いたしました。四一年間勤めた高校教師の職を離れ、年金生活者となりました。六一歳の時に父を喪い、そして六五歳で職を失った私の、それは人生の転機だったと思います。年金の事務処理にも緊張いたしましたし、国民健康保険への切り替えにも緊張いたしました。あれやこれやの様々な事務処理を片付けて、なんとなく自分の身の回りを見回してみると、自分の生活のリズムを作る新しい試みが必要だということに気づきました。

二〇二二年の四月になって、私は日記を書き始めました。朝の家事、洗濯物干しや皿洗いを終えて、ソラン（飼い犬のチワワの名）の散歩をし、新聞を読み終わると、もうすることがなくなって、手持ち無沙汰になりました。せっかく仕事を離れ自由になったのだから、自分のしたいことをしたらいいと考えて、ちょっと長めの日記を書くことにしました。妻は居宅介護事務所の管理者と成年後見人の二つの仕事を掛け持ちして、忙しい人生を送っています。昼間は事務所に行って、家にはいません。娘たちは皆独立しました。このまま人生で何もしないで過ごすのは、あまりにも寂しいと考えて、読むことと書くことを友としてこの先の人生を送ろうと考えたのです。家事を終え、新聞を読み終わった午前九時頃から昼頃にかけて、本を読んだり、日記を書いたりすることを始めました。そうやって書き始められた日記は、二〇二二年の四月から、二〇二三年の四月までの一年間続けることができました。ここに、まとまった形で皆様にも読んでもらいたいと思い、出版することにしました。二〇二三年の四月以降も日記は書き続けられていますが、ここでは、一年間の私と私の家族、そして私の心象風景が描かれています。できれば、この日記を読んでいただいて、私たち家族の想いを共有していただけると大変嬉しく思います。これから健康をどうやって維持し、私たち家族が幸せに生きてゆくために、何が必要かを考えてみました。話題は、妻のこと、三人いる娘たちのこと、そして二人の孫たちのこと、人生を考えるために読んだ本のことなどの話題が散らばっています。一年間、こんなことを考え、こんなふうに暮らしてみましたという記録です。どこかにあなたの興味を惹く話題があるかもしれません。そんなことを期待しながら読んでいただけるとありがたいです。

呼戯人はコギトと読み、私のペンネームにしたいと思っています。大学生の頃、仲間たちと同人誌を出し、呼戯人と名付けました。それをそのまま自分のペンネームにしたいと思い、何十年ぶりかで思い出しました。戯人ですから、戯れる人です。戯れる人を呼ぶという意味です。やがて訪れる死を前にして、自由に戯れながら、暮らしてゆきたいと思っています。それでは、私の一年間の日記を読んでください。日記には、時折詩が紛れ込んでいますが、詩は私が一〇代の頃から親しんできた表現形式です。才能がないからか、上手な詩は書けませんが、日記とともに楽しんでいただけたらと思います。

魅惑と陶酔の風に吹かれて　目次

はじめに …… 1
二〇二二年四月 …… 8
二〇二二年五月 …… 37
二〇二二年六月 …… 81
二〇二二年七月 …… 142
二〇二二年八月 …… 170
二〇二二年九月 …… 188

二〇二二年一〇月 …… 202
二〇二二年一一月 …… 237
二〇二二年一二月 …… 277
二〇二三年一月 …… 310
二〇二三年二月 …… 333
二〇二三年三月 …… 347
あとがき …… 375

魅惑と陶酔の風に吹かれて

六五歳の詩日記

二〇二二年四月

四月一〇日（日）

三月には冬のように寒い日が多かったのに、四月に入るともう夏のような強い陽射しを感じます。春はどこへ行ったのでしょうか。地球温暖化が進行し、気候危機がこのような形でやってきているのでしょうか。私の家の狭い庭には、紫の小さな花をつけるムスカリが咲いて風にゆれています。確かに、生命が再生する春には違いないのですが、しかし気温は夏のようです。温暖な春は一体どこへいってしまったのでしょうか。空には大きな太陽が輝いています。その夏のような春……。

新型コロナ感染症のため白いマスクが欠かせませんが、ゆっくりと舗道を歩いていると、ある美しい女性の姿を見つけました。私の家の近くを走る街道を一人の長い髪をした女性が自動車を走らせていました。その女性の視線が私の視線とぶつかりました。一瞬、心と心がつながったような感覚を覚えました。それは私が美しさに出会うその瞬間でした。自然は何故このような美しさに満ちているのでしょうか。

「呼びかける瞳」

四月の陽光に輝く瞳
白いマスクに顔を隠し
魅惑と陶酔の風が
私の額を吹き分ける

ああ　君の思いが伝わるのには
十分な瞳の輝きだ
白いマスクに隠れた赤い唇よりももっと
君の思いが伝わる瞳だ

春の陽光を乱反射して

流れる川面のように
煌めく瞳の湖
一瞬にして君の心が私に伝わる

それは内在的超越の働きと同じ
「生には超越が内在している」
春の陽に輝く黒い瞳のうちにも
精神が精神に呼びかける働きがある

美しい人に出会って、詩ができてしまいました。あまり上手い詩とは言えませんが、私はこんな詩を作りながら暮らしています。私の日記は、こんなふうに時折詩を挟み込みながら、一年間続いてゆくことと思います。

この詩の中の「生には超越が内在している」という部分は、二〇世紀初頭にドイツで活躍した哲学者、社会学者のゲオルク・ジンメルの言葉です。ジンメルの哲学上の主著と呼んでもいい『生の哲学』の中の一説です（ジンメル著作集九『生の哲学』白水社　茅野良男

訳　一九七七年　二六ページ）。

超越とは、生が己の限界を踏み越え、過去と未来という時間の総体を現在において認識するという生の存在の仕方そのもののことのようです。あるいは、生こそが超越を作り出すと言ってもよいのだと思います。美のような生を鼓舞するものが、生の中に宿る。一瞬の視線のぶつかりの中からこんなことを思った次第です。

四月一三日（水）

無職になってから約三週間が経ちました。職業に固く結びつけられていた心と身体が解放されていくように感じます。固く縮こまっていた私の生命が再び幼い頃のように伸び伸びとした自由を取り戻していくようです。

しかし一方で心の奥底では寂しさを感じてもいるようです。意識の上では解放を感じているようなのですが、しかし無意識の夢の中ではひとりぼっちで人生に取り残されてしまった強烈な寂しさを感じる夢を見ました。何回もそのような寂しい感情を夢の中で感じます。やはりそれは四一年間も勤めた仕事を失った寂しさなのかもしれません。やはり、年金をもらうようになって、仕事から引退したエリック・ホッファーが、次のような感想をもらしているのが印象的です。

「波止場から引退してもうすぐ八年になるが、いまでも夢の中で船荷を積み下ろしている。朝目覚めると、夜のきつい仕事のせいで体中が痛いように感じることがある。年金とは、われわれが引退後も夢の中でつづける仕事に支払われる給料のようなものかもしれない。」（エリック・ホッファー著『安息日の前に』中本義彦訳　作品社　二〇〇四年　一五ページ）

エリック・ホッファー（一九〇二年～一九八三年）は、アメリカの社会哲学者です。七歳の時突然失明し、学校教育をまったく受けていません。一五歳で奇跡的に視力が回復し、そこから独学で努力し続けた人です。早くに両親を失い、様々な職業を転々としました。一九四一年からは、サンフランシスコで港湾作業員として働き始めました。その間も独学は続き、一九五一年処女作『大衆運動』を発表しました。それからは、港湾作業員と社会哲学者の二足の草鞋を履いて過ごしました。

この経歴だけでも十分魅力的ですが、その著作はもっと深い魅力と洞察力を湛えています。今引用した文章もとても魅力的な文章ですが、人は引退後も夢の中で仕事を続けているのでしょうか。私は夢の中でやはり働いていましたが、しかし一人寂しく働くその寂しさが強く胸に迫ってきて目が覚めてしまったくらいでした。そこでこのような日記を書いているのかもしれません。

四月一五日（金）

今日は雨が降っています。この二、三日続いた夏日もいったん小休止で、気温もさがっています。健康保険証の更新も無事に済み、国民健康保険に加入できました。そして今日は、初めての年金支給日です。しかし年金定期便が届きません。どれくらいの年金が配布されるのか心配です。最近、郵便の配達が遅れがちで中々郵便が届きません。EメールやSNSでのやりとりが主になってきているのでしょうが、私のような年寄りは郵便が頼りです。退職しても様々な心配事は毎日続きます。

年金といえば、哲学者のニーチェは、二四歳の若さでバーゼル大学の古典文献学の教授に抜擢されましたが、しかし、一〇年ほどで体調を崩し年金生活に入っています。三〇代半ばで年金生活に入れるとは羨ましいなんて若い頃思っていましたが、でもこうして六五歳まで健康に働いて、それで人生の黄昏を生きるほうがよいように思えてきました。人はそれぞれに自分の宿命を背負って生きています。他人を羨ましがったり、妬んだりするのは馬鹿げていると最近思えるようになりました。老後がこの後どれくらい続くのか分かりませんが、ニーチェのように天才を背負って生きるのは本当に大変だったのだろうと思います。超人思想とか永劫回帰とか力への意志とかかなり無理をして考えたのではないかなと思います。年金生活者には似合いませんね。確かに、詩と哲学が統合されたような名文を書くニーチェにしてみれば、芸術的・哲学的に高揚した気分の中で自らの天才を発揮したかったのだろうと思います。しかし、年金生活者になってからのニーチェの本はあまり売れず、自費出版をしていたようです。自費出版をする超人なんてどこかちぐはぐですね。現代におけるその影響力の大きさを考えるとこれがニーチェの宿命だったのだなと考えざるを得ません。

四月一八日（月）

今日も曇り空から雨がポツポツと落ちてくるような天気です。夏の暑さはすっかり引いてしまって、少し石油ファンヒーターをつけなければ、寒いくらいなのです。一人自分の部屋の中で文章を綴っていると、永遠のよそ者のような気分になってきて、仕事というのは仲間意識で人をつなぐ役割を果たしていたのだなとあらためて陳腐な事実に気づかされます。そういう絆を失ってみると老境というのは、芸術家になる条件を備えた特別な時期なのではないでしょうか。エリック・ホッファーは次のように述べています。

「慣れ親しむことは、生の刃先を鈍らせる。おそらくこの世界において永遠のよそ者であること、他の惑星からの訪問者であることが芸術家の証なのであろう」（エリック・ホッファー著『エリック・ホッファー自伝』中本義彦訳　作品社　二〇〇二年　一四七ページ）

エリック・ホッファーは自分のことをいつも社会的不適応者と考えていました。もちろんこれは、何も目新しい感じ方ではなくて、例えばコリン・ウィルソンの『アウトサイダー』（中公文庫　二〇一二年）にも見られる考え方です。また同じホッファーの次のような考え方もよくある見方です。

「見慣れたものを新しく見せられるかどうかが、創造的な芸術家の指標である。私の場

合、運命が芸術家であった。」（同書　一四五ページ）

それは例えば大江健三郎が自分の小説を書く時の方法論にしている異化作用というべきものではないでしょうか。見慣れた平凡な人生の毎日を、新鮮な新しいものとして感じ描くということを芸術家は目指すのでしょう。私がこんな日記を書いているのも、老境に入って改めて自分の人生を見直してみる、異化というレンズを通して平凡な毎日を描いてみる、そうした作業を通じて、少しでも芸術や思想の領域に入ってみる試みをしているのだと思います。ですから、突然定年というような形で社会の中の居場所や絆から放り出されても、自由な孤独の中で見慣れた生の風景を新たに描き出してみるという作業はやってみる価値があると考えています。私は年金をもらう歳になったのだから、プロの芸術家や思想家になっていくらかでも金銭を稼ぐという必要はないのです。経済の必要性から解放されて、私は改めて自分の人生を見直してみることができます。そういう自由な孤独の中で眺める人生の風景とは一体どんなものでしょうか。私は職業生活という長い回り道をして高校生の頃に描いていた夢と遊びを手に入れたようです。老いがさらに進んで、私の手から言葉や気力を奪ってしまう前に、私が親しんできた芸術家や思想家と遊んで私の生が描き出す人生の形を少しでも書き留めることができたらと思っています。

四月一九日（火）

考えてみれば、私は高校生の頃から詩人になりたいと思っていました。芸術を通して人生の真実、人生の美しさに触れてみたいと夢想していたのです。しかし、その夢は叶いませんでした。この社会で生きていくためには、まず経済的必要性を満たさなければなりません。あたりまえです。詩人では食ってゆけません。私の青年時代の葛藤は、私の内面にある審美的欲求と実人生が要求してくる経済的必要性の間の緊張で成り立っていました。学問の道を目指したこともありましたが、私は学問には向いていませんでした。人生の真実や美は、詩や小説によって実現されると考えていたからです。しかし、詩や小説は読者がいなければ成り立ちません。読者がいてこそ経済的回路の中を小説や詩のイメージが旋回することができるのです。貨幣を稼ぐことは卑しいことのように思っていた高校生の私は、ある日それは間違っていることに気づきました。資本主義のような経済の行き過ぎは社会にとってよくないことだが、しかし一方貨幣がなければ社会の中に自由や平等はあり得ないことに気づいたのです。例えば再びエリック・ホッファーの言葉を借りれば、次のような文章に出くわします。

「貨幣のない社会では、権力だけが統治の道具としてものを言うので選択の自由が存在しないいし、粗暴な力は分配不能なので平等も存在しない。しかし他方で、貨幣の力は強制力なしでもコントロールできるのである。」（エリック・ホッファー著『エリック・ホッファー自伝』中本義彦訳　作品社　二〇〇二年　一四六ページ）

稼ぎだけを追い求め、自分の人生の他の要求を投げ捨ててしまうのは馬鹿げていますが、しかし稼ぎなく彷徨する人生は社会での居場所、絆、自由、平等を失ってしまうのです。こうした事実に気づいたのは大学生になってからでしたが、この葛藤はずっと長い間私を悩ましていました。高校教師となって働き始めてからも、この葛藤はずっと続きました。なぜなら、働きながら詩を書いたり、小説を書いたりすることは、止めることができなかったからです。社会的に認知された職業に就き、その職務を全うすることと、一方私の人生の深い部分で心を動かし、私の人生を導いてゆくものは、別なもののような気がしていました。私の心の要求は、深いところで分裂していたのです。人生の探求と職業生活が一つに重なって、好きなことを職業にできる人は幸福だと思います。そういう人は稀なのではないでしょうか。しかし、私は人生の探求と経済的必要を満たす二つの道を必要としていたのです。一つの道を歩める人は幸福です。あのデカルトもこんなふうに言っています。

「だが私は憚らずに言おうとおもう、ある知見と確率に私を導いた道のごときものに、年少にしてめぐり逢えたことはまことに幸福であったと」（ルネ・デカルト著『方法序説』岩波文庫　落合太郎訳　一九九〇年　一三ページ）

デカルトが発見したのは、理性の道、とりわけ確実な真理をもたらす数学の道でしたが、この道を発見したのは、まことに幸福であったと言っています。中学二年生の時初めて読んだデカルトの『方法序説』でしたが、こんなふうに人生を導く確実な道がどんなことを意味しているのかその時の私はまるで理解できていませんでした。人生を導く確実な道。そんなものが本当にあるのだろうか。そういう疑問で中学生の私は胸を一杯にしていたのでした。

哲学と詩が私を導く道でした。確かに古い道でしたが、それでも高校教師として給料をもらう身を何度も助けてくれました。私は二足の草鞋を履いて生きていたのです。

四月二〇日（水）

芸術と人生の対立というテーマは珍しいものではありません。トーマス・マンやヘルマン・ヘッセの小説にも出てきますし、日本の私小説と呼ばれる作品の大きなテーマにもなっていました。

一〇代の頃にこの問題に直面して悩んでいた私は、昼間は学校で勉強をし、クラブ活動をして、帰宅すると眠い目をこすりながら日記を書いたり、詩を書いたりしていました。この二重性の問題は、常に私の人生につきまとった問題でした。大学進学の時にも、父親と対立しましたし、就職する時にも内面の対立が起こりました。大学進学の時には、哲学や文学を勉強したいと思って、文学部への進学を目指していましたが、父親は、親として当然の心配をして、法学部とか工学部へ進学しろと言っていました。大学の時には、父親が折れて、文学や哲学を勉強する学部に進学できたので自分としては非常に楽しい時代でした。ドイツ語の講読の時間に、カフカやペーター・ハントケ、ヤスパースやヤーコブ・ブルクハルトの著作を読みました。これはなんとも楽しい時間でした。外面と内面が一致していた本当に奇跡のような時間でした。その時、私は何を求めていたのでしょうか。文学や哲学の中に自分の望みの何を実現しようと思っていたのでしょうか。

若者につきものの野心も何ほどか混ざっていたでしょう。名声や富でしょうか。文学や哲学での名声や富なんてたかが知れています。しかし、スピノザは次のように言います。

「思うにこの世で一般に見られるもので、人々の行動から判断して人々が最高の善と評価しているものを、我々は次の三つに還元することができる。すなわち富・名誉及び快楽である」（スピノザ著『知性改善論』岩波文庫　畠中尚志訳　一九八七年　一二ページ）

私のような老人になってさえ、富、名誉、快楽に心動かされない日はないほどですが、しかしスピノザとともに次のように言うこともできるかと思います。

「一般生活において通常見られるもののすべてが空虚で無価値であることを経験によって教えられ、また私にとって恐れの原因であり対象であったもののすべてが、それ自体では善でも悪でもなく、ただ心がそれによって動かされた限りにおいてのみ善あるいは悪を含むことを知ったとき、私はついに決心した、我々のあずかり得る真の善で、他のすべてを捨ててただそれによってのみ心が動かされるような或るものが存在しないかどうか、いやむしろ、ひとたびそれを発見し獲得した上は、不断最高の喜びを永遠に享受できるような或るものが存在しないかどうかを探究してみようと」（同書　一一ページ）

これは哲学の動機としては最高のものではないかと私は思っています。「驚き」や「悲しみ」がその出発点になるということはよく言われますが、「最高の喜び」を探究するという動機が哲学には許されてあるのかと思い、それこそ私の心に喜びが湧き上がってきたことを思い出します。それは、芸術も同じではないでしょうか。一般生活に見られるすべてのものが、空虚で無価値であるというスピノザの確信は、私の確信でもありました。一〇代の頃の私の問題が、生活の二面性ということと、外面的な事柄に対する拒否、あるいは無視ということでした。それはスピノザが言うように、一般生活で通常みられることの空虚と無価値という感情を生み出していたのです。

四月二一日（木）

朝、テレビをつけると大リーグの野球中継をやっています。エンジェルス対アストロズ。ピッチャー大谷翔平です。つい先日、日本の佐々木朗希投手が完全試合を達成したので、大谷にもそれを期待してしまいます。まだ三回ですが、今のところパーフェクトピッチングです。日米で完全試合が達成されたとなると世界中大騒ぎです。そんなことを夢想させる日本選手の活躍ぶりです。イチローも凄かったですが、大谷も凄いです。こんなに凄い選手が次々に生まれる日本というのは、体力的には劣っていても身体能力や練習量でそれをカバーする大変な能力を持っているのでしょう。イチローに関しては、そのストイックな生活態度や残した記録から見ても世界最高のスポーツ選手の一人だと思います。大谷もそれを追いかけている。大谷もきっと素晴らしい活躍を続けてゆくでしょう。

ああ、残念、大谷は六回にヒットを打たれてしまいました。完全試合の夢は断たれましたが、しかし今シーズン最初の勝利目指して試合は続きます。ピッチャーとしては六回裏で交替のようです。でも今年から大谷ルールで、打者として出場し続けることができます。この大リーグのルールを変えたということだけでも二刀流の大谷の凄さが伝わってきます。大谷は今シーズンの一勝目をの魅惑、人の心を惹きつける力はスポーツに固有の力です。大谷は今シーズンの一勝目をあげるでしょう。私たちはスポーツの一つ一つのプレーを通して美の体験をしているのでしょうか。いや、もっと色々な要素が絡み合って、私たちの心を惹きつけているのだと思います。

四月二二日（金）

昨晩の激しい雨も上がり、青空が広がっています。洗濯物を干していると、小鳥たちがさえずっています。美しい空を見ると、小鳥たちも胸騒ぎがするのでしょうか。庭では釣り鐘型に下を向いて白い鈴蘭の花が咲き始めました。風が吹くと一斉に釣り鐘が鳴るように花が揺れます。身の回りにある小さな自然も私たちの心を惹きつけます。この魅惑はどこからやってくるのでしょうか。そもそも何故心は、小鳥のさえずりや風に揺れる花に惹きつけられるのでしょうか。惹きつけられるというのは、心のどういう状態をいうのでしょうか。例えば、テレビのＣＭなどでもなんとか人々の注意を惹こうとして、様々な工夫がなされています。

そもそも私たちの注意を惹きつけるものを価値というのでしょうか。現代では物事の価値をお金で測ります。有名な画家の絵がオークションで何十億円という値段で取引されるような場面にも出くわします。それは絵画の美だけでなく、経済的価値によって人々の欲望に火をつけるのでしょう。すると価値というものは、人々の心を惹きつけそして欲望に火をつけるものだということになります。美の値段とは一体何でしょうか。

四月二五日（月）

フランスの思想家、シモーヌ・ヴェイユの言葉に次のようなアフォリズムがあります。

「美は肉を誘惑する、魂にまで入り込む許可を得るために」（シモーヌ・ヴェイユ著『重力と恩寵』冨原眞弓訳　岩波文庫　二〇一七年　二五六ページ）

これはヴェイユの一番読まれている著書『重力と恩寵』の中のアフォリズムの一つです。訳者がつけた注記によると、この人の心を惹きつける言葉は、ギリシア神話に出てくるデメテル（大地母神）とゼウス（天空神）の娘ペルセフォネのことを述べたアフォリズムだということです。デメテルは、ギリシアの大地母神。娘であるペルセフォネが野原で水仙を摘んでいる時、冥界の王ハデスが突如として現れ、彼女を誘拐する。地下では娘が嘆き暮らし、地上では娘を失った悲しみから、デメテルが悲しみ、大地が枯れる。人々は困り果て、それをみたゼウスはハデスにペルセフォネを地上に返すように命令する。しかし、ペルセフォネはハデスの罠にはまり、柘榴の実を四粒食べてしまう。そのため、春夏秋には自然は実るが冬だけは実りがないことになってしまう。こんな神話だそうです。しかし、こんな神話を突き抜けて、ヴェイユの言葉は私たちの魂を打ちます。美が官能性に訴えるのは、もう直感的に分かります。まるで身体の底が疼くように。まさに肉を誘惑するのです。そして、その誘惑の力は魂にまで到達する。魂が燃えて、全身が美に惹きつけられる。

「**魂の炉**」

明けぬ夜
闇の中を降り続く雨
断崖の危機が
人類を飲み込む

利権と虚栄心にまみれた

薄汚れた下劣な者どもは
気丈に働くエッセンシャル・ワーカーの
爪の垢でも舐めろ

徳こそが
今でも人類を導く叡智
それは美のエロスによって
発動する

再び現れた
魅惑と陶酔の風
それは生命の根源を燃やし
魂の炉に火を入れる

詩は美を歌い、小説は真実を語ると言ったのは、エドガー・アラン・ポーでしたか。記憶は定かではありませんが、そんな微かな記憶があります。私の詩は美しさを歌い上げるまでには至っていませんが、しかしあの道路で時折出会う美しい女性に喚起されて書かれたものです。プラトンによれば、エロスは美のイデアに向かう哲学的情熱ですが、しかしイデアなどという幻想がなくても、私たちは自然から現れる美を前にして魂を燃やすのです。

四月二六日（火）

日常生活で通常見られることの空虚と無価値という感情は、私に根深く巣くっているようです。若い頃を思い出すと、この感情にほとほと手を焼いていた記憶がまざまざと蘇ってきます。掃除をしたり、洗濯をしたり、料理をしたりということに興味を持てず、とにかく面倒くさいという感情で心が一杯になって、日常生活に馴染めなかったことを思い出します。それは当時よりは大分ましになっていますが、六五歳の現在でも毎日心のどこかで感じていることです。

先日、娘が熱を出し、これは大変だということで、妻が抗原検査キットを持って、娘の家に行きました。幼い孫を二人も抱えて、新型コロナウイルス感染症に感染していたら大変だということで、娘の家へ飛んでいったのです。夕方だったので妻に夕食を作っておいてねと言われました。料理の苦手な私は途方に暮れましたが、なんとかカレーライスを作りました。久しぶりの料理でした。でもなんとか食えるものが作れてよかったとほっとしました。娘の検査は陰性で、鼻水を流していた上の孫から風邪をもらったのではないかということになりました。カレーライスを食べながら、

「あら、やればできるじゃない」と妻に言われ、二人でビールを飲みました。コロナの時代が始まってから、毎晩妻と二人で晩酌をするのが一日の楽しみになりました。カレーライスやチャーハンだけでなく、酒のつまみも作れるといいかなと思うようになりました。妻と二人で孫の話をする時が一日で一番楽しいひとときです。三歳の孫が、もう漢字の書き取りなんかを一人で始めているので、なんか嬉しくなってしまったのです。二人目の孫も男の子で、笑顔がとてもかわいいのです。仕事がなくなって、寂しくなるかと思ったら、午前中はこの日記を書き、午後から、今年九〇歳になる母親の介護や孫の世話で動き回る、そんな生活がやってきました。それはとても空虚で無価値とは、言えない生活です。六五歳になって初めて空虚感、無価値感から抜け出ることができたようなのです。これは主に妻や子や孫のおかげだと思っていますが、スピノザのように、家庭も持たず、ユダヤ人社

会から破門され、孤独に生きる哲学者が、一般生活の空虚と無価値というのには、それなりの理由があるのだと思います。思えば哲学者には、孤独な放浪者というようなイメージがつきまとい、エリック・ホッファーも長い間放浪生活を送っていました。私は、六五歳で年金生活者になり、自由の時間を手に入れ、こんなふうに日記を書いています。独創的な思想は手に入れられないかもしれませんが、しかし自己表現の喜びは手に入れられました。長い間、忍耐を重ね、待ったかいがありました。これは、この小さな喜びとともに書かれる日記なのです。仕事も四一年間、高校教師をしていましたが、それはそれでやりがいのある仕事でした。そのことについては、また書く機会があるでしょう。

四月二七日（水）

今日は、寝坊をしてしまいました。いつもは朝六時から六時半の間に起きて、犬の散歩や洗濯物干し、皿洗いなどをしてからこの日記を書くのですが、今日は起きたら七時半でした。七時半はもう妻が出勤する時間です。妻が働いていてくれるので、私の年金生活もそんなに窮迫しないで済んでいるということがあります。昨年はよく働いたということで、給料が一〇%も上がったそうです。ありがたや、ありがたや。日本人の給料は、失われた三〇年で、ほとんど上がっていません。平均給与は、韓国よりも下になってしまったそうです。打つ手もなく日本はだんだん貧乏になっていくのでしょうね。そういう中で一〇％も給料が上がるというのはたいしたものです。昨晩は、妻とワインで祝杯をあげました。

でも私の小遣いは上がりません。一月、三万円です。年金生活になってからもそれは変わらないので、私の経済生活はちょっと窮迫しています。孫に、絵本やひらがなドリルを買うともう残りわずかです。でも年金生活なので文句は言えません。家のローンが、来年の一月で終わりですから、そしたら小遣いを上げてくれるでしょうか。それは妻の采配一つにかかっています。私の小遣いも三六年間変わっていません。まったく日本の経済と同じですね。でも我が家の構造改革は起こりそうもありません。日本と同じで……。


午後一時三五分。また書きたくなったので、日記を続けます。

朝は雨でした。午後から雨が上がり、空は曇っていますが、梅雨の時のように蒸し暑くなってきました。なんだか梅雨が始まったような気分です。ほんとに世界の気候はどうなってしまったのでしょうか。春や秋はどんどん短くなり、暑い夏と寒い冬が延々続くというような気候になってしまいました。温室効果ガスの排出によって、世界の温暖化が進み、気候が極端になってきています。資本主義をこのまま続けて、人類は生き延びていくことができるのでしょうか。しかし、日本の経済学者宇沢弘文は、もう二〇年も前にこんなことを言っています。

「制度主義は、資本主義と社会主義を超えて、すべての人々の人間的尊厳が守られ、魂の自立が保たれ、市民的権利が最大限に享受できるような経済体制を実現しようとするものである。（中略）社会的共通資本は、この制度主義の考え方を具体的なかたちで表現したもので、二一世紀を象徴するものであるといってもよい」（宇沢弘文『社会的共通資本』岩波新書　二〇一四年　iページ）

今、資本主義によってもたらされる混乱と混迷を超えて、気候危機、格差、貧困、戦争、感染症、難民、民族紛争、を超えていく経済制度が社会的共通資本だと宇沢は主張しています。もう資本主義や社会主義では解決できない問題を社会的共通資本によって乗り越えていこうという力強い主張は、私たちの心を捉えます。それは私たちの希望の一つです。

宇沢によれば、社会的共通資本とは、自然環境、社会的インフラストラクチャー、制度資本の三つに分けて考えることができるそうです。自然環境は、もちろん大気、水、森林、河川、湖沼、海洋、土壌などです。資本主義は、科学技術と結びつく形で、大規模な環境破壊を行ってきました。そして、社会的インフラストラクチャーは、道路、交通機関、上下水道、電力、ガスなどです。私たちの生活を支える基礎的な生活の土台です。また制度資本とは、教育、医療、福祉、金融、司法、行政などの社会資本です。これらの私たちの生活を支える社会的共通資本は、簡単に言ってしまえば、金儲けの対象にしてはならないということです。例えば、教育ですが、ここに新自由主義的な、今だけ、金だけ、自分だけという価値観を適用し続ける現代の教育の問題を考えただけで、その弊害の酷さは浮き彫りになってきます。学校教育に市場原理を持ち込み、それぞれの学校にＰＲ活動をさせ、競争させれば学校教育が良くなるというような荒んだ考え方が広まり、学校教育をダメにしています。生徒は、進学率をあげるための道具となり、生徒一人一人の個性を伸張させるための学校という目的から逸脱しています。この問題に対しては、また後ほど詳しく論じたいと思います。宇沢の経済学は、この現代の新自由主義の欠点を指摘し、それを超えてゆく道を指し示しています。もうそろそろ時代の転換を図るべきではないでしょうか。この世界に暮らすすべての人々の人権が守られ、株主・金融・ＩＴ資本主義から脱して、次の時代へ進むべき時期にきています。それは、宇沢弘文が半世紀も前から切り拓いた社会的共通資本という希望の中に花開く次の時代への展望です。

四月二八日(木)

本日は、昨日のような蒸し暑さは去って、ひんやりとした過ごしやすい日です。いつものように、ソラン(うちの飼い犬)の散歩、皿洗い、洗濯物干しを済ませて、今この日記を書いているところです。

仕事を失ってから、寂しい夢を見て目が覚めるというようなことがあり、自分が意識しているより心の深い部分で喪失感を抱えているのだろうなということを自覚し始めた今日この頃です。なぜだろうなという自分に対する懐疑が頭をもたげます。家事と散歩と書き物と読書、それに外国語(英語と独語、ただし全然うまくならない)の学習をして、一日が暮れます。仕事でのプレッシャーやストレス、緊張、調整などから解放されて、それはそれで嬉しいことだったのですが、一方で同僚との仕事の打ち合わせ、冗談の言い合い、何気ない会話、挨拶、それに授業準備や授業などがなくなり、コミュニケーションの愉しみは、もっぱら夕食の時の妻との晩酌や週に一、二度孫に会う時と今年九〇歳になる母親の介護に限られるという状況が、私の心に思わぬ影響を与えているということなのでしょうか。孤独というわりには、話し相手は適度におり、一日は忙しく過ぎていき、妻と二人でビールを飲みながら一日を振り返る、そんな人生に何の不満があるのでしょうか。労働がないということが私の心身にそんなに影響を与えるのでしょうか。果たして、私の人生における労働の意味は何だったのでしょうか。労働をしている時、働くのは当たり前だから、そんなことは考えたこともありませんでした。当たり前に職場に行き、当たり前に給料をもらい、当たり前に忙しくしていました。もちろん労働現場には様々な問題がありました。教師でしたから、生徒たちの貧困問題、青年期特有の問題、発達障害の問題、その他様々な問題に対して対処していました。しかし、その時私にとって労働とは何かという問題を意識したことはありませんでした。生きるということから逃れることはできませんが、労働というものから離れた今、私にとって労働とは何を意味していたかという問題を考える価値はありそうです。

四月三〇日（土）

本日は、陽が昇る前に目が覚めてしまい、その後寝られなくなって、今頃になって眠くなってきました。家事のあと、もう九時を大分過ぎています。

昨日は、妻が休みだったので、一緒に近所のショッピング・モールに出かけて二人の孫のために、色々なプレゼントを買ってきました。ドリルが好きな上の孫のために、鉛筆や手回し用の安全な鉛筆削りや絵本やドリルを買いました。また次男坊のまだ一歳にならない孫の方には、衣類を買いました。孫への贈り物を考えている時は、ついつい熱中して、そして買いすぎてしまいます。孫のことを考えることは、私たち老夫婦にとっては、一番の楽しみなのです。孫たちも私たち「じいじ」と「ばあば」に会うのを楽しみにしています。こんなに楽しいことは他にはありません。この日記を書くのを忘れたくらいですから……。

自分の書くものにどれだけの価値があるのか。価値とは値段だけではありません。本の使用価値とは何でしょうか。食べ物には空腹を満たし、生きるのに必要な栄養素を与えてくれるという使用価値があります。しかし、本には何の使用価値があるのでしょうか。実用書ならいざ知らず、こんな老人の日記に値段がつくような使用価値があるのでしょうか。

二〇二二年五月

五月六日（金）

しばらく日記を書きませんでした。孫の初節句や義理の父母のところへ行ったり、買い物をしたりして過ごしました。久しぶりに庭いじりもやり、茄子やトマトを植えました。なんだか忙《せわ》しなく時が経っていきました。妻も三連休などがあり、二人で過ごす時間がとれました。

五月三日の憲法記念日には、どの集会にも参加できませんでしたが、しかし国民主権、基本的人権の尊重、そして平和主義の基本を大事にして、軽薄に現憲法をいじり回し、改憲するのはよくないと思います。特に第一三条の個人の尊重、そして幸福追求権の規定は大事だと思います。一九四五年以前は、基本的人権は存在しませんでしたから、なおさらです。私たち一人一人が大事にされなくてはなりません。そのことを政治に携わる人々は忘れないでいてほしいと思います。

そして、本日妻は朝早く起きて仕事に出かけて行きました。私は、年金生活者ということで出かけるということはありません。その代わり、この日記を書いています。ドナルド・キーンによりますと、日記は日本文学において重要な位置を占め、小説や随筆に劣らぬ価値を認められていると言っています。その『百代の過客』（ドナルド・キーン著　金関寿夫訳　講談社学術文庫　二〇一一年）を読むと、日本人の書いた重要な日記が多く取り上げられています。『土佐日記』や『奥の細道』といった古典も日記文学の範疇に入ります。私の書くこの日記もこの日本の伝統の末端の末端に連なることができればと思っています。どこかで役に立てればいいなと思っています。

個人が創造的であることができる生活条件とは何でしょうか。エリック・ホッファーは、次のように述べています。

「人々にまじって生活しながら、しかも孤独でいる。これが創造にとって最適な状況である。このような状況は都会にはあるけれども村とか小さな町にはない。創造的状況の他の構成要素は、きまりきったこと、刺激のなさ、さらに少々の退屈と嫌悪などである。ほとんどの場合、創造の原動力となるのはささいな、だが持続的ないらだちに対するお

だやかな反発である。」（エリック・ホッファー著『波止場日記』田中淳訳　みすず書房　二〇二一年　一一七ページ）

都市に暮らす孤独は、私は慣れっこです。だからホッファーのこの創造性に関する条件は、必要条件であって、十分条件ではないように思います。私は孤独ですが、創造的であるかどうかは疑わしいです。日記は創造性の発露でしょうか。しかし創造的であるかどうかを判断するのは、私自身ではなく、他者です。他者というか、他者が作る集団、または社会です。創造された作品を享受する側がいなくては、創造的であるかどうかは判断できません。作品は、その創造性を社会と歴史によって判断されるのではないでしょうか。もちろん、創造性を持った作品が現れるのは、孤独の中からであるという条件には賛同いたします。

五月七日（土）

創造的であることとは、私の人生の大きなテーマでした。私にとっての創造とは、詩を書いて新しい比喩を発見することとか、エッセイを書いて新しいアイデアを作り出すことでした。言葉を用いた芸術を模倣してみることで、模倣を脱して、自分を表現したいとずっと思っていました。

私は私自身が作り出した新しい表現に達することができたのでしょうか。私自身の心の奥底を掘り下げていき、その果てに普遍性を持った表現に達することができたのでしょうか。それはやってみなければ分かりません。しかし、何故、そしていつから私は創造的であることに対して憧憬や執着を持つようになったのでしょうか。凡人が天才の真似事をするなんてお笑い種です。私は一体どのようにして創造性などという観念を抱くようになったのでしょうか。

それはきっと中学生や高校生の頃の読書の影響だと思います。中学二年生の時、偶然夏休みの宿題の読書感想文で例によって困ったことがありました。読書は好きでしたが、作文は苦手でした。何を読んだら良いか分からず、一週間くらい自分の家の本棚の前で迷っていました。その頃、好きだった本は、ジュール・ベルヌの『海底二万里』とかアーサー・C・クラークの『幼年期の終わり』とか、いわゆるSF小説でした。学校の宿題だからSF小説なんか選ぶと学校の先生には受けが悪いだろうなんてことを考えて、迷っていたのでした。家には、中央公論社の『世界の文学』全五四巻が揃っていました。出版は昭和四〇年です。今では、古本屋にもないような古い本です。いわゆる名作と言われる小説がたくさん並んでいました。この中から選べば文句を言われないだろうと考えて、本の背表紙を見比べていました。シェークスピアやセルバンテスから始まって、サルトルやビュトールまで収まっていました。私は、なるべく薄そうな小説を選ぼうと思っていました。ディケンズやドストエフスキーの大作を選ぶと読むのに時間が取られて、感想文を書く時間がありません。薄くてやさしい小説を『世界の文学』の中から選ぶというわけで、手に取ったのは偶然にもヘルマン・ヘッセの『デミアン』でした。その頃、日本ではヘッセは人気が高かったのです。これなら、『世界の文学』にも入っているし、ノーベル文学賞も取っているし、薄いし、夏休みの宿題にはぴったりだと思って手に取ったのでした。今から思えばもっとやさしい本を選べばよかったと思っています。出だしは、一〇歳くらいの男の子の話でしたが、終わりの方ではその男の子が第一次世界大戦に出征し、傷ついて死ぬところまでが描かれていました。その少年から青年への成長物語が、ユングの分析心理学の知見に基づいて描かれます。もちろん、その当時はユングのことなどは知らなかったので、まったく無意識に深層心理学の世界に入り込んだのです。ヘッセは、一九一六年に神経症を病み、ユングの弟子のラングの治療を受けています。もちろん、こうした事実は後になって知ったことです。出だしの言葉に強く惹きつけられました。それはこんなふうに始まっています。

「すべての人間の生活は、自己自身への道であり、一つの道の試みであり、一つのささやかな道の暗示である。どんな人もかつて完全に彼自身ではなかった。しかし、めいめい自分自身になろうと努めている」（ヘルマン・ヘッセ著『デミアン』高橋健二訳　新潮文庫　平成三年　八〜九ページ）

自分自身の道を探し始めた中学二年生には、ちょっと難しすぎたかもしれません。しかし、親との一体感から離れ、孤独を知り、友人との違いに敏感になり、自意識が過剰になってゆく年頃に、この本と出会えたことは私の人生に大きな影響を与えました。それは、この後私の読書の傾向を変え、ＳＦ小説ばかり読んでいた時代から、次第にヘッセの他の作品に、そしてヘッセに大きな影響を与えたユングやニーチェなどの本を読むようになっていったのでした。

五月九日（月）

本日は、ロシアの第二次世界大戦の対独戦勝記念日です。モスクワの赤の広場では、大規模な軍事パレードが行われる予定になっています。時差があるためプーチンがどんな演説をするのかまだ分かりません。ウクライナ侵略が始まってからもう二ヶ月半。プーチンが核使用をちらつかせながら、世界を脅迫している姿はかつての独裁者、ヒトラーやスターリンの姿を思い出させます。ウクライナの学校や病院、列車や工場を爆撃したり、一般市民を虐殺したりしている戦争犯罪を重ねながら、ウクライナ側の粘り強い抵抗によって、当初の侵略計画が思い通りにいっていないことに苛立っているようです。プーチンの戦争の動機はよく知りません。人は何故このような泥沼の戦争を始めるのでしょうか。人間の持つこのような攻撃性・残虐性は、どこからやってくるのでしょうか。人間の心の持つ影。潜在意識に潜む鬼のような心をなんとか理解し、統合しなければ、戦争や紛争はなくならないでしょう。自分自身の心の奥底を覗き込み、そこに住む悪鬼との対決を超えていかねば、このような戦争はいつどこででも起こりうるものだと思います。影との対決は本当に難しい、勇気のいる仕事だと思います。

五月一〇日（火）

本日は少し陽も出て、昨日よりは暖かい日になりました。たくさんの洗濯物を干し、ソランの散歩を済ませると、なにかすっきりした気分になりました。今朝は、朝四時頃に目が覚めてしまい、頭に何か霞《かすみ》のようなものがかかっていたのですが、朝の日課を済ませるとだんだん頭の中の霧が晴れてきました。

昨日の夕方から、大江健三郎の『読む人間　大江健三郎読書講義』（大江健三郎著　集英社　二〇〇七年）という本を読み始めました。大分前に一度読んでいるので、これで二回目になります。読み書きをずっと続けてきた人という自己定義をして、その極意を伝えようとしています。この本の書き始めは、ホメロスの『イリアス』です。『イリアス』はずっと前に岩波文庫版で読んだことがありますが、全部読み切ったかどうか記憶が定かではありません。ハリウッド映画の「トロイ」を見て読み切った気分になっているということかもしれません。私の読書はそんな程度のあやふやなものでしかありません。しかし、大江健三郎さんは、このイリアスの読書体験をインドのやはりノーベル経済学賞を受賞したアマルティア・センと分かち合い、この詩篇の美しく感動した部分を述べると、その部分が図らずも二人とも一致していたという経験を述べています。読書は人々の心を結びつける。それも心の深いところからお互いを理解するという人生でも稀な瞬間を準備してくれるという話でした。私にもそれぞれの読書の経験を交歓しあう友人が数名ですがいます。私の読書力はまだまだ小さく、世界の古典というべき作品を一つ一つ取り上げて読んでいるかというとそこまで到達していません。世の定めに従って、年金生活者になった今私も私なりに、読む人間書く人間になろうと思っています。すでに乱読は私の人生の一部分をなしています。古典を読んだり、一人の作家をずっと続けてすべて読むというような系統的な読書はしていません。それは私の怠惰な性質がそうさせているのかもしれませんが、そのような気分任せの乱読の果てに私も私なりの読む人間書く人間になりたいと思っているのです。それは年金生活者の目標としては、自分なりのという条件をつければ、ボケ防止や自分の幼い頃の希望を少しでも実現するという自己実現の道としては私にふさわしいものと感じられるものです。そういう私にはとても追いつけない巨大な星をみつめつつ、文学や哲学の小道を歩いてみること、それが私の老後の人生としてあるというそういう希望が心を満たしてゆくのを感じます。

もちろん『イリアス』は出だしの部分だけです。その後、マーク・トウェインの『ハックルベリー・フィンの冒険』やT・S・エリオットやW・H・オーデンの詩のこと、そしてシモーヌ・ヴェイユのこと渡辺一夫のことと続いていきます。それが大江さんの人生の様々な場面に結びついて語られてゆきます。もちろん、私には私なりの読書歴があり、それは私独自の経験になっているわけですが、その道をこの日記で描いてゆきたい、読む人間書く人間としてこれからの人生を死ぬまで過ごしてゆきたいという決意のようなものをこの本を読んで感じた次第です。

五月一一日（水）

私が仕事を辞めてから、一ヶ月半が経ちました。まだ一ヶ月半なのでしょうか。もう一ヶ月半なのでしょうか。時折、私が一三年暮らした高校の職員室の情景が浮かんできます。高校は私の家から自転車で一五分。比較的近いところにあったので、通勤には苦労しませんでした。橋をわたり、川を越えてゆくと、もう学校でした。八時に家を出ると、八時一五分には職場についていたのです。これは私にとっては、非常にありがたいことでした。職員室は二階にあり、毎朝八時半から職員の打ち合わせがありました。きっと今日も打ち合わせが行われたことでしょう。打ち合わせの司会は、教務部の主任が行います。私も六年間教務部の主任を務めましたので、六年間毎朝、打ち合わせの司会をしていました。時々、職員室で司会をしている自分の姿を夢で見ることがあります。今週の予定はどうかな。本日と明日のスケジュールはどうなっているのかな、などと考えながら司会をします。学校のスケジュールもびっしり詰まっており、連絡が大変です。時々、根回しが十分でなく、異論が出たりすることがありました。「根回し」なんて言葉、最近では使わないのでしょうか。まあ、事前の連絡のことを言うのですが、日本社会ではこれが結構大事だったりします。異論が出ると、それを五分くらいの間で調整するのが大変でした。そんな司会の様子だったり、職員室の情景だったり、授業の様子が夢に出てきます。寂しいのでしょうか。

最近では、教員の労働の大変さが世間に知られるようになり、残業が多いのに、残業代がでないとか、部活動指導で土日もないとか、残業も過労死ラインすれすれであるとかブラックな面が伝えられています。そのため、教員志望者が激減し、小学校などでは教員の確保が非常に難しくなっているようです。日本では教育行政の欠陥が長く放置されており、その上新自由主義的な市場原理だとか競争原理だとか成果主義だとかが次から次へと導入され、現場は混乱の度を増してきています。そんな現状を横目で見ながら、私はこの仕事を離れたのですが、それでもやはり心の中では、特に無意識の深層の方では、寂しい感情が渦巻いているようです。そうでなければ、職場の夢を見るなんてことはないでしょう。

困難の度を増してきている教育の仕事ですが、それでもなお生徒たちとともに成長してゆける仕事だったので、愛着があったのでしょう。四一年の間ずっと教職にあったので、人生の歓びも哀しみもその中で味わってきました。もちろん私が歩んだもう一つの道、詩を書いたり、エッセイを書いたりして創造の業に関わる道は、主に夜の生活で行ってきました。今それが、昼の時間に移り、詩や文章を書く仕事は、主にその日の午前中に行っています。それはそれで嬉しいことです。そしてその成果が本になって実り、わずかであっても読者の手に渡ることを夢見ています。この二重生活から解き放たれたという歓びの一方、昼間の仕事であった教職から離れた寂しさも感じているこの頃です。

創造の道は、私の前に開けてくるでしょうか。六五歳を過ぎた老人に創造の業は可能でしょうか。私の文章や詩が本の形を取り、若い人々の手に渡るでしょうか。言葉による呼びかけに応えてくれる人はいるでしょうか。歓びと寂しさが織り混ざった生活の中で、私は私の文章を作ってゆきます。

五月一二日（木）

昨日の午後から中島みゆきの詩集を読んで、彼女の詩を楽しみました。ずっと人生のすれ違いや、もう一方で運命的な出会い、孤独、心の傷、愛や夢が歌われていて、心奪われました。楽曲がありながら、詩集としても読めるというのは稀有のことだと思います。言葉にリズムがあり、詩を読みながらずっと音楽を聴いているような心地がしました。詩人としても天才なのだと思いました。

五月一三日（金）

本日は一三日の金曜日で仏滅です。験担《げんかつ》ぎではありませんが、こんな日は家で静かにしているに限ります。天気予報は、今日一日ずっと雨と言っていますし、妻にも何事もなく円滑に仕事が進むようにと祈りを込めながらオデコにキスをしました。気分は悪くありません。先ほど、雨が小降りになったところを見計らって、ソランの散歩をしてきました。ソランは、もう今年一四歳になります。人間の歳に換算すると八〇歳を超えているでしょう。しかし、元気に散歩しますし、排便も毎日あり胃腸の調子も良さそうです。でも甘いものが大好物で、シュークリームの匂いなどを嗅ぎつけるとすぐに飛んできます。散歩が終わるとソファーの自分の定位置に寝転び、うとうとし始めます。そんなところは私と同じですが、老齢にしては元気なのではないでしょうか。

ああ、もう寝息を立てて眠っています。そんなところは老犬ですね。

テレビをつけるとアメリカの新型コロナウイルス感染症による死者が一〇〇万人を超えたというニュースをやっていました。日本では約三万人ですから、日本の三〇倍以上です。アメリカがこれまで行った戦争の死者よりも多いのではないでしょうか。大災厄です。これほどの災厄を受けながら、アメリカの国内事情が中々伝わってこないのはどうしたことでしょうか。私が英語をもっと勉強しておいて、英字新聞でもすらすら読めるようになっていれば、そうしたニュースにも触れることができるのでしょうが、私の英語の力は初歩的なもので辞書なしでは何にも読めません。新型コロナウイルス感染症の被害は、一〇〇年前のスペイン風邪ほどではないにせよ、その死者の数は全世界でも一〇〇〇万人は軽く超えてゆくのではないでしょうか。ワクチンができて、治療薬が使用されるようになってもこの有様ですから、この先、この感染症の被害がどれほど広がってゆくのか予想さえできません。資本主義と科学技術が結びついた自然開発がこの世界的な災厄をもたらしたと考えてもよいでしょう。一頃リスク社会という言葉が流行りましたが、まさにリスクが山積みになっているこの世界で、どのように安心して暮らしてゆけるのでしょうか。私の孫たちが安心して安全に自分の能力を発揮して生きていける社会とはどんな社会なのでしょうか。ウルリッヒ・ベックが「危険社会」ということを言い始めたのが一九八〇年代でした。それからもう四〇年以上が経っています。一九七〇年代に一つの曲がり角があって、世界は消費社会・低成長時代に入りました。また八〇年代の終わりに共産圏の崩壊があって、世界は新自由主義一色になりました。同時にＩＴ化が進み、インターネットで株の取引などが行われるようになっていきました。今ではＡＩなどを使って自動的に売り買いされているのでしょうか。この間、先進国と開発途上国の格差が恐ろしいほどに広がってきました。同時に、日本国内でも富裕層と貧困層の格差が広がり、中間層の没落などがあって、貧困層が増大してきました。賃金も三〇年間ちっとも上がらず、だんだん貧乏になっていきます。もちろん一部の富裕層も増えているのでしょうが、それはごく少数です。このいびつなバランスを欠いた社会を立て直すためにはどうしたらよいのでしょうか。不安は増大してゆくばかりです。私も収入が年金だけになり、年金制度が持続可能な安定した制度であれば良いのですが、そうとも思えませんので不安が増大します。この不安とどう闘うか。それは私の老後の大きな問題です。働いたり雇用保険の支給を受けたりすると、支給される年金額が調整され、結局働かないで支給される年金額と収入は変わらなくなってしまいます。

もしくは相当給料のよい仕事を探すことができればよいのですが、六五歳を過ぎた老人にそんな仕事はありません。格差と不安が増大する社会で、この先死に至るまでどのように生活してゆくか、娘たち、孫たちにどのように夢のある社会を提供できるか、そういう問題を考えてゆかねばなりません。特に孫たちのような未来世代に対する責任があります。

ああ、ソファーで寝ているソランが寝言を言っています。何か不安な夢でも見ているのでしょうか。それともシュークリームを食べている夢を見ているのでしょうか。彼の生命もいつまで続くか分かりません。もちろん、生きているものはみな同じでいつまで生きるか分かりません。そんな不安は生きている限り続きます。ずっと自分の家で暮らせれば良いのですが、介護施設にお世話になることもあるかもしれません。老いた親たちの介護の問題もあります。その一つ一つについて、どのように考えればよいのか、不安は増してゆくばかりです。

五月一六日（月）

このところ雨が続きます。今日もまた雨が降っています。もう梅雨が来たみたいです。

五月のあの透明な青空を見ることはできないのでしょうか。生きていると溜まってくる憂鬱な気分を一掃してくれる五月の風は、どんよりとした空から降ってくる雨に濡れて地上に流されてしまったようです。季節は私が若い頃と比べても大きく変わってきています。つい最近まで五月にこんな長雨が降ることは珍しかったと思います。それが通常より一ヶ月も早い梅雨のような雨の到来に私の気分は憂鬱です。今日はまた気温も下がり、三月のような気温です。セーターを着ています。

明るいニュースはといえば、そういえば七時のニュースで大谷翔平がまたホームランを打ったというニュースがありました。今年はバッティングの調子が今ひとつだったのですが、ここに来て調子が出てきたようです。八号ホームランです。エンジェルスの調子もよく地区の第一位のようです。なんとなく嬉しい気分が湧いてきました。大谷翔平の活躍は、私たちの気分を左右します。まったく不思議です。スポーツ選手のプレーが私たちの生きる気分に影響するのは何故でしょうか。もちろんすべての人がというのではなく、かなり多くの人々がという意味です。イチローの時もそうでしたが、大谷翔平も同じスターです。スターの一挙手一投足は、人々の気分を動かします。だからスターと呼ばれるのでしょう。人々の心の闇を照らす希望の光として輝いています。地上に蔓延する戦争、感染症、人生の苦しみや悲惨、絶望や死に満ちた世界にひとときの夢を見させてくれるのでしょう。

目覚めの時の胸苦しい寂しさも忘れさせてくれます。何故、朝起きる時に胸苦しい寂しさの感情で満たされているのか、それは私にとっても謎です。四一年勤めた職を離れたからなのか、そうではなく今日一日また孤独の中で過ごさねばならないからなのか。しかし、孤独は私が若い頃夢見た創造性に満ちた人生に必要な条件です。この胸苦しい寂しさは創造性に伴う痛みなのか。

私は創造的であることができるのかどうか。ユングは人生の後半生を自己実現の時と定義しています。人が直面する人生の問題とは、前半生が適応の問題、後半生が自己実現の問題と言っています。それは特別芸術家でなくとも、人生そのものが個性化してゆく過程だと言っています。人生を作る。それが後半生における創造性の問題だと言っています。私はこの個性化の問題を文章を書くことを通して実現していきたいと思っているのかもしれません。

五月一七日（火）

朝早くに目が覚めると九時を過ぎる頃には眠くなってしまいます。今日は五時半頃に目が覚めました。老齢になると何故朝早くに目が覚めてしまうのでしょう。しかし、今朝は寂しい感情はあまり高まりませんでした。心の状態もその日その日で微妙に違います。夢も見ているのでしょうが、あまり記憶に残りません。鎌倉時代のお坊さん明恵は、生涯にわたって自分が見た夢の記録を取っていました。フロイトやユングの夢分析などがなかった頃ですから、世界でも稀有の記録だと思います。その著書『夢記』は読んでいませんが、河合隼雄の『明恵　夢を生きる』（河合隼雄著『明恵　夢を生きる』京都松柏社　一九九一年）を大分前に読みました。夢と人生の関わりを分析し、叙述しています。河合隼雄によれば、ユングなどが言うようにこの「夢記」は、明恵の個性化の過程、自己実現の過程を表しているということになります。私の体質でフロイトやラカンなどよりも、ユングや河合隼雄が好みで、ユング派の分析心理学で人生のことを考えるのが私には性に合っています。どちらかというとロマン派やロマン文学に近い発想で人生を考える体質を持っているということなのでしょう。それは自分が選んだというより、生きているうちにそうなってしまったという無意識の傾向によって浮き出てきたものです。ただ世間的には政治的反動と同一視されることが多く、大きな批判を招いたこともありました。もちろん啓蒙主義が掲げる合理性、理性重視の姿勢ももちろん分からなくはなく、内面的な心情や直観一辺倒ということはありません。ただ、夢や神話、深層心理学や内面性重視の態度がロマン派的であるということを若い頃から意識していました。最近では歳を取ったせいか、バランスが重要であるということに気づき、政治的反動にはならないように気をつけながら、つまりはファシズムやスターリニズムには近寄らないようにしながら、ユングや河合隼雄を読んでいます。老人の心理学なども河合隼雄のものを読んで参考にしています。私の人生はどこに向かって行くのでしょう。もちろん死はいつやってくるか誰にも分かりません。健康もいつ壊れるか分かりません。そういう不安の中でなんとか生きてゆく。なんとか生きてゆきながら、死をどのように迎えるかそれを考えることが、老後の大きな仕事なのだと思います。

五月一八日（水）

久しぶりに朝から太陽が顔を出し、明るい日になりました。庭に咲く薔薇やラベンダーの花も陽を浴びて元気を取り戻したようです。厚い雲に覆われて雨の降る日が続いたので、陽の光を浴びただけで、気分が一新したようです。新しい生が始まったかのように生命感が溢れてきます。今日一日元気に過ごせそうです。

ただし今朝は四時に目が覚めてしまったので、まだ九時だというのに睡魔が襲ってきます。就寝の時間をもう少し早めて、老人は老人の生活習慣を作らねばなりません。睡眠時間は十分に取った方がよいでしょう。頭の中にかかるぼんやりとした霧を追い払うためには、自然に逆らわず早く寝て、早く目を覚ますような生活習慣を作った方がよいのだろうと思います。退職して一ヶ月半。仕事のない生活に少しずつ慣れて、痛いような寂しさも薄れ、自分の生理によく合った、生活習慣を作ってゆけばよいのです。無理をせず、ゆっくり調整をして新しい生活に慣れてゆきたいと思います。

今日は、母の家に行く日です。今年九〇歳を迎える母は、短期記憶に少し障がいが出ていて、高血圧と難聴で多少の暮らしにくさはありますが、今のところ概ね健康に一人暮らしをしています。妹が週に三日、母の家に行って世話をし、私が二日、デイケアが二日で一週間のリズムを作っています。母はこれまでの人生で病院に入院したことがなく、ずっと健康に過ごしてきました。足が大分弱ってきましたが、まだ一人でトイレに行ったり、お風呂に入ったりすることができます。もう平均寿命を超えて、長生きしています。人生一〇〇年時代とはよく言ったもので、母もどうかすると一〇〇歳を迎えることになるかもしれません。こうした介護の問題は、世の多くの人々が直面する大きな問題です。自分自身の老化の問題に対処しつつ、親の介護を行うのは私たちの人生に大きな課題として立ち現れてきます。国家予算における福祉関係の歳出も四〇兆円に迫っているのではないでしょうか。医療の発達と人々の栄養状態、社会全体の成熟化など複合的な理由で人々の寿命が延びているのでしょう。少子高齢化は、私たちの社会が直面する最大の問題だと言ってもよいのではないでしょうか。今日、母は機嫌よく昼食を食べてくれるでしょうか。そして、無事にお風呂に入ってくれるでしょうか。そんなことを思いながら、いつも自転車をこぎます。知人に母の介護のことを言ったら、「それは幸せというものです」と言われました。その通りだなあと思いました。

私の妻も主任ケアマネージャーと社会福祉士の資格を持っており、福祉に関わる仕事をしています。大変な仕事だと思いますが、妻は生き生きと仕事に携わっています。ALSの患者さんや末期癌患者、若年性の認知症など様々な人のケアプランを立てています。ケアがなければ人は生きてゆくことができません。新自由主義の「今だけ、金だけ、自分だけ」なんていう人生の態度では、福祉社会を組み立ててゆくことができません。私たちが直面する少子高齢社会の現実に政治がもっと真摯に向き合ってほしいと思っています。

テレビでは大リーグのテレビ中継をやっています。大谷翔平は、この打席は三振をしてしまいました。多くの高齢者が彼のホームランを期待しているようです。スタジオに届く高齢者からのコメントがそれを裏付けています。八〇代のお婆ちゃんが大谷君にエールを送っています。これも立派なケアですね。スターとは凄いものです。

五月一九日（木）

人生の晩秋をどのように過ごすか、それは六〇代の老人にとっては大きな問題です。人間の発達段階については、これまで様々な見解が示されてきました。孔子など古代の賢人が示した人生の進み行きは、現代の心理学ではライフ・サイクルなどと呼ばれます。ダニエル・レビンソンの『ライフ・サイクルの心理学』（講談社学術文庫　原題は『人生の四季』南博訳　一九九二年）によれば、幼児期から青年期までの発達の特徴は、比較的よく分かっているが、しかしそれ以後の成人期の発達の特徴は分かっていないことが多いとされているようです。もちろん、この研究はもう半世紀も前のもので、現代ではもっと進んだ研究がなされていることだと思います。日本でも河合隼雄による各発達段階に応じた研究がなされていますが、健康な老人の発達についてなされた研究は少ないように思います。ダニエル・レビンソンの研究も、中年期に焦点が当てられており、老年期の研究ではありません。しかし、ライフ・サイクルの研究はカール・ユングから始まったと言っていいだろうということです。ユングは、四〇歳を人生の正午として、それ以後の後半の人生を個性化の過程と呼びました。社会との交渉が少なくなった老年期において、その発達はどのように進んでゆくのか、そういう問題に私は関心があります。老年期の創造性はどこに向けられたらよいのでしょうか。老いてゆく親の介護、新しく生まれてくる孫たちの世話、妻との関係、地域社会との関係、そして自分自身との関係、など考えることはたくさんあります。考える前に私たちはこれらの問題に直面します。時間は飛ぶ矢の如く過ぎてゆき、立ち止まることは許されません。それが人生です。ベルクソンの持続ではありませんが、持続する時間の中で私たちの人生は過ぎてゆきます。個性化とは何でしょうか。私は年齢の導く道に従ってどこへ向かってゆくのでしょうか。私は高校教師としてここまで生きてきました。高校生の頃には、詩人になりたいと思っていましたが、その望みは果たせませんでした。この生きられなかった私の影の部分をどう生かすか。経済的な必要に迫られて日本社会への適応は、高校教師という形を取りました。その仕事についての回顧はまた触れることがあると思います。しかし、老年に至って私の個性化の取る道はどのような道になるのでしょうか。この日記もその道の一つです。それが自己実現の道になるのでしょうか。この道はどこへ通じているのでしょうか。日記や詩、そして小説やアフォリズムそんな形で文章を作ってゆく。その中に私の個性化の道が開けてゆくのでしょうか。その一つの試みとして、この日記を書いてゆこうと思います。その中に私の行く道が示されていれば、本望です。

五月二〇日（金）

ユングの心理学は私に大きな影響を与えました。河合隼雄を知る前に私はヘルマン・ヘッセの小説『デミアン』を通して、ユングの存在を知りました。もちろん中学二年生の時に読んだ『デミアン』からすぐにユングを読もうとしたわけではありません。私が中学二年生というと一九七〇年のことです。その年の一一月には、三島由紀夫の事件がありました。たしか授業が打ち切りになり、学校が早く終わりました。理科の先生が「皆さん、大変なことが起こりました。家へ帰ってニュースを見たり、新聞を読んだりしてください」と言って、私たちは学校から帰されました。その当時も今も私は三島由紀夫のことはよく知りません。その後高校生になってから、いくつかその小説を読んだことはありましたが、よく理解することができませんでした。確かにその散文は美しく煌びやかで高校生にとっても素晴らしい文章なのだということを感じることはできました。しかし三島の自殺については到底理解が及びませんでした。しかし、文学というものは私たちの人生にとってとても大きな役割を果たすものなのだという漠然とした不安のようなものを感じたのです。その頃、私が書いた『デミアン』の感想文が国語の先生の目に止まり、学校の代表として選ばれ、東京都が作る読書感想文を集めた冊子に載ることになったのです。しかし、私の書いた感想文が長すぎるということでそれを縮める作業をしなければなりませんでした。ですから、私は『デミアン』の感想文を二度書いたことになります。その中で私はこの『デミアン』を今後の人生で何回も読み直し、自分の人生を考える糧にするだろうということを書きました。その中学二年生の直観のようなものは当たっていて、デミアンを通して私はその後ユング心理学の世界に導かれることになりました。もちろん、臨床心理士になるとか、ユング心理学を専門に勉強するとかいうことはなかったのですが、ユングやユング心理学の日本における権威であった河合隼雄を通して、自分の人生を振り返り、ユングの人生に対する考え方の枠組みで自分の人生を考えるというふうになりました。それは人生の様々な折節に訪れる心理的な危機に関して、それを乗り越えていく時に大きな参照点になったのです。

私が直面した最初の危機は、三三歳の時に現れました。その年の秋に最初の子どもが生まれました。健康な女の子でした。その子は今では結婚をし、二人の男の子の母親になりました。私の孫たちを生んでくれたのです。

生まれた当時、現在とは別の市に住んでいたのですが、紙おむつなどもあまり普及しておらず、布おむつで育てていました。毎日洗濯が大変でした。夕暮れにはよく訳もなく泣いて、おろおろしました。子育ての大変さと喜びを味わいました。

しかし、夜になると私はびっくりするような体験をしていました。毎晩夢を見るのです。それは私の自我が不安定になっている証拠でした。非常に鮮やかな色彩で夢の中の風景が広がり、様々な神話的物語が展開してゆきました。それが毎晩毎晩休みなく続くのです。あまりに夢が続くので、私はとうとうユングや河合隼雄の本を読むようになったのでした。

五月二三日（月）

夢の話はまた機会がある時に譲り、今日は詩の話をすることにします。

「予感」

梅雨の先触れの雨
予感はいつも背筋を通ってやってくる
まだ紫陽花も咲かない季節に
雨は美の詩神を濡らす

朝の気怠さを抱えた身体に
闇に瞬く星のように
美の予感が
射し込んでくる

所詮希望は手の届かぬもの
あり得ぬ明日を夢見て
未だない意識の果てに

希望の原理はある
君は僕の希望
明日の幸福の光
ほの暗く翳ったこめかみに
一瞬光る雷光

朝、街道を歩いていると、女優の北川景子さんに似た美しい人が自動車で通り過ぎてゆきました。私にとっては、美はつねに美しい女性の美なのだなということを、はっきりと認識しました。自然の美や女性の美、言葉の美や魂の美、様々な美しいことが私たちを取り囲んでいます。

私たちはそれらを芸術やスポーツを通じて表現しようとします。きっと芸術は、五万年以上前の人類の認知革命あたりから始まってきたものなのだと思います。言葉の芸術、すなわち詩や神話や物語は、私たちの生と世界が交わるところから生まれてきたのではないでしょうか。私たちは生活を芸術化します。茶碗や皿、コップや箸に美しいデザインや彩色を施します。私たちが毎日着る衣服のデザインは繊細微妙な神経で作られています。家具やカーテン、テーブルや椅子、私たちの生活で必要に応じて作られる日用品のすべてが芸術化しています。野に咲く花々が美しいように、私たちの生活にも様々な美しい花たちが咲き乱れます。それはまるで自然の魂が人間の文化を通して表現する世界の美しさそのもののような気がいたします。人間の持つ感性は、世界の美しさを受容し、そしてそれを表現する生まれつき備わったセンサーのような気がいたします。世界は芸術作品として私たちの眼の前に現れてきます。美の予感は、背筋を通ってやってくるのです。ニーチェが言うように生は女性の姿を取り、美を顕現します。

「世界は美しい事物に充ちあふれている、がそれにもかかわらずこれらの事物の美しい瞬間や美しい露現の機会は乏しく、まことに乏しいと私は言いたい。けれどおそらくこれこそが生の鮮烈きわまりない魅力なのだろう。生の上には、金糸織りの美しい可能性のヴェールが、約束し、逆らい、羞じらい、揶揄し、同情し、誘惑しながら、覆いかぶさっているのだ。まことに、生は一個の女性である!」(フリードリッヒ・ニーチェ著 ニーチェ全集八『悦ばしき知識』信太正三訳　三六一ページ　ちくま学芸文庫　二〇〇〇年)

私の詩はそのような一個の女性の姿を取った美が顕現する一瞬を詠ったものです。そんな一瞬が見知らぬ女性とともにこの世に現れるのです。

五月二四日（火）

この世に見られる価値あるものをスピノザは三つに集約しました。それは、富、名誉、快楽です。この三つの価値は抜きがたく絡まり合っています。快楽を得るためには富が必要で、富を集めるためには名誉が必要です。名誉を得ると富や快楽が集まってきます。しかし、スピノザはこれら通常見られる価値が空虚で無価値であることを感じます。この世に見られる価値を空虚で無価値と感じる者は、人生の意味を感じることができません。そこでスピノザは探究に出ました。

それは、一度得られたら人生に最高の喜びをもたらす善とは何か、これがスピノザが探究した宝物です。そして言います。神への知的愛こそが人生最高の善であると。ただし、スピノザの神は即ち自然です。自分自身をも含めた自然への知的愛こそが、最高の善であるとスピノザは言います。例えば次のような第五部定理三六を見れば、明らかです。

「神に対する精神の知的愛は、神が無限である限りにおいてではなく、神が永遠の相のもとに見られた人間精神の本質によって説明されうる限りにおいて、神が自己自身を愛する神の愛そのものである。言いかえれば、神に対する精神の知的愛は、神が自己自身を愛する無限の愛の一部分である」（スピノザ『エチカ　倫理学』（下）畠中尚志訳　岩波文庫　一九九四年　一二九ページ）

神という概念を自然に置き換えて読むとどうでしょうか。自然に対する精神の知的愛は、自然が自己自身を愛する無限の愛の一部分である、ということにならないでしょうか。自然は自己自身を愛する、しかも人間の自然に対する愛は、自然が自己自身を愛する無限の愛の一部分であるということになります。これは神秘主義でしょうか。では、愛とは一体何でしょうか。これこそが最高の善であり、人生の空虚と無価値を追い払う最高の価値でしょうか。人生最大の喜びとは、自然や人間を知的に愛することの中にあるのでしょうか。愛に貫かれた思考こそが、人生における無上の喜びなのでしょうか。ここにこそ人生の意味があるのでしょうか。私が若い日に悩まされた人生の空虚、無価値感、無意味はスピノザを血肉化することによって乗り越えられるのでしょうか。確かに、ここに書き続けられる日記は、私の人生の謎を解き明かすことに向けられています。名誉とは人々の承認を得ること、富とは物質的な豊かさを手に入れること、快楽とは身体的・感覚的なものだけでなく精神的な快感も含めた喜びの感情、それらを超えて自然に対する精神の知的愛こそが人生の意味をもたらすのでしょうか。中々難しそうな仕事ですね。哲学者の愛とはかなりの困難な道です。ですからスピノザ自身もこの著作の最後で次のように述べています。

「さてこれに到達するものとして私の示した道はきわめて峻険であるように見えるけれども、なお発見されることはできる。また実際、このように稀にしか見つからないものは困難なものであるに違いない。なぜなら、もし幸福がすぐ手近にあって大した労苦なしに見つかるとしたら、それがほとんどすべての人から閑却《かんきゃく》されているということがどうしてありえよう。

たしかに、すべて高貴なものは稀であるとともに困難である」（スピノザ『エチカ　倫理学』（下）畠中尚志訳　岩波文庫　一九九四年　一三八ページ）

この世の空虚と無価値から脱する道は見つかったのでしょうか。名誉や富や快楽を振り切ってでも、自然に対する知的愛によって幸福に至れたのでしょうか。人生の意味は発見されたのでしょうか。

ここには、近代自然科学がデカルト的態度で対した自然の死物化の誤りはありません。自然の対象を冷たく突き放し操作可能な資源としてしまうような態度はありません。そこにあるのはあくまで知的愛を通した通底的なつながりが強調されています。知的愛は科学技術的な支配を目指すものではなく、自然自身が自然を通して自然自体を知的に愛するという合一性が強調されているのです。それはジンメルが言う「生には超越が内在している」という時のその内在的超越が現れていると思います。

五月二五日（水）

朝、洗濯物を干していると、鳥たちが隣の家の屋根でさえずります。陽の光を浴び、鳥たちのさえずりを聞くと、気分が晴れ渡ってきます。さっきまで気分が重く、身体もだるかったのが嘘のようです。一日の始まりを気分よく迎えるには、陽の光と鳥たちのさえずりで十分です。そよ風も頬を舐め、私の暗く翳っていたこめかみを明るくしてゆきます。ソランとの散歩も朗らかな気分になります。ソランは散歩が嫌いで、散歩に行く時はいつも私にそっぽを向いて肩を震わせながら、「嫌だ、散歩に行きたくない」と言っているようでしたが、いったん外に出るとなんだか元気に歩いてゆきます。この一〇年ずっと私と散歩をしてきました。ソランを買ってくれと泣いて頼んだ三女は、職を得て、独立しました。結婚はまだですが、一人暮らしを楽しんでいるようです。ソランは三女が時折顔を見せると一目散に三女の膝の上に飛んで行きます。

毎日散歩をしている私には目もくれずに三女の腕や足を舐めまくります。ソランは三女のことが好きなのですね。三女が家を出た当初は、寂しくて元気がありませんでした。まるで失恋した男のように肩を落としていました。犬にも深い愛情があるのかもしれません。それは何年経っても変わりません。自然は愛情に満ちているのでしょうか。もちろん食い食われという関係もありますが、生命は非常に不思議です。年金生活者になるとこんなことも感じるのですね。

こうして日記を書くことを日課にしてから、生活にリズムが出てきました。今まであまりしなかった庭いじりもするようになりました。花を植えたり、野菜を植えたり、敷石を並べたり、狭い庭ですが、いじっていると時間を忘れます。運動不足もこれで解消ですね。日記を書いたり、庭いじりをしたり、高齢者にとってはいい時間の過ごし方だと思います。

一日はあっという間に経っていきます。

昨日は本屋さんへ久しぶりに行き、語学テキストといくつか本を買ってきました。孫にも絵本を買いました。今売れている『ノラネコぐんだんシリーズ』（工藤ノリコ作　白泉社）です。孫がこのシリーズを大好きで、寝る前にいつもこの本を読まされると娘が言っていたので、またまた買ってしまいました。この本を持って、午後は孫の家に行ってこようかな。

ああ、たった今、健康診断の無料券が送られてきました。国民健康保険に加入すると市役所からこんなクーポン券が送られてくるのですね。肺がん検査や大腸がん検査、そして胃がん検査は有料ですが、これら全部を受けて、身体に異常がないかどうか調べておきます。孫たちが成人するまでは生きていたいですからね。成人した孫たちと一緒にお酒を飲むのが夢です。お酒を飲みながら、本の話やガールフレンドの話やどんな職業に就くかとかそういう話をしたいです。彼らの将来が明るいものになることを願っています。確かに世界は暗いです。戦争、感染症、気候危機、格差、貧困、新自由主義、そんなものに取り囲まれて彼らは生きなくてはなりません。職場でのハラスメントや学校でのいじめなどにも直面するかもしれません。持ち前の生命力でそんな暗い世界をはねのけて生きていってほしいと思います。娘たち、そして孫たちが無事生き延びて、自分たちの願いを叶えられるような人生を実現してほしいと強く願っています。

五月二六日（木）

最近、少し太ったようです。そろそろ退職してから二ヶ月が経とうとしています。確かに勤めていた時は、毎日授業がありました。五〇分の授業が三つ四つとあると、授業の準備も含めて相当なエネルギーを使っていたようです。五〇分喋り続けるとへとへとだったことを思い出します。最近はパワーポイントなどを使って、電子紙芝居が流行っていますが、あれは本当に授業に効果があるのでしょうか。さらに今年から始まった新カリキュラムでは、すべての生徒にタブレットを買わせて、それを使って授業をするそうです。パソコンが苦手な私のような者にとっては、今年の三月で引退というのは、ちょうどよいタイミングだったようです。しかし、電子機器を使ったところで教育というものの中身が向上するのでしょうか。電子機器の操作を覚えるにはちょうどいいでしょうが、本来の教育の根本的な意味を変えるようなそんな出来事なのでしょうか。

鶴見俊輔は『教育再定義への試み』（岩波書店）の中でこんなことを言っています。

「このように、母親は、子どもにとって自分の内部に植えつけられたより深い自分であり、自分以上の自分である。この自分の内部の自分（母親）と、あとから他人たちとのかかわりをとおして自覚される自分自身とのあいだに、対立がおこると、それは生涯にわたる荷物になってゆく。

教育はまず、自分の出現以前の無防備の自分の内部から入ってくる母親が（あとからできる）自分自身にたいしてもつ関係である」（鶴見俊輔著『教育再定義への試み』岩波書店　一九九九年　八ページ）

この言葉を読んでまずびっくりするのは、自分より深い自分が自分の内部にあるという鶴見の言葉です。この文章を読むまで、私は自分より深い自分が自分の内部にあるということにまったく気づいていませんでした。自分の心の中で起こる様々な葛藤や逡巡、好き嫌いや趣味のようなものが、自分より深い自分によって影響されているという見方自体、深層心理学の考え方は多少知っていたとはいえ、私にとっては大きな衝撃でした。それ以来、私は自分より深い自分からどのような教育を受けてきたのか考えるようになりました。

では、学校の教室で行われる授業とは、どのような教育なのでしょうか。生涯にわたる自己教育の土台となるような教育が行われているのでしょうか。私の母は、私に本の世界に遊ぶ遊び方を授けてくれました。毎月配達される絵本を楽しみに暮らしている時期が長く続きました。小学生になると『少年少女世界文学全集』全五〇巻（小学館）を買ってくれました。その中から好きなものを選んで読む時間が長く続きました。それは長い間私自身を教育し続けました。それは三歳の頃から、六五歳になる今まで続いています。しかし、学校の授業で私が未だに続けている自己教育の土台になるようなものがあったでしょうか。あるいは、私が四一年間続けてきた授業が、生徒たちの自己教育の持続を可能とするような授業を行うことができていたでしょうか。鶴見の言葉はそんなふうな反省に私を誘います。さらには、学校が従っている学習指導要領が適切な学習の中身を定めているでしょうか。今、学校から離れて自由になった身から考えると、教育の不完全さを感じることが多くあります。さらに、鶴見の言葉を聞きましょう。

「自分の傷ついた部分に根ざす能力が、追いつめられた状況で力をあらわす。自覚された自分の弱み（ヴァルネラビリティー　vulnerability）にうらうちされた力が、自分にとってたよりにできるものである。正しさの上に正しさをつみあげるという仕方で、ひとはどのように成長できるだろうか。生まれてから育ってくるあいだに、自分のうけた傷、自分のおかしたまちがいが、私にとってはこれまで自分の道をきりひらく力になってきた」（鶴見俊輔著『教育再定義への試み』岩波書店　一九九九年　一二ページ）

私は生徒の模範となるような教師ではありませんでした。生徒に真似されると困るような欠点をたくさん持った教師でした。しかし、まちがいをとおして人間と人間の交流がありました。デジタル教育では、遮断されてしまうような人間としての交流があったと思うのです。計画通りに進む授業で生徒は何を学ぶのでしょうか。生涯を通じて働くような習慣や洞察をその知識を通じて得ることができるのでしょうか。

五月二七日（金）

本日は、午前中豪雨でした。庭に植えたトマトや胡瓜や茄子がダメにならないか心配でした。茄子や胡瓜は無事でしたが、トマトが豪雨に叩きつけられて茎が曲がってしまいました。

午後、ニーチェの『人間的な、あまりに人間的な』（新潮文庫）を読んで過ごしました。

なんと読みにくい書物をこの人は書くのだろうと思いながら、のろのろと読み進みました。

五月三〇日（月）

昨日から真夏のような暑さになり、今日も大きな太陽が空に輝いています。昨日は急に気温が上がったので身体がついていけず、軽い熱中症になったようでした。

今日は朝から大谷翔平の連続ホームランなどのニュースが入ってきて、テレビで大リーグ中継を見ています。ほんとに彼のホームランは人の心を幸せにする美しいものです。ただしエンジェルスは、中継ぎ投手の調子が悪くて今は一〇対一〇の同点になってしまっています。ここのところ四連敗なので今日は勝ってほしいです。大谷君が本日三発目のホームランを打つでしょうか。ファンの期待に応え続けなければならない彼も大変です。

ああ、なんとエンジェルスはまたまた逆転を許し、一一対一〇で負けてしまいました。これで五連敗です。

でも大谷君が二本もホームランを打ったので満足です。各局のニュースで彼の大活躍が報じられることでしょう。嬉しいことです。たまには国内の政治についても気持ちが晴れ晴れするようなニュースを聞きたいものです。

話は変わりますが、「自分の傷ついた部分に根ざす能力が、追いつめられた状況で力をあらわす」という鶴見俊輔の言葉が引っかかっています。鶴見俊輔の場合、子ども時代に続いた逸脱行為に対する母親の叱責が、彼の傷ついた部分になっています。では傷に根ざす能力とは何でしょうか。それが、彼の哲学になっているということでしょうか。

私の場合、父親の道と母親の道を重ね合わせながら生きるというのが、私の生涯のテーマになっているようです。私の父親は小学校教師で、自分の子にも教師になってほしかったようです。一方、母親は専業主婦でしたが、短歌の道を進み、カルチャーセンターの短歌教室などに通い短歌を作り続け、一冊本を出版しました。高校生の頃、詩人になりたかったという私の希望は、この母親の道を進みたいという希望だったのではないでしょうか。しかし、詩人で生計を立てる方法が分からなかった私は、生計を立てる道を父親から受け継いだ教師の道に求め、高校教師になって、四一年間勤め上げました。しかし、六五歳を過ぎ、年金をもらえるようになって、私は詩を書き、またこの日記に書くことで、高校生の頃の夢を実現しようとしています。こうして今、私は母の道を進んでいるのです。

人は宿命を生きます。生まれた時代、生まれた国、使う言葉、両親など私は選ぶことができません。与えられた宿命に従って、私は私の道を進みます。その道の果てに何が待っているでしょうか。そしてまた、詩人でもなく教師でもなく、哲学の道をも私は生きてきました。大学では親の意向に逆らって、哲学を専攻しました。そして、高校で倫理と政治経済を教えました。教師としては、哲学の道を歩んでいたのです。それは、心の底から私が満足する道ではありませんでしたが、ニーチェのような詩人哲学者を通して、詩と哲学の道を同時に歩んでいたのです。

五月三一日（火）

朝起きたら、もう八時半。なんだかぼやぼやと寝坊してしまいました。妻がテレワークということで、寝室の布団をたたみに来ました。その八畳間に妻の机も置いてあります。妻は、テレワークの時は、この部屋で仕事をします。そこで私は階下へ下りていって、朝食を食べ、ソランの散歩をして、今この日記を書いています。外は、先ほどまで降っていた雨が上がり、少し明るくなってきました。雨に打たれて下を向いていたピンクの薔薇の花が、空に向かって背伸びをしています。空では、鳥たちがさえずっています。生命は至る所で、自らを表現しようとしています。鳥たちのさえずりや花の色、空の雲、ひらひらと飛ぶ蝶の羽ばたき、これらは自然の自己表現なのではないかと私は思います。ただの人間の思い込みとは違うと思います。夜、人間が寝ている時に、夢を見るように、自然は自分を表現しようとしているのではないでしょうか。ソランが急に吠えだして、何かを警告しています。

人間も言葉で、つまり詩や小説、新聞や論説、日記やコラム、批評やコント、様々な形式で表現を探求します。もちろん、絵画やスケッチ、彫刻や版画、様々な楽器、歌、それこそその表現形式は数え切れないほどあります。これら人間だけではなく、自然一般が持っているあらゆる表現形式は、何のためにあるのでしょうか。

私は誰に向かってこの日記を書いているのでしょうか。何のために書いているのでしょうか。私にこの日記を書かせている衝動とは一体何でしょうか。私はそんな基本的な問題も分からずに書き続けています。これらの問いに対する答えとは何でしょうか。

それは長年私が考え続けてきた問題ですが、しかし未だ答えを知らない問題です。これは教育の問題でしょうか。人は何のために本を読むのでしょうか。

二〇二二年六月

六月一日（水）

昨日書いた自分の中に残り続ける様々な疑問を、鶴見俊輔は「親問題」と名付けました。

「人は生きているかぎり、今をどう生きるかという問題をさけることができない。今生きているということが、問題をつくる。それが親問題である」（鶴見俊輔著『教育再定義への試み』岩波書店　一九九九年　一三二ページ）

例えば、それはどうして生きなくてはならないのかという問題であり、それは学校では教えてくれません。今、私は職を失って、年金生活者となりました。そして毎日このような日記を書いています。なぜ日記を書かなくてはならないのでしょうか。それは、今をどう生きるかという問題の変奏です。書くことを通じて私は何かを表現しようとしています。

それは誰に向かって書かれていて、誰が読み、もちろん日記だから誰にも見せなくてもよいのですが、しかし誰かに読んでもらいたいという欲望があることを自覚しています。表現とは誇張であると、たしかスペインの哲学者オルテガが言っていたように思いますが、記憶が定かではありません。それはえりまきとかげが外敵に対してえりまきを広げて自分を大きく見せようとするあの威嚇の姿勢なのでしょうか。自己表現というのは、威嚇でしょうか。誇張は一歩進むと威嚇になるのではないでしょうか。威嚇して自分を守る、自分を守る姿勢を取りながら、生きてゆくのでしょうか。親問題を抱えながら、生きてゆく、それがこの世に生きる最後の瞬間までつきまとう問題なのでしょう。それは哲学や文学を生む背景となっているものです。私はこの親問題を解きたくてこの日記を書いているのかもしれません。さあ、今日は薬を処方してもらいに医者に行く日です。さて、この日記はここで中断して、医者から帰ってきた時に、続きを書くことにしましょう。

気候が暖かくなってきたので、血圧は下がってきて、正常値に戻っています。あとは、尿酸値も高いので、尿酸値を下げる薬も飲んでいます。そろそろ健康診断の予約も取らなければなりません。医者通いも中々大変です。

陣馬街道を歩いているとまたあの北川景子さんに似た美しい女性が車を運転しているのを見ました。美しい女性を見ると詩が書きたくなります。
こんな詩ができました。

「**橙色の世界の実り**」

記憶の霧雨が
微かに肌に触れる
雨のヴェールを揺らめかせて
魅惑と陶酔のそよ風が吹く

そよ風には
私たちの未来が孕まれており
秋の実りを待っている
橙色の世界の実り

私たちは未来と世界を
期待の地平線にかかる虹のように
待ち受けている
秋へと架かる象徴の輝く白い道の上で

「生には超越が内在している」
それは明日に輝く
幸福の約束
魅惑と陶酔の風

今日は、青空が広がる気持ちのいい晴れの日ですが、詩を書くと何故かそこは、記憶の霧雨が降っていました。「魅惑と陶酔の風」は、その美しい女性の隠喩です。その女性の姿を見ると風が吹いてくるのです。美の風です。「生には超越が内在している」は、前にも述べたように、ゲオルグ・ジンメルの『生の哲学』に現れてくる表現です。私たちは、自然の活動によって生み出されてきました。すべては自然の活動です。生に含まれている超越とは、この内在する自然の営みのことです。死もまた自然の宿命です。その中の美は、永遠の現在を映し出しています。また、「美とは幸福の約束にほかならない」とは、スタンダールの言葉です。『恋愛論』（スタンダール著『恋愛論』大岡昇平訳　昭和五六年　新潮文庫　四七ページ）の中にあります。

六月二日（木）

今日のエンジェルス対ヤンキースの試合は雨のため中止になりました。残念です。そのためか、テレビでは昨年大谷翔平が打った四六本のホームランの映像を流していました。何度みても飽きがきません。興奮します。今年もホームラン王を狙ってほしいと思います。大谷君は、毎年六月は調子がいいようですから、たくさんホームランを打ち、たくさん投手として勝利をあげるでしょう。こんな野球の天才が現れるなんてまったく予想外のことでした。もちろん、大変な練習、努力を重ねているでしょうから、その陰の努力の姿も知ってみたいです。ほんとにスターですね。

「今をどう生きるか」という親問題は、大谷君にとっても大きな問題でしょう。激しい練習とそしてプレッシャーのかかる試合、試合が終わってからの休息や食事、睡眠など一つ一つが大事な意味を持ってきます。英語の練習やチームメイトとのコミュニケーション、様々な問題が今をどう生きるかという判断を要求してきます。それは、大谷君ばかりではなく、私のような引退した老人にとっても現れてくる問題です。

私は今年、高齢者の仲間入りをしました。職業はありません。でも今毎日、このようにして日記を書くことが、仕事のようになっています。巧みな文章は書けませんが、自分の気持ちや考えを言葉にしてゆくのが楽しくてしょうがありません。誰に読んでもらうという目当てもないのですが、私の生活の大きな部分を占めています。それは、私が今をどう生きるかという親問題へのとりあえずの解答です。私のこれまでの経験や学び、気づき、読書などに関してその時の気持ちとともに書き記してゆく、そういう仕事をしていくことを決心して、実行しています。

そんな仕事をしている私なので、仲間を求めるということがありません。孤独といえば孤独です。時々メールで大学時代の友人とか以前の職場の同僚とかと本の話をしたりしますが、日記を書いたり、本を読んだり、英語や独語の勉強をしたりして、一人で過ごすことが多いです。散歩の時も一人です。でもなんだか寂しくないのです。もちろん、家族はいて、夕暮れには妻が仕事から帰ってきますので、二人でビールを飲んだりしながら、お喋りをします。夕食は妻が作ってくれるので、私はテーブルを拭いたり、お皿を並べたり、ソランの散歩をしたり、風呂桶を洗って、風呂を沸かしたりします。しかし、昼間は私一人で過ごしています。そこには、官僚制や新自由主義との関わりはありません。新自由主義に関してはまた別の日に意見を述べることもあるかもしれませんが、私は「今だけ、金だけ、自分だけ」というような人生態度に共感したことはありません。今でも、格差と分断、貧困と差別、恐慌と紛争、そして長時間低賃金労働を生み出す新自由主義と闘っていた日々を思い出すと背筋が寒くなります。それもまた大きな親問題の一つでした。人間を大事に扱わない、一人一人の個人としての尊厳を尊重しない社会的風潮とは相容れませんでした。そんな時代の中で今をどう生きるかという問題は、私にとっては大きな問題でした。

六月三日（金）

今日は、なんとなく疲れています。午後には雷雨が来るという不安定な大気のせいでしょうか。身体が重いです。洗濯物も部屋干しにしました。部屋干しだと中々乾かないのですが、仕方ないですね。昨日は、散歩のついでに古本屋に寄り、孫のために絵本を買ってきました。一冊目は、桃太郎とか一寸法師とかの昔話が集められた童話集、二冊目は五味太郎の漢字の絵本です。美しい絵に漢字が配置されていて、孫にも楽しめそうです。なんだかワクワクします。孫が喜んでくれるかどうか、今から楽しみです。明日、孫の家に行って、一緒に読んでくるつもりです。孫は、まだ三歳なのに漢字に興味があります。もうかなり漢字が読めます。書いたりもします。そういう意味で言うと発達が早いのかもしれません。それに大人をからかったりします。孫の名前を呼んで、こっちを振り向かせようとすると、わざと返事をせず、そっぽを向いたりします。そしてニヤリと笑うのです。人の心の動きが分かるようです。漢字を書いたり、ひらがなを書いたりするのは得意なのですが、話をする方はちょっとたどたどしいです。口が重かったりします。すべてが順調に成長するなんて子は珍しいのだと思います。成長が早い部分もあり、遅れている部分もあるというふうにでこぼこしています。それが個性を作るのだと思います。あまり他の幼児たちと比較することには意味がありません。彼は彼自身の道を行くのです。私たち老夫婦は彼に寄り添って、彼の道を遙かに見はるかしながら、絵本を選んだり、鉛筆削りを買ったりしながら、笑顔を交わし合う、そういう時間を過ごしてゆきたいです。

六月四日（土）

昨晩は不思議な夢を見ました。フロイトやユングがいなかったら、夢がこんなに重要視されることはなかったでしょう。ですから夢を見ると、ユングやフロイトの解釈を思い出してしまいます。ユングや河合隼雄が分析したら、典型的なアニマに関する夢だと解釈したのではないかと思います。それは、こんな夢でした。

小学校の時の同級生の女の子が出てきます。私が好意を持っていた女の子の友達でした。その女の子が私に近づいてきて、微笑みながら「さあ、私たち結婚するのよ」と言いました。姿形はもう成長して若い大人になっていました。「さあ、みんなに言わなくちゃ」と女の子が言います。私が好意を持っていた女の子も肩越しに現れて、「そうよ。みんなに言わなくちゃ」と言いました。

そこで私が「どこで、どうやって？」と聞きますと、小学校の同級生たちが車座になって現れて、拍手をしています。そこで私は覚悟を決めて、「僕たちは結婚します」と言いました。するとみんなの拍手が一段と大きくなりました。私が好意を持っていた女の子も満面の笑みで拍手をしています。私の隣にいた女の子が私の腕を取り、肩を並べてみんなにお辞儀をしました。

ここで目が覚めました。しばらく寝床で小学校の頃のことを思い出していました。みんなで楽しく遊んでいたことが思い出されました。あれからもう半世紀以上経っています。それでも夢はその頃の映像を使って、私の心に何かのメッセージを送ってきます。私は臨床心理には詳しくありません。ユングの本と河合隼雄の本をいくらか読んだので、なんとなくその雰囲気は分かるのですが、自分の無意識を分析することはできません。しかし、この夢はなんとなく印象深く心に残っています。心に残っているのは、戸惑いの感情と嬉しさの感情です。この女の子は私に何を伝えにきたのでしょうか。夢が心に触れると、心に細波《さざなみ》が立ちます。そのイメージがずっと心に残ります。するとやはり夢もいくらか現実に関わるところがあるように思います。夢は感情を呼び起こします。昨晩の夢は、戸惑いと嬉しさが同時にやってきました。何か新しいことが始まるのでしょうか。

今日は、母の家に行く日です。今年の誕生日が来れば、九〇歳になります。耳が遠くなり、足も弱って、短期記憶がすぐに失われてしまいますが、元気に一人で暮らしています。今日は私が昼食を用意し、お風呂掃除をして、風呂を沸かし、風呂に入ってもらいます。

しかし、介護とすれば楽な方です。その後、孫の家に寄って、先日買った絵本を届けます。孫と絵本を読むのが楽しみです。ワクワクします。今日はどんな反応、表情をしてくれるでしょうか。

本日も、夢の世界とはまったく異なる現実が待っています。夢の世界も一つの別世界だとするとそれも一つの現実のような気がします。生命は本当に複雑な生を生きるのですね。

六月七日（火）

昨日は大雨で母の家に介護に行ったのですが、びしょ濡れになりました。介護から帰ってきて、「第三の男」と「晩春」を見ました。こんなことができるのも年金生活者だからですね。どちらも懐かしい映画。若い頃、安い料金の名画座で見たものです。

「第三の男」は一九四九年のイギリス映画です。当時としてはまだ一般的だった白黒映画ですが、光と影の使い方が非常にうまくて印象的な場面がたくさん出てきます。グレアム・グリーンの原作は読んだことがないのですが、映画の完成度が非常に高いので、きっと優れた小説なのだと思います。舞台は第二次大戦後の廃墟と化したウィーンです。アメリカの売れない三文文士のホリーが、友人のハリーに招かれてウィーンにやってきます。ホリーを演じるのが、ジョセフ・コットン、そしてハリーを演じるのがかの名高きオーソン・ウェルズです。ホリーはウィーンに着くなりハリーの葬式に出くわすことになります。その葬式でハリーの愛人だった女優のアンナに出会います。これを名女優アリダ・ヴァリが演じていて、非常に美しいです。その美しいアンナに、一目惚れしたホリーは、ハリーの死因を巡って聞き込みを始めます。様々な疑問が浮かび上がります。イギリス占領軍の少佐から、ハリーが水で薄めたペニシリンの闇販売をする地下組織の黒幕であり、危険だから早く帰国しろと忠告を受けます。しかし、ある時ハリーの顔が闇夜の街角で部屋の灯りに照らされて、浮かび上がるのを見たホリーは、ハリーが生きていることを確信します。それを聞いた少佐は、ハリーの墓を掘り起こし、そこにあった遺体が別人のものであることを発見します。そこで少佐はホリーをおとりに使い、ハリーを逮捕しようとします。

ウィーンの巨大な下水道に逃げ込んだハリーを追いかけて、イギリス軍とホリーの追跡が始まります。光と闇の交錯する中、追い詰められたハリーは、ホリーに射殺され、葬式が出されます。アンナのことが気になるホリーは、まっすぐに伸びたウィーンの並木道で歩いてくるアンナを待ちますが、アンナはまったくホリーを無視して歩き去ってしまいます。アントン・カラスのチターが美しく鳴り響き映画は終わります。

若い頃、この映画を見た時にはカメラワークの斬新さや光と影の使い方の巧みさに惹かれて、監督のキャロル・リードの演出に興味を持ちましたが、今また、この映画を見て、印象に残るのは、あちこちに廃墟が残る共同統治下のウィーンの姿とアリダ・ヴァリの美しさです。廃墟と美しい女優の姿に人生の儚さが感じられて、サスペンス映画と言うよりは、七三年後の今日にあっても、廃墟となっているウクライナ諸都市の姿が重なり、犯罪や暴力の前に立ち尽くす人間の姿が、憂愁を感じさせます。だから何度見ても見飽きない様々な魅力がそこから浮かび上がってくるのでしょう。

二本目に見た「晩春」は小津安二郎の傑作として名高い作品です。同じ一九四九年の作で、古都鎌倉を舞台に、父と娘の関係を描いています。大学教授である父が結婚適齢期を過ぎようとしている娘に見合いさせ、結婚させる物語です。父を慕いずっと父と一緒に暮らしていたいという娘の役を原節子、そして一世一代の嘘をついて娘を嫁に出す父の役を笠智衆、この名コンビの初めての共演だそうです。淡々としたホームドラマですが、そこはかとなく惹きつけられる名画です。

映画の終わり頃、結婚の前に家族や親戚と京都旅行へ行き、旅行が終わって翌日は鎌倉へ帰る予定のその晩、娘がやはり結婚したくない、父の傍に一生いたいと言って、父を困らせます。結婚を断ろうとする娘に対して、父が鞄に荷物をしまいながら説得する場面。鞄に何冊かの本をしまう、その本の一冊がドイツ語の本でニーチェのツァラトゥストラだったのに気づきました。それをしまってから、父が娘を説得します。最初は嫌でも、結婚生活というものは、これから未来に向かって二人で新しく作ってゆくもの、人生を創造してゆくものということを言います。人生の芸術的創造、真実の創造とは、ニーチェが主張していたことではなかったでしょうか。一九四九年といえば、敗戦から四年後の荒廃した時期です。アメリカを中心とする連合国に統治されて主権を失っていた時期です。その時期の日本で鎌倉に住む平凡な父と娘が人生の創造を行うという主張がなされています。小津がニーチェを愛読したかどうかは私には分かりませんが、しかし笠のその台詞にはニーチェの思想を使って娘を説得する父の姿が映し出されていました。父の住む古い日本を捨て去って、新しい人生を築いてゆくという娘の出発を描いた映画ということが言えるのではないでしょうか。昨日、そんな新しい発見をしました。もちろん、娘のエレクトラ・コンプレックスを描いたフロイト的な映画ということもできますが、しかし小津がわざわざニーチェのツァラトゥストラを映して父に説得させる場面を描いたということは、価値の転換を行って、新しい価値を創造する人生へと送り出すそういう船出の映画と捉えることができると思います。

一九四九年というウィーンも鎌倉も占領統治下にあった二つの都市の中で描かれた生。一方は犯罪の追跡と異郷での恋、一方は慕い続ける父に説得されて結婚に踏み出す娘の姿が描かれていました。二本とも傑作です。私たちは映画を通じて、人生に溢れる悲哀と歓喜を感じることができるのです。

六月八日（水）

ここ数日ずっと、佐々木健一著『美学への招待　増補版』（中公新書　二〇一九年）を読んでいました。日常生活上の様々な実例をあげながら、美学において問われてきた問題を論じてゆく、非常に丁寧で素人にもよく分かるような本でした。この本を読んでいて、特にその第一〇章「美の哲学」は、優れた現代美学の紹介になっています。

この本によると、二〇世紀アヴァンギャルドによる美の破壊、美の拒否は、例えばマックス・エルンストやマルセル・デュシャンなどによる既成の美学に対する反逆によって始まりました。支配階級が信奉する美しい芸術は、第一次世界大戦の惨事の後では、意味がなくなった。もはや美しい芸術を作る意味はない、とマックス・エルンストは美への反逆を政治的反抗に結びつけています。また、マルセル・デュシャンは、便器を置いてそれを「泉」と名付け展示しました。このように芸術が政治的行為の可能性に目覚め、美を破壊する行為は二〇世紀を通じて普遍性を持ちました。

しかし、二一世紀に入るとアヴァンギャルドの活動と並行して、美に対する関心が復活してきたようです。この本で紹介されているのは、アーサー・ダントーとアレグザンダー・ネハマスの説です。ダントーの言いたいことは、「美は芸術には不要だが、人生には不可欠」ということのようです。それは救済、そして慰めとしての美ということです。それに対してネハマスは美しい人の美をモデルにエロス的なものとしての美を考えます。それは、スタンダールの「美は幸福の約束」というアフォリズムによって喚起される生への意欲を掻き立てるものとしてのエロス的な美を愛と絡めています。すなわち、ネハマスが引用しているギリシアの女流詩人サッポーの「最も美しいのはあなたの愛するもの」という言葉に代表されるようなエロスとしての美を主張しています。そして、佐々木は第三の美の特質として、そもそも宇宙に具《そな》わっている美に関連して、人間が作るという行為が美を目指しているその目指している当のものとしての価値、即ち美が現れてくると主張しています。人間の作る芸術が美を拒否したとしても、作る行為そのものは、無意識のうちに美を目指している。そんなふうに美が人生に不可欠の価値であるということを意味しています。私の詩にもたびたび美が登場します。それは普通の街角に突然現れる美しい女性として現れてきます。

「**生の経験**」

いつまでも
明けない梅雨の
囁く雨に打たれて
僕は詩の言葉を探す

言葉は現実の経験を
拾い切れずに
経験に触れて溢れ出す
詩情を現しきれない

日常に隠れる詩美
生の思考
生に内在する超越を
僕は捉えきれない

詩人や哲学者が探す
詩句や概念を
生き生きした経験に
一人の優美な女性の存在に匹敵させることができない

六月九日（木）

今日も空は厚い灰色の雲に覆われています。いつ大雨になって、死者が出るような洪水や土砂崩れが起きないとも限りません。その上、ロシアの侵略戦争、戦争の影響によるスタグフレーション（不況下の物価上昇）、食料危機、新型コロナウイルス感染症、格差と貧困等、恐ろしい事態が進行しつつあります。空の分厚い灰色の雲を見ただけで、こんなことを連想します。しかし、とりあえず朝食を食べ、ソランの散歩に行き、新聞を読んで、年金生活者の仕事に取りかかります。普段通りの平穏な生活がいつまで続けられるか、どうなるか分からない未来の闇を見つめながら、今を生きています。

今日は、妻がテレワークということで、二階の部屋でパソコンに向かっています。私は一階の居間でパソコンを打っています。一見平穏な家庭の姿のような気がしますが、しかし、世界は断崖の危機に立たされています。このままの生活でしばらくは大丈夫なのだろうか。もう少し食費を切り詰めなければならないだろうか、無駄な出費はないだろうか、そんな心配をしながら生活をしています。コロナ対策も怠りなく、交通事故にも気をつけて、九〇歳になる母親の介護の心配、孫たちの世話、そんな心配事が押し寄せてきます。生活とは心配事の連なりです。不安はいつまでも止みません。ソファーの上で寝ているソランはそんな心配事とはまるで無縁な顔をしています。こんなふうに暢気に暮らしてみたいと思います。

なんと大リーグエンジェルスは球団史上最悪の一三連敗を喫しています。今日はどうでしょうか。大谷君は、ホームランを打ってくれるでしょうか。エンジェルスも追い詰められています。監督も解任されました。人生における大きな危機です。人はこんな危機をどのように乗り越えてゆくのでしょうか。危機を乗り越えてゆくために、人間にはどんな力が必要とされるのでしょうか。

鶴見俊輔は、「自分の傷ついた部分に根ざす能力が、追い詰められた状況で力をあらわす」と言っています。これを私たちは勇気というのでしょうか。この鶴見の言葉は勇気の定義なのでしょうか。岩波国語辞典（第四版　一九八六年）では、「ものおじせずに立ち向かう気力」としています。何に立ち向かうのでしょうか。それは追い詰められた状況、困難や危機に立ち向かう気力のことを言っているのだと思います。プラトンは対話篇『ラケス』（プラトン著『プラトン対話篇　ラケス　勇気について』三嶋輝夫訳　講談社学術文庫　一九九七年）の中で、ソクラテスに勇気の定義を巡って様々な議論をさせていますが、「思慮ある忍耐強さ」など一つ一つ検討してゆく中で、結局最終的な定義に到達していません。しかし、人生の心配事、不安、困難、追い詰められた状況に立ち向かう気力は、いつも私たちに求められています。それをどこから汲み取るか。鶴見は、「傷ついた部分に根ざす能力」と言っています。自分の弱点に沿って思考を進めてゆく。困難に立ち向かう。そういう気力をどこから汲み出してきたらよいのでしょう。

加藤周一は、『夕陽妄語』の中で、本居宣長、ハイデッガー、ワルトハイムを論じて、例えば宣長が、画期的な古代日本語の研究を成し遂げた一方、非常に粗雑で狂信的な排外的国家主義を唱えたのは何故かと問い、その謎を考えています。それは、ハイデッガーにもあって、二〇世紀を代表するような存在論的哲学を構築する一方、全体主義であるナチズムを何故支持したのかという謎があります。当時のオーストリアのワルトハイム大統領にも経歴詐称がありナチ支持の過去があったことが表面化しました。こうした二面性を認識する条件とは何かと問い次のように言っています。

「歴史の複雑な二面性を認識する条件は、おそらく、思想的には、ハイデッガの、あるいは宣長の複雑な二面性を問題にすることができる条件と、実は一致するだろう。その条件とは、勇気のある理性に他ならないのである。」（加藤周一著『夕陽妄語Ⅰ』ちくま文庫　二〇一六年　二二八ページ～二二九ページ）

この文章が書かれたのは、一九八八年のことです。それから三〇年以上が経ち、しかも問題は未だに残り続けています。それは勇気のある理性が現れることが、いかに稀であるかということを示していると思います。

　そして、なんとエンジェルスは一四連敗を喫しました。

六月一〇日（金）

　朝露に煌めく陽が乱反射して辺りにこぼれ落ちます。今日は、少し陽が出ています。洗濯物を干していると、自然とビートルズの歌が口をついて出てきます。音楽や舞踏が世界に対する身体的・本能的な反応ではないかと思う一瞬です。ニーチェは、「自然そのもののもつ芸術衝動」という言い方をしています（ニーチェ著『悲劇の誕生』西尾幹二訳　中公文庫　一九七四年　一五ページ）。

　確かに私たちは友人とお喋りをする時、身体が自然に動くのを自覚します。言葉より先に眼球が動き、手が宙を舞い、足を組んだりします。音楽と舞踏と言葉は、非常に親密な関係にあるように思われます。

　私は歌が下手で、音痴です。楽器は一つも演奏できません。それでも一人で洗濯物を干したり、皿を洗ったりする時、鼻歌が出てきます。歌謡番組を見ていると、現代の歌手たちは一生懸命ダンスをしながら歌を歌います。この時詩と楽曲とダンスは一つのものです。

これは何を表現しているのでしょうか。ダンスといえば、私は中学校の朝礼の後で行われたフォークダンスしか知りません。詩は好きですが、音楽は音痴です。ですから現代の歌い手たちが、見事なダンスをしながら、英語の混じった詩を歌い、それを楽曲に乗せてゆくそういうパフォーマンスを見て、いつも凄いなあと思いながらテレビの画面を見つめています。私はもう六五歳ですから、聞く音楽といえば、ユーミンとか、みゆきとか、サザンです。同世代の天才の音楽を聴くと身体が動き出します。きっと自然、すなわち身体の動きがダンスになり、そこから言葉や音楽が生まれてきたのでしょう。フランスの哲学者アランは、このダンスと音楽と詩の間の関係を次のように説明しています。

「こうして、ダンスが芸術の最初に位置を占める。音楽は体のすべての動きを音楽的効果に従属させるという点で、ダンスと対立する。最後に詩は、ある意味で右の二つを合わせたものだ。が、それをきちんと説明するには、言語という補助的な項目をもってくる必要がある。体はその構造からして自然な言語の二つの形——身ぶりと声——を提供する。すぐに分かるように、ダンスは身ぶりに対応し、音楽は声に対応する。けれども、どういう意味で芸術が言語であるのかを理解したければ、言語の根元をつかまなければならない。そこで明らかになるのは、最初のもっとも強力な言語は行動だ、ということである」（アラン著『芸術論20講』長谷川宏訳　光文社古典新訳文庫　二〇一五年　六五ページ）

アランは、ダンスすなわち身ぶりを言語と同時に考えます。行動することは意味することで、それ故ダンスは絶対的言語であると言っています。身ぶりやちょっとした表情が様々な意味を持つことを私たちは日常生活の中でよく知るところです。

洗濯物を干して、鼻歌を歌っている自分を感じて、こんなことを考えてみました。思索力のある人は、もっともっと遠くまでその思考を伸ばしてゆくことができるでしょう。身体や芸術に関する本は山ほどあります。年金生活者の一日をそんな読書で過ごすのも悪くない考えでしょう。

たった今、大谷君が逆転のツーランホームランを打ちました。今日はピッチャーも務めています。二刀流で大活躍です。なんとか連敗を脱出できるでしょうか。手に汗にぎります。スポーツもきっと芸術の一種なのでしょう。大谷君のホームランはとても美しいものでした。

午後一時五〇分　エンジェルスがやっと連敗を脱出しました。大谷君は四勝目、そして一二号ホームランを打ちました。五対二でレッドソックスに勝ちました。長かったなあ。

六月一三日（月）

昨日夜は、テレビで堤幸彦監督、北川景子主演の「ファースト・ラブ」を見ました。親による子への性的虐待をテーマにした作品でした。重いテーマにもかかわらず最後まで見通すことができました。性的虐待によって追い詰められた女性が父親の殺人事件を起こし、その真相究明のために公認心理士として北川景子が自らの過去とも向き合いながら、この女性の裁判にのぞみます。自傷行為の意味や性的虐待が人間の心にどのような影響をもたらすか、美しい北川景子と芳根京子の熱演が光りました。女性と男性の関係について繊細な洞察に基づくシーンがあちこちにありました。性は人間が直面する根源的な問題の一つだと思います。心と身体が交錯する両義的で羞恥心や攻撃性、美と愛、魅惑と陶酔、嫌悪と罪責感、歓喜と戦慄などが絡み合う、しかもなお人間の自由がそこで発揮される複雑な現象です。その上に家族が成り立ちます。私たちはなんと複雑で微妙なバランスの上に築かれた人間関係の中で暮らしているのでしょう。

私も幼い頃は、父親の暴力に怯えながら暮らしていましたが、そのため一九歳の時に家を出て一人暮らしを始めました。大学が地方の大学だったので、寮生活を始めたのです。その時、父親の暴力から解放されて、ほっとしたのを覚えています。それは私が勝ち取った自由でした。幼い子を暴力によって支配するという親子関係は、今でも多く見られます。自分の子を虐待する親のなんと多いことか。もし親子関係から暴力が一掃されれば、世界の様々な犯罪の多くは起こらないで済むはずです。暴力が精神に及ぼす影響は言葉に表わしにくいほど深いものです。この怯え、この無力感は、暴力を受けたものにしか分かりません。ですから、暴力は家庭から、教室から、社会から排除されねばなりません。そのための教育が必要とされるところです。

私は教育者として生徒に暴力を振るったことは一度もありません。父親から暴力を振るわれていたわりには、冷静に人間関係に対処できてきたと思います。暴力を振るわれていた者は、暴力を振るうようになるという、暴力の伝染性には感染しませんでした。それは何故だったでしょうか。自分でもよく分かりません。私の中に暴力に対する嫌悪が非常に強くあります。法によって禁止されているからではありません。そうではなく、生理的・

感情的に暴力に対する嫌悪感が強くあるからです。

一方で、健康な身体をもらい、大学まで出してもらったという感謝もあります。人並みの教育を受け、人並みの人生を歩んでこられたという感謝も親に対してはあります。すべてが悪かったわけではありません。いつまでも幼年期に受けた精神的・身体的な傷にこだわっていては、人生を前に進めることはできません。私はもう六五歳という老齢です。様々なこだわりを捨てて、楽しく、妻や子や孫たちと暮らしてゆきたいと願っています。この日記もそのための道具です。映画を見たり、本を読んだりしながら、自分の人生を振り返ることも大事ですが、まだあともう少しある未来をどのように生きるかと考えて、それを実践してゆきたいです。今月は年金が配布される月です。そのお金でまた孫たちに絵本を買えます。自分の好きな本も買えます。今はそういう日々の暮らしが何より大事です。

六月一四日（火）

今日は、ドリームジャンボ宝くじの当選発表日です。朝、朝食を食べて新聞を開きます。もし五億円当たっていたら、新しく広い家を建てて、引っ越したいと願い続けています。しかし、これまで当選したことはありません。当選しないことが分かっていながら、何故宝くじを買うのでしょうか。宝くじを買ってから、はずれを確認するまでの間、夢を見続けます。こんな豪邸を建て、家のデザインはこうで、部屋数はいくつで、リビングの広さはこれくらいで……とか想像を楽しみます。夕食の時、妻とお酒を飲みながら、そんな話を何回したことでしょう。一生に一度くらいそんな幸運に恵まれないかとお祈りをしています。そして、恭しく新聞を開きます。もちろん、スマホのＱＲコードを読み取って当選番号を確認してもよいのですが、しかし私くらいの年齢の人は、新聞の方がしっくりくるのではないでしょうか。新聞の端っこの方に当選番号が載っています。私はバラ二〇枚と連番一〇枚の九〇〇〇円分買いました。少なくとも元は取りたいです。さあ、どうでしょうか。クジを一枚一枚当選番号と見比べていきます。もちろん、宝くじ売り場に行って、そこで自動で読み取ってもらった方が確かだし早いのですが、私は一枚一枚新聞で確かめてゆきます。あっ、当たった、三〇〇円。あっ、また当たった、三〇〇円。おっ、今度は三〇〇〇円……。ああっ、残念五億円は当たりませんでした。結局、当たったのは、三九〇〇円分だけでした。元も取れていません。でも三九〇〇円あれば、孫に絵本を買ってやれます。豪邸は建てられませんが、どんな絵本にするか考えなければなりません。最近は、新聞によく絵本の広告が載っています。読書欄で絵本を紹介することもあります。そんなことで新聞を読むのが楽しみになります。孫が気に入るような絵本を探すのが楽しみです。残念だけど、楽しい。惜しいけど、小さな楽しみが増えます。そんなことで、宝くじを買うのでしょうか。今回も当たりませんでしたが、次回もまた買うでしょう。次回は、サマージャンボ宝くじです。老人のささやかな楽しみです。次回は一〇〇〇〇円くらい当てて、元を取りたいです。もちろん一等賞が取れれば、豪邸を建てます。それまでのささやかな楽しみは続きます。

さて、今日は大谷君のエンジェルスは試合がありません。大活躍の大谷君も休養が取れてよかったのではないかと思います。一四連敗後のエンジェルスは、一進一退です。連勝はまだありません。勝ったり、負けたりを繰り返しています。大谷君の活躍を見るのがすっかり楽しみになりました。宝くじよりエンジェルスが勝つ方が圧倒的に確率は高いです。毎回テレビ中継が楽しみです。明日は、また大谷君が元気な姿を見せてくれるでしょう。家事をやり、日記を書き、大谷君のテレビ中継を見て、そして読書をし、散歩をして、母親の介護をし、孫の世話をするという生活にも大分慣れてきました。あまり、暇とか退屈ということがありません。全然ないわけではありませんが、多すぎて困るというほどではありません。年金暮らしも悪くありません。あともう少し、英語と独語の勉強時間を増やして、語学が上達できれば言うことありません。

英語は中学生から、独語は大学生から少し勉強しました。その後、働いている間は、語学の勉強を行う元気はありませんでした。二〇代の頃は、渋谷の語学学校に通ったりしましたが、大して上達しませんでした。どうも語学の才能はなさそうです。でも、英語やドイツ語の文章を読んだり、会話の練習をしたりするのは嫌いではありません。忍耐強く続ければ、少しは上達するでしょうか。時間はかかりますが、でも時間はたっぷりあります。もちろん、病気にかからなければですが……。テレビを見て、時間を無駄に過ごすより、語学の勉強ができれば嬉しいです。テレビは、ニュースと大谷君の中継くらいにして、あとは自分のために時間を使うことにします。ヘルマン・ヘッセやトーマス・マンの小説やニーチェのアフォリズムを原語で読めたら素晴らしいと思います。今から練習すれば、七〇代になる頃には、少しは読めるようになっているかもしれません。どうも宝くじを買うよりは、その方が確率は高いかもしれません。なんだかそんなふうにして、過ごしてゆけたらと思っています。

六月一六日（木）

天気予報によると今日は晴れて暑くなるということでしたが、まだ空は厚い雲に覆われ、どんよりとした朝です。例によって、洗濯物を干していて、空を見上げると雨が降ってきそうな雰囲気です。どうしたものかなって、耳を澄ましても鳥の声が聞こえません。天気予報ははずれだろうか。雨でも降られると困るなあって、もう一度空を見上げました。えええい、天気予報を信じて、このまま干しておこうと洗濯物を干したまま階下に下りてきて、今この日記を書いています。

テレビをつけると、ＢＳ一〇三で「ディック・ブルーナーの人生をたどる」という番組をやっています。私の娘もミッフィーにはさんざんお世話になりました。孫も今お世話になっています。案内役は女優の黒木瞳さんです。相変わらず美しいです。ブルーナーさんの絵はすべて手書きだそうです。使う色はたった六色だけ。それはブルーナーカラーと呼ばれているそうです。青は不安、赤は楽しさ、黄色は温もり、茶色は安心などと意味が決まっていたそうです。シンプルさを追い求め、あのようなミッフィーの絵になったそうです。世界中で大人気ですね。ブルーナー担当の出版社の編集者は、ブルーナーの子ども時代が非常に幸せな時代で、それがミッフィーに投影されていると考えているそうです。黒木瞳さんが、ブルーナーが幼年期に住んでいた家に案内してくれます。広い庭、青い芝生、自然豊かな環境、家族との素晴らしい時間。絵本にはこの頃の幸福感が満ちあふれているようです。その幸せな幼年期もヒトラーの戦争によって壊されてしまいます。オランダもヒトラーに征服されてしまいました。ブルーナーも湖畔の町に逃れ、自分たちで小屋を建て、そこに隠れ住んでいたそうです。戦争中、ブルーナーは学校に行っていませんでした。その間、家の中で絵を描いて過ごしていたそうです。戦後、パリに出たブルーナーは、美術館に通い、絵の勉強に励みました。そしてブックデザイナーになったブルーナーは、切手や本のデザインを仕事にしていました。そして結婚し、子どもができました。その子どもが野原でウサギと遊ぶ姿を見たブルーナーは、自分の息子のためにウサギを主人公にした絵本を作りました。それがやがてミッフィーになってゆきます。ミッフィーは、一九五五年に生まれました。私より一歳年上ですね。それから長い間、世界中の子どもたちを喜ばせていました。私の家にも、孫たちの家にもたくさんのミッフィーがいます。ブルーナーの写真を見ると、オールバックの髪、広い額、そして大きなカイゼル髭が目をひきます。ブルーナーが亡くなって五年経ちました。この絵本、これからも世界中の子どもたちの心を耕し続けるのですね。

外を見ると、まだ厚い雲が空を覆っています。幸い雨は降っていませんが、気温も低いままです。大丈夫だろうか、ほんとに晴れてくるのかな。妻は美容院に行きました。大谷君のテレビ中継はまだ始まりません。昨日は、永井均著『これがニーチェだ』（講談社現代新書　一九九八年）を読んでいました。なんとなく手持ち無沙汰なので、もう一回眺め直しています。ニヒリズムを発見し、それを超えていく過程で、力への意志とパースペクティヴ主義を採用し、そして永遠回帰の思想に襲われて、生の肯定へと至る道程が説明されていました。読みやすい本です。取り立てて優れているというわけではありませんが、丁寧にニーチェの哲学を説明してくれています。青年時代に私もニヒリズムに取り憑かれていましたので、ニーチェにはいくらか親しみました。ミッフィーが活躍すれば、ニヒリズムなどどこかへ吹き飛んでしまうと思います。心に開いた穴を埋めるのは、美と愛です。それが私たちの生の秘密です。

六月一七日（金）

今日も曇りです。でも雨が降っていないだけましです。昨日は、三時頃から孫の家に歩いてゆき、孫と遊んできました。上の孫は幼稚園から帰ってきて、着替えをしたあと、三時のおやつにケーキを食べていました。満足そうな顔をして、もりもり食べていました。

そのあと「ばあば」（私の妻）に漢字の絵本を読んでもらっていました。彼は、まだ三歳なのにもう漢字に興味があり、簡単な漢字を書き、そして読むことができます。話すことより、読み書きの発達の方が早いようです。下の孫は、まだ一歳になりません。でももうはいはいしたり、テーブルにつかまって立ち上がったりできます。この子はいつでも機嫌がよく、ニコニコ笑っています。兄弟でもずいぶん性格が違いますね。二人とも順調に健康に育っています。祖父・祖母はそれが嬉しくて仕方がありません。しばらく一緒に遊んでから、家に帰ってきました。

テレビをつけると、参議院選挙のニュースをやっていました。七月一〇日が投開票日になるそうです。しかし、日本に限らず民主主義は危機的状況に陥っています。どこの国でも極右が台頭して、暴力的な分断政策を主張しています。政治状況にウクライナ侵略が暗い影を落としています。かつてワイマール共和国の中から選挙を勝ち抜く形で、ヒトラーが台頭しました。それからまだ百年も経っていません。ヒトラーがポーランド侵略を開始したのが、一九三九年のことでした。民主主義は、ヒトラーのような扇動者・独裁者によって、ポピュリズムに陥り、そして全体主義が台頭するのでしょうか。

日本国憲法の三つの柱は、国民主権、基本的人権の尊重、そして平和主義です。この憲法の原理を守って、自由と生活、平和と平穏を守ってほしいと思います。二度と戦前のような軍国主義的ファシズムに戻ってほしくないです。そして、経済も新自由主義のような格差や低賃金長時間労働をまったく問題とも考えない主義主張には違和感があります。新自由主義はもう四〇年も世界を席巻してきましたが、二〇〇八年のリーマン・ショックで挫折しました。一〇〇年に一度の大恐慌が起こったのです。日本も酷い被害を受けました。一九九〇年代の初め、バブル経済が弾けて、失われた三〇年と言われる大不況が続いてきました。その間、賃金はまったく上がらず、そのため今では韓国よりも平均賃金は低くなってしまいました。もう先進国とは言えない状況になっています。

侵略戦争、感染症のパンデミック、恐慌、食料危機、気候危機、世界は断崖の危機に立たされています。こんな暗い世界で孫たちは生きなくてはなりません。孫たちの希望とは何でしょうか。何に望みをつないで生きてゆくのでしょうか。祖父・祖母にできることは、できるだけ美味しい食事を食べてもらい、一生懸命一緒に遊んで、健康な心身を作ってゆき、そして平和で安心・安全な社会を作ることに少しでも貢献することでしょうか。私は一生を本とともに暮らしてきましたので、孫には本の世界に親しんでもらいたいと思っています。少し大きくなったら、メールで文章のやりとりをしたいです。そして集中力を養うために、囲碁を一緒に楽しみたいと思っています。できるだけ褒めて、孫に自信を持ってもらいたいと思います。断崖の危機を生き延びて、できる限り幸せになってもらいたい。そのためにできることを、これから一生懸命考えて、それをしていきたいと思います。

この間、『ノラネコぐんだん　おすしやさん』（工藤ノリコ作　白泉社　二〇一五年）を買ってきました。上の孫は、この「ノラネコぐんだん」シリーズが大好きです。私が遊びに行った時も読みますが、毎晩寝る時に母親にこの本を読んでもらうそうです。三歳ですが、本好きの子どもに育ちました。おもちゃにはあまり興味を示さず、絵本やワークブックが好きなようです。私は六五歳の今になっても本を手放すことができません。毎月四、五冊の本を読みます。それはほんとに楽しい趣味です。詩や批評、エッセイや哲学の本を読むことが多いですが、時々小説も読みます。乱読は私の人生の一部です。この楽しみを孫にも分けてあげたいです。絵本を卒業したら、図鑑や童話、そして岩波少年文庫、それを卒業したら岩波ジュニア新書、さらには岩波文庫や新潮文庫で楽しい読書を一生味わってほしいと思います。なんだか今からワクワクします。スポーツはほどほどでいいです。健康な身体ができればそれでいいのではないでしょうか。

私が興味を持っているスポーツ選手は、大谷翔平君と羽生結弦君くらいですが、ああいう天才はほんとに稀にしか現れません。大谷君は一〇〇年に一度の逸材ではないでしょうか。それはテレビで応援して楽しめばよいのです。さて、今日も大谷君の試合が始まります。とても楽しみです。

六月一八日（土）

妻は土曜日だというのに仕事に出かけました。忙しい毎日です。私はといえば、皿洗いや洗濯物干しをやって、お茶を飲んでいます。ソランの散歩にも行きました。教育の仕事から遠ざかって、二ヶ月半です。仕事のない日常にも慣れてきました。いくらか家事をやり、そして日記を書いたり、語学の勉強をやったり、本を読んだりです。若い頃、こんな暮らしをずっとやりたいなと夢想していました。詩人では食っていかれませんが、何か文章を書いて収入を得たいとずっと思っていました。それができずに四一年間教師の仕事をしていましたが、後悔はありません。年金暮らしになって、稼がなくてもよくなり、毎日日記を書いています。生活としては、若い頃夢想していた暮らしに近くなりました。もちろん、本を出版したいという希望を叶えるには、まだまだですが、いずれは孫にも読んでもらいたいと思うのです。これは、生きているうちに叶う夢でしょうか。私たちはいつも何かを夢見ながら暮らしているのですね。昨晩も何か夢を見たような気がしましたが、しかしどんな夢だったか忘れてしまいました。私たちは生命ですから、生命の働きとして思考や文化があると考えた方がよさそうです。夢の中で暮らす、そんなふうに暮らしているのではないでしょうか。

哲学史の中で一九世紀の後半から二〇世紀の前半にかけて、生の哲学という一派がありました。ニーチェやベルクソン、ジンメルやディルタイといった人々が作った哲学です。みなダーウィンの進化論に影響を受けていて、理性ということよりも身体や生命の働きを中心に哲学を組み立てる傾向がありました。いつの頃からか、「生の哲学」の「生」というのは、身体だとか無意識のことを言っているのだと思うようになりました。二〇世紀のハイデッガー、サルトル、ヤスパースなども影響を受けています。しかし、現象学や実存哲学からは、その哲学は帝国主義時代の時代意識だと批判されるようになり、次第に時代の中心からは遠ざかってゆきました。しかし、ハイデッガーなどは、ナチスの哲学だと批判を受けることもありますし、一概に生の哲学が帝国主義と近親関係にあるというのも、そんなに単純に割り切れるものではなさそうです。

六月二〇日（月）

昨日、今日と晴れて暑くなっています。気温も三〇度近くになる予想で、ちょっと、身体がばてています。私の今年九〇歳になる母親も夏になると食欲が落ちてくるので注意が必要です。もちろん、熱中症の注意も必要です。きっとその前に大雨が降って、またどこかで甚大な豪雨災害、土砂災害が起こるのかと思うと、心配です。いつ自分の番になるかと思うとひやひやします。気候危機は年々深刻になり、私たちの生命を脅かします。それはおそらくは、産業革命以降の資本主義と科学技術の進展で、起こってきた事態だと思われます。大量生産、大量消費の歯車が行き過ぎて、地球全体の大気や水循環や生態系を壊してきたからでしょう。人間の文明が、地球環境を壊しているのです。私たちの文明は、果たして生き延びていくことができるのでしょうか。それとも滅びに向かうのでしょうか。そんなことを考えなければならない毎日にうんざりします。私にできることは、なるべく温室効果ガスを出さないように暮らすことぐらいしかできません。自動車は二台ではなく一台だけにするとか、風呂のガス釜の使用時間を短くするとか、プラスティックの使用量を減らすとか、節電をするとか、自分の生活を大量消費型のものから、節制・抑制を基調にしたものにしていかなければなりません。物質的に豊かな生活をするということは、地球環境を壊すことです。そういう資本主義的な生活様式を改めることを考えなければなりません。

もう半世紀も前のことです。高校に入学したばかりの夏休みに宿題が出ました。レイチェル・カーソンの『沈黙の春』（新潮文庫　青樹簗一訳　一九七四年）を読んで感想文を書く宿題でした。その当時は、「生と死の妙薬」という題名で出版されていました。国語科ではなく、生物科からの宿題でした。今から思えばなんと先進的な宿題だったことでしょう。化学物質による環境汚染を主題にしていました。日本では水俣病の裁判が始まっていました。レイチェル・カーソンの警告に、尋常でない衝撃を受けました。殺虫剤や農薬に含まれている化学物質が、人間だけではなく生物全般にどんな影響を与えるか詳細な報告がなされていました。今またこの本を読み直して、その先駆的な業績に関して理解と記憶を新たにしなければなりません。この本が切り開いた環境汚染に関する問題意識は、その後様々な人々に受け継がれ、未だに読み継がれています。また当時の高校の先生の深い問題意識に敬服します。この本によって、レイチェル・カーソンの名が刻み込まれ、忘れられない記憶として残っています。半世紀も前に与えられた問題意識が、その後の人生の中に残り続け、私の問題意識を形成しています。若い頃の読書は、六五歳の老人の今の問題意識をも刺激します。こんな幸運に巡り会えて、環境汚染や気候危機への憂慮を感じつつ、幸せも感じています。こんなに息の長い教育の効果を自分の身に感じることができて、私の授業でもそんなことがあったろうかと反省も迫られる瞬間でした。

六月二一日（火）

文章を書いている途中で、突然昔の記憶が蘇り、その記憶を反芻すると非常な快感を得ることができるということに気がつきました。昨日は、半世紀前の生物科の宿題を思い出しました。だから老人は昔話が多くなるのでしょうか。プルーストの『失われた時を求めて』（プルースト著『失われた時を求めて1　スワン家のほうへI』吉川一義訳　岩波文庫　二〇一〇年）もこんなふうな回想からなっているのでしょうか。私は最初の第一巻を読んだだけで、その長さに恐れをなし、第二巻から第一四巻は読んでいません。最初の一巻だけです。これからの余生で読むことがあるでしょうか。ベルクソンの『物質と記憶』（アンリ・ベルクソン著『物質と記憶』熊野純彦訳　岩波文庫　二〇一五年）は一度読みましたが、しかし一度読んだくらいでは分かりません。過去は実在する、一つは記憶として、そしてさらに習慣として……、といった純粋持続の理論は私には難しくて、少しずつゆっくりと読んだのですが、中々これで分かったという点にまで到達したという実感はありませんでした。プルーストの作品の中では、嗅覚の刺激によって記憶が蘇るというシーンがありました。私の人生でもそんなことがあるでしょうか。昨日は、文章を綴りながら、過去が蘇ってくるのを感じることができました。今日もそんなことがあるでしょうか。何かマドレーヌの香りでも嗅ぐといいのでしょうか。私たちの生理や感覚はまだ不思議なことに満ちています。医学や脳科学や遺伝学や様々な科学が人体の不思議に挑んでいますが、それでもまだまだ解明されない事柄はたくさんあると思います。

不思議なことといえば、私が五歳か六歳の頃、まだ学校には行っていなかったと思うのですが、夕暮れ、家の前の道路で何人かの近所の子どもたちと遊んでいた時です。空は曇っていました。遠くで雷鳴が響いていました。私の母と隣家のおばさんがお喋りをしていました。私たちはその周りで走り回っていました。

その時突然雷鳴が近くで響きました。空を見上げました。すると北の空に人の顔の形をした稲光が私の目に飛び込んできたのです。髭を生やした西洋人風の顔が雲の間から現れ出てきたのです。それが何かを言いながら、西の方へ移動してゆきました。私は唖然として母親のスカートを引っ張って、「あれを見て」と何回も大声をあげました。しかし、母親はお喋りに夢中で、空を見ようとはしません。大空に浮かぶ巨大な顔は、次第に遠ざかってゆきます。私は、その後を追いかけてゆきました。近所の子どもたちも大空に浮かぶ稲光の顔を追いかけてゆきます。光ったり消えたりしながら、大きな顔が現れたり、消えたりしています。そして次第に消えてゆきます。ああ、あれは一体何だったのだろう。私たちは呆然として、しばらく空の雲を眺めていました。その間だいたい五分くらいのことだったと思います。親たちは何も気づかず、ずっとお喋りをしていました。私たちはしばらくあの大空に浮かんだ大きな人の顔のことを話し合っていました。

今でもあれは何だったのだろうと思うことがあります。稲光が人の顔の形をして光ったなんて、とても信じられません。私の人生にも様々な謎があります。記憶の定かではない子どもの頃の出来事はなおさら謎がつきまといます。記憶は謎の形をして現在にまで繰り越されてきます。過去と未来は記憶と予測の間で揺れ動いています。知覚とイマージュと記憶の関係は、ベルクソンの説明を聞いてもよく分かりません。現在の知覚と判断の中にも記憶が送り込まれてきます。そうでなければ、知覚の対象物が何であるか判断することができません。そんなふうに現在と過去は混ざり合っています。この持続の中に私たちの生が展開するのでしょう。さらに、『創造的進化』（ベルクソン著『創造的進化』真方敬道訳

岩波文庫　一九八九年）や『道徳と宗教の二源泉』（ベルクソン著『道徳と宗教の二源泉』平山高次訳　岩波文庫　一九七七年）なども読み進め、ベルクソン哲学を理解したいと思います。

六月二二日（水）

先ほどまで降っていた雨が上がり、陽が射してきました。今日、妻はテレワークで、家にいます。先ほどから二階に上がって、パソコンの前で仕事をしています。私はソランの散歩に出て、先ほど帰ってきました。もう一四歳になるのですが、排便も毎日あり、時々足がよろけますが、元気に過ごしています。家に帰ってくると、ソファーの上に寝転がって、うとうとしています。なんだか私と一緒ですね。昨日は、電気屋さんが来て、古いエアコンを新しく買ったエアコンに取り替えていってくれました。私はもうボーナスが出ないので、大きな買い物をするとひやひやします。銀行口座が空になってしまうのではないかといつも不安です。ロシアの侵略戦争と西側諸国の経済制裁、そして円安の影響で物価上昇が続きます。それに年金は、マクロスライドとかいって、〇・四％下がりました。欧米諸国は、賃金が上がりますから、物価が上昇してもまだ日本よりはいいのではないでしょうか。日本は物価が上昇しても、賃金は上がらず、年金は下がり、生活はますます苦しくなるばかりです。日本の平均賃金は、円安の影響もあり、かなり下がっていると思います。韓国はもとより、チリよりも下だという計算もあります。アメリカをはじめ欧米各国は、政策金利を上昇させて、金融の引き締めにかかっています。しかし、日本は政府の借金が多すぎて、金利を上げることができません。インフレはさらに進み、賃金も年金も上がらない現状では生活は苦しくなるばかりです。私たちの生活はどうなってしまうのでしょうか。格差はますます開き、ごく一部の富裕層ばかりいい生活をして、九九・九％以上の普通の国民は非常に苦しい生活を強いられる、そういう現状であっていいはずがありません。資本主義という非常に不安定な経済システムを改め、宇沢弘文が言っていたような社会的共通資本の仕組みを取り入れていった方が良いのではないかと思ったりもします。

資本主義の時代の次にやってくる時代はどんな時代でしょうか。共産主義でもなく、資本主義でもない、人々の人間的尊厳が守られ、高い水準の文化的生活が保障され、平和と自由、安全と魂の自足が得られるような生活を可能とする社会を構成する、そういう原理がもたらされるといいのではないでしょうか。

こうした理想を具体化する手立てはどのようなものでしょうか。世に数多《あまた》いる経済学者や政治学者の優れた分析と展望がほしいです。私の平凡な思索力では、そのヴィジョンを描くことができません。一介の高校教師では、希望の原理を描き出す力がありません。そういう人間には次の時代のためになにができるでしょうか。私は何をしたらよいのでしょうか。教師という職業からは離れ、未来の世代を育てる仕事に携わることはできません。しかし、二人の孫の成長を見守ることはできます。祖父として愛情を注ぐことはできます。その中で、孫たちに必要な健康や教育を脇から与えることができると思います。そういう経験の中から捉えることができた知見をこの日記で描いてゆきたいと思います。私たちの未来にとって大事なことを引き出すために努力を重ねたいと思います。

ところで、大谷君は第一打席でヒットを打ちました。このところヒットが出ていませんでしたが、そろそろホームランを打ってくれるでしょうか。毎日いつも楽しみです。

なんと大谷君は、二本のスリーランホームランを打ち、八打点を稼ぎました。しかし、チームはそれでも投手が打たれて負けてしまいました。

六月二三日（木）

曇り空を眺めるとなんだか今にも雨が降ってきそうな雰囲気です。梅雨とはいえ、こう雨ばかり続くと憂鬱になります。しかし、街角の憂愁は、女性を美しくします。朝、ソランの散歩をしていると、また若い女優さんのような美しい女性が自動車を運転しながら、私の傍を通り過ぎてゆきました。美しさは想像力を駆り立てます。近くにある会社に勤めているのでしょうか。この街道でよく見かけます。すると詩が書きたくなります。

「雨に打たれる幻」

幻の
美の詩神の
気配を感じ
魂が息を吐く

六月の雨が
街路を濡らし
影を濡らし

人を濡らす

流れる底浅い川
川に跨る小さな橋
君の幻を見るのは
僕の底深い願望？

幻も
雨に打たれるのか
川に溶けて流れる
雨露の行き先

空が少し明るくなってきました。雲は晴れませんが、雨は止んでいます。ソランの散歩が終わったら、洗濯物干しです。今日は部屋干しですね。しょうがないから、エアコンの除湿をかけて干しておきます。毎日の、繰り返し、繰り返す生活の業務。この平穏がいつまでも続くことを願っています。戦争や感染症や物価の高騰や気候危機、そんなものに生活が破壊されないことを願っています。それはウクライナの人々も同じでしょう。戦禍に脅かされる生活ほど、苦しいことはないと思います。独裁者への憎しみが高まります。この断崖の危機に、人類は「勇気のある理性」を発揮することができるでしょうか。この世界の美しさを破壊する醜い戦争が一日も早く終わることを願っています。

庭のトマトの実が少し大きくなってきました。まだ赤く熟してはいませんが、毎日少しずつ実が大きく育ってゆくのが楽しみです。私の人生も晩秋を迎えていますが、それでも小さな実がなることを願っています。

六月二四日（金）

今日は朝からうだるような暑さです。一気に真夏が来たようです。アスファルトの舗装道路には陽炎が立ちそうな、暑さです。ソランは朝からバテています。

昨日は、銀行に行って、その後本屋さんにいって、いろんな本を買ってきてしまいました。どうも本屋で乱費するのが、私の習い性になっているようです。孫たちにも絵本を買ってきました。『こんにちは、長くつ下のピッピ』（アストリッド・リンドグレーン作　いし

いとしこ訳　徳間書店　二〇〇四年）の絵本版と『ゆらしてごらん　ひつじさん』（ニコ・シュテルンバウム作　中村智子訳　サンマーク出版　二〇二二年）というドイツの絵本です。『ゆすってごらん　りんごの木』（ニコ・シュテルンバウム作　中村智子訳　サンマーク出版　二〇二一年）という絵本が一〇万部も売れたので、それの続編です。またこの絵本を手渡して、孫の嬉しそうな顔を見るのが楽しみです。本は一生の友達です。逆境にあっても、順境にあっても、常に心に寄り添ってくれます。孫たちもこんな一生の友達を持ってもらいたいと思い、機会があれば絵本を買ってきます。いつも一緒にいて、絵本を読んでやれないのが残念です。孫の家に遊びに行った時は、なるべく多くの絵本を読んでやっています。孫も「じいじ、これ読んで」と絵本を持って、私の膝の上に乗ってきます。その瞬間は、私にとって他と比べようのない幸福な一瞬です。孫たちも嬉しそうに絵本を読んでいます。本との付き合い方を覚えてもらって、順風満帆の時も、孤独な逆境の時も、私たちの心に寄り添ってくれる名作を発見していってほしいと思っています。

それから、以前からずっと気になっていたのですが、しかし値段が高いのと内容が難しいので二の足を踏んでいたジル・ドゥルーズの『シネマ1　＊運動イメージ』（ジル・ドゥルーズ著『シネマ1　＊運動イメージ』財津理／齋藤範訳　法政大学出版局　二〇二一年）と

『シネマ2　＊時間イメージ』（ジル・ドゥルーズ著『シネマ2　＊時間イメージ』宇野邦一他4名訳　法政大学出版局　二〇一五年）の二冊を思い切って買ってしまいました。今年の二月にベルクソンの『物質と記憶』を読み切ることができて、その実在の捉え方の独特さに魅せられて、ベルクソンに関するドゥルーズの新しい解釈が含まれているということで、思い切って買ってしまったのです。私がこんなに哲学に魅せられているのは何故なのだろうと考えても、その理由はよく分かりません。しかし、スピノザやニーチェやベルクソンなど、ジル・ドゥルーズが取り上げる哲学者たちが同時に私のお気に入りなのです。それも理由が分かりません。私はドゥルーズを読むより先にニーチェを読んでいましたし、スピノザを読んでいました。ニーチェは、部分的にはドイツ語でも読みました。研究者になるわけでもなかったのに、若い頃ドイツ語を一生懸命読みました。そして、ドゥルーズの『ニーチェと哲学』（ジル・ドゥルーズ著『ニーチェと哲学』江川隆男訳　河出文庫　二〇一四年）に出会い、その世界に一挙に引き込まれました。その当時、ニーチェの力への意志を中心に解釈するハイデッガーの作品や永遠回帰説を中心に解釈するカール・レーヴィットなども読んでいましたが、『道徳の系譜』を中心にニーチェの解釈を進めるドゥルーズの新しさに魅せられたのでした。私がまだ大学生の頃の話です。

あれからもう四〇年以上も経っています。二一世紀に入ってのニーチェ研究の最前線はどうなっているのでしょうか。スピノザやベルクソンの研究はどうなっているのでしょうか。若い頃のようにそういう研究の最前線を追いかける元気はもう私にはありませんが、しかし私の中に残るニーチェやスピノザやベルクソンの言葉を引用して感想を述べることくらいならできそうです。

将来、私のこの日記を本にして孫たちが読んでくれるでしょうか。その中に引用された言葉の跡を追って、自分たちの読書を進めてくれるでしょうか。もちろん哲学の本ではなく、小説でも、物理や化学、生物や数学の本でもよいのです。将来持つことになる仕事の他にも、読書を趣味にして、その中で自分の世界を広げていってくれることを願ってやみません。無職になった私の人生を支えているのは、家族と読み書きの道です。それは私が仕事の他にもずっと続けてきた活動です。それが今私の人生を支えてくれています。本屋さんで無駄遣いをすることがありますが、それも月三万円のお小遣いの中でのことです。小さな楽しみです。孫たちと絵本を読み、九〇歳になる母親とも小説の話をしたりします。本が私たち家族の絆を結んでくれているのです。

六月二五日（土）

朝からギラギラ輝く太陽が地上に照りつけています。ソランは舌を出して汗を流しています。もう梅雨が明けてしまったのでしょうか。隣家の紫陽花の花が風に揺れています。真夏の太陽の下で咲く、紫陽花の花はなんとなく色がくすんで見えます。ソランの散歩から帰ってきた私は冷えた麦茶を飲みました。ソランも暑かったと見えて水を飲んでいます。花たちにも水をあげなくてはなりません。エアコンはフル稼働です。天気予報によると今日は三五度を超えるそうです。今年も異常に暑い夏になるのでしょうね。ソランも涼しい場所を求めて、部屋のあちこちをふらふらしています。暑い夏にはエアコンと冷えた麦茶は欠かせないですね。

でも電気代は高騰しているし、電気代だけでなくあらゆる物価が高騰しています。日本は物価高に対して、金利を上げる政策を打つことができません。長年「異次元の金融緩和」とかいう間違った政策をずっと続けてきたからです。円安は進みいずれ一ドル一四〇円とか一五〇円になるのでしょう。欧米各国は、いずれも中央銀行の金利を上げて、物価高に対抗しようとしています。日本だけが借金が多すぎて、金利を上げられないのです。これは一九七〇年代にあったスタグフレーション（不況下の物価高）の再来だという人もいます。

電気代は高騰するのに、エアコンはフル稼働で今年の夏はますます暑くなりそうです。年金も下がったし、苦しむのは弱い庶民たちですね。金持ちはのうのうと暮らしているのでしょう。苦しい庶民の生活を守るのが、政治の役割ではないでしょうか。選挙も近いし、私たちも目をこらしてちゃんと仕事をする政治家を選ばなければなりません。

それにしても暑いです。そんな六月に小学校ではインフルエンザが流行っているそうです。私の孫も熱を出しました。孫の父親が心配して抗原検査のキットを買ってきて、新型コロナウイルス感染症でないかどうか調べてくれたそうです。結果は陰性。よかったです。一昨日買った絵本を持って、午後には孫に会いに行きます。その前に、母親の家に行って、昼飯を一緒に食べたり、お風呂にいれたりしなければなりません。中々今日は忙しい一日になりそうです。そうそう、大谷君の試合もちょっとは見なくちゃ。暑いのに色々やることがありますね。年金生活者も中々忙しいのです。

六月二七日（月）

まだ午前九時一五分だというのに外はもう三〇度あります。きっと今日も三五度を超えて猛暑日になるのでしょう。梅雨の終了宣言はまだでていないようですが、もう真夏になったようです。ソランは部屋の中で涼しい場所を求めてウロウロしています。先日買ったばかりのエアコンがフル稼働です。舗道には短い影が立っています。庭先ではピンク色をした薔薇が幾つも咲いて風に揺れています。青い空には雲一つありません。いつの間にか私のところに詩が訪れます。真昼の流れ星のように目に見えぬ光跡を描いて空を走ってゆきます。

「情熱の波」

白いマスクをした
魅惑と陶酔の風が
輝く瞳を出して
私の傍らを通り過ぎてゆく

三日前から
突然真夏の燃える太陽が顔を出し

容赦ない光と熱が降り注ぐが
魅惑と陶酔の風は涼しい顔をしている

この反復
繰り返し繰り返す白波のような
美のエロスの情熱の波
朝な夕なに現れる反復と差異の驚異

君の心を言葉で捉えることはできないが
しかし輝く瞳
エロスの通る鼻筋　そして赤い唇が
僕の眼に焼き付いて沈黙の言葉を語り続ける

詩人が書くような詩には到底到達しませんが、時々私の頭上から詩が降ってきます。これも慰めの美の一つと言っていいのでしょうか。それともエロスを掻き立てるインスピレーションでしょうか。再び、女優の北川景子さんに似た美しい人が私の傍らを通り過ぎてゆきました。これは、ネハマスが言うようなエロスとしての美なのでしょうか。人生には時折美しさが現れます。確かにそれは、シモーヌ・ヴェイユが言うように私たちを誘惑します。

「美は肉を誘惑する、魂にまで入りこむ許可を得るために」（シモーヌ・ヴェイユ著『重力と恩寵』冨原眞弓訳　岩波文庫　二〇一七年　二五六ページ）

この言葉の引用はもう二度目です。魂とは何でしょうか。肉とは何でしょうか。美の官能性を表した言葉でこれほど的確なものは他に知りません。そこに生の秘密が宿っているのではないでしょうか。私たちの日常生活には、美が溢れかえっています。私たちのエロスを喚起するのが美なのでしょう。それは、人の魂の働きを刺激します。そこにこそ人生の喜びが溢れているのではないでしょうか。

六月二八日（火）

真夏の陽炎が舗道に揺らめいています。散歩中のソランも影から影へと涼を求めて点々と蛇行します。なんという暑さでしょうか。昨日、梅雨明け宣言が出ました。この暑い夏がこれから三ヶ月も続くのでしょうか。この気候危機を人類は生き延びることができるのでしょうか。熱中症で亡くなる方もたくさん出るでしょう。私の母が心配ですが、麦茶のペットボトルを一箱買って、冷蔵庫で冷やしています。水分をたくさん取って、エアコンをちゃんと使い、高温対策を取ってもらっています。高齢者は気温の変化を感じにくいので、注意が必要です。いずれ台風もやってくるでしょう。地震はいつくるか分かりません。私たちの生は常に危険と隣り合わせです。死はいつ訪れるか予測することはできません。

六月二九日（水）

スタグフレーション（不況下の物価高）が、その姿を初めて歴史に現わしたのは、一九七〇年代の石油ショック以降のことでした。それから約半世紀後の現在、日本を襲っている物価高はスタグフレーションと言ってもいいのではないでしょうか。七〇年代のスタグフレーションは、それまで順調に成長してきていた欧米や日本の経済を直撃し、その頃繁栄していたケインズ経済学をも歴史から退場させてしまいました。その代わり出てきたのが、フリードマンらが主張する新自由主義でした。新自由主義は、福祉国家を攻撃・破壊します。すべてを市場に任せて、市場競争だけを唯一の原理にする経済体制です。働く人々を守らず、攻撃し、搾取します。規制緩和、民営化を推し進め、社会の安全に必要な規制さえも破壊して、人々の生活を荒廃させます。しかも日本では、三〇年にわたって、賃金は下がり続けてきました。そして、新自由主義下の国々で次々に発生するバブル経済とその崩壊は、内橋克人によって、『悪夢のサイクル』（内橋克人著『新版　悪夢のサイクル　ネオリベラリズム循環』文春文庫　二〇〇九年）と呼ばれています。その結果、新自由主義の母国のアメリカでもバブルがはじけて、二〇〇八年のリーマン・ショックという世界恐慌が起こったのです。その時、すべてを市場に任せるという新自由主義の原理は、砕け散りました。しかし、まだ新自由主義は死にません。日本でも欧米でも、新自由主義の影が長く伸びて私たちを覆っています。

この半世紀、私たちの生活を覆ってきた新自由主義は、ここで退場するのでしょうか。一九七三年の石油ショックやその前のニクソンショックによってケインズ経済学が退場したように、現在のスタグフレーション、ウクライナ侵略、新型コロナウイルス感染症、格差の拡大、気候危機、その他の様々な世界規模の断崖の危機によって、新自由主義は退場するのでしょうか。五〇年周期の長い波動がやってきて、新しい経済の原理、新しい国際秩序、新しい科学技術、そんなものが押し寄せて、新しい時代が始まるのでしょうか。コンドラチェフの波は実現するのでしょうか。素人ながらそんなことを考えてしまいます。本当に酷い世界です。私たちの子どもや孫たちが心配です。心穏やかに暮らせる、安全な社会が実現するでしょうか。子どもたちや孫たちが心穏やかに自分の道を切り拓き、自らの希望を実現できるような人生を送ることができるでしょうか。

私はあと二〇年ほど生き延びて、孫たちがどんな職業に就くのかを見届けて死にたいです。孫たちの人生にも関与を続けて、私がもっている経験や知恵を送り届けて、この世にさよならを言いたい。そんなことを今では考えています。

六月三〇日（木）

連日、猛暑日が続いています。今日も三六度を超えました。外に出るのが危険なくらいです。庭の花たちもあまりの暑さに萎れています。先ほど、ちょっと外に出て水を撒いてきました。ソランもソファーの上で腹を出し、寝ています。まったく厳しい日々です。庭の花たちと同じで私もぐったりしています。

しかし、大谷君は元気です。先ほど試合が終わり、七勝目をあげました。一一奪三振、無失点です。まったく凄いです。テレビやユーチューブも大谷君の話題でいっぱいです。ほんとにこんなに楽しいショータイムは他にはありません。大リーグの歴史を変え、歴史を作ってゆくそんな一つ一つのプレーに目が離せません。

二〇二二年七月

七月一日（金）

ソランの散歩も危険なくらい暑いです。まだ午前九時だというのに外はもう三一度です。ソランは散歩から帰ってきて、ソファーの上は暑いとみえて、青いカーペットの上でゴロゴロしています。私も冷えた麦茶を飲んで、水分を補給しました。毎日、熱中症で亡くなる人が出ています。高齢者が多いようです。今、日記を書きながら昨日のことを思い出しています。

昨日は、スーパーマーケットの駐車場で、女優の北川景子さんに似た美しい人を見かけました。ただそれだけで暑さが吹き飛びます。美しい人は遠くから眺めるのがいいのでしょう。陽炎のように美が揺らめいていて、謎が心を誘惑しますが、近くに寄りすぎると謎が消えて、美の力も衰えるので、時折、遠くから見かける程度に距離があるとちょうどいいのかもしれません。

「美のエロス」

炎熱の夏の
短き影
生命は燃えて
美のエロスを思い出す

僕たちの生き方は
コロナ後　全く変わるだろう
しかし生命は形を変えて
流動の時間の中を生き延びてゆく

君の面影を
他人の上に投影し
それでも僕は

君のイマージュを語ることができる

生命には常に死の影が
覆い被さっている
しかしそれを超えて
僕たちは美のエロスを求め続ける

イマージュとは、ベルクソンの用語で、事物と表象の間にあって、私たちに実在の姿を告げ知らせるものです。ここでは、美しい人の姿形と言ってもいいでしょう。

「物質とは、私たちにいわせれば「イマージュ」の総体なのだ」（ベルクソン『物質と記憶』熊野純彦訳　岩波文庫　二〇一五年　一六ページ）

ベルクソンは、常識の世界に立とうとします。観念論と唯物論といった哲学が作り出した思考実験の迷路から飛び出そうとします。ただそこに美しい人を見た、ただそのことをイマージュだと呼んでいるのです。物質としての実在は、色も形も匂いも雰囲気も私たちの主観が作り出した印象ではなく、実際に外部にあるものです。そこがデカルトとの大きな違いです。

詩の世界もこのような感覚に捉えられるものをそのまま実在として肯定します。私の理解は、間違っていないでしょうか。哲学の始原は詩の形をしていました。エンペドクレスやヘラクレイトス　パルメニデスやルクレティウスも詩の形で哲学を論じました。詩の比喩の中には一つの哲学が隠れています。私たちはそういう形で世界を感受しているのです。

七月四日（月）

猛暑が続いた数日間が終わって、今日は朝から雨が降っていて、涼しい日がやってきました。テレビでは、介護の問題を扱ったトークショーをやっています。介護に追い詰められないためには、どのような戦略があるかということを中心に、介護経験者を通して話し合われています。私はまだ週に二日か三日なので、追い詰められるというほどではありません。九〇歳の母は、家事はまったくやらなくなってしまいましたが、まだトイレや風呂は自分で行けます。訪問リハビリも受けるようになりましたが、なんとか生活しています。

どんな人も最初は施設を利用することは嫌がるそうです。私の母も嫌がっていますが、デイケアには週二日行ってくれていますし、少しずつ慣れてきてくれています。いずれ子どもたちだけでは世話をしきれない時が来ると思います。そうした時には、介護施設のお世話になるしかありません。

母は、夏になると食欲が落ちます。

「あたしももうそろそろだよ。おとうさんも早く逝っちゃったし、もうすることもないし、そろそろだよ」と私に向かって呟きます。確かに私が買ってゆくお弁当は、半分くらいしか食べませんが、ハーゲンダッツのアイスは全部食べますし、ハウス蜜柑も食べます。多分、私が買ってゆくお弁当がまずいのだと思います。もちろん、人間だからまずいものは食べたくありません。でも美味しいものはどんどん食べます。ですから自分の味覚に忠実であるとしか言えません。もっと美味しいお弁当を探せば良いのですが、中々見つかりません。昭和一桁世代なので、食べ物を捨てるということはしないので、余ったお弁当を冷蔵庫で保存します。私は、溜まったお弁当の食べ残しを、母がお風呂に入っている時に始末します。しかし、秋が来れば、お弁当を残さず食べてくれます。今日も、これから母の家へお弁当を買って行きます。ざるそばなら食べてくれるでしょうか。それともサンドウイッチにしたら食べるでしょうか。そうめんがいいでしょうか。色々迷います。飲み物は野菜ジュースを飲んでもらっています。総入れ歯なので、固いものは噛みきれません。生きるのも中々大変です。

テレビでは、大谷君がタイムリーヒットを打ち一打点をあげました。そろそろまたホームランを打ってくれるでしょうか。楽しみです。

朝は雨が降っていたのでソランの散歩がまだです。ソランはソファーの定位置でうたた寝です。そろそろ雨が小降りになってきたので、散歩でしょうか。ソランは、散歩が嫌いで外に連れだそうとすると、後を向いて肩を震わせ嫌がります。ソランも老老介護の対象者ですね。

七月五日（火）

台風四号が近づいてきています。風はさほどでもありませんが、大雨を降らせる嵐のようです。今朝、九州の佐世保辺りに上陸しました。その後熱帯低気圧になるようですが、雨は降り続く模様です。また洪水や土砂崩れが起こるのでしょうか。昨年、私たちの町でも土砂崩れが起こりました。山の麓でしたが、道路が寸断され、しばらく交通が止まりました。猛暑に台風に私たちを取り囲む自然の脅威はますます大きくなっていきます。

七月八日（金）

ここ数日、日記を書きませんでした。暑さで身体がだるく気力が湧きませんでした。今日は少し回復しましたが、家事もやっとのことでこなしています。夏バテでしょうか。六月の終わりからいきなり猛暑日が続いたので、その影響かもしれません。老犬ソランは元気ですが、私の方はバテバテです。

大谷君は元気で、昨日八勝目をあげました。今年も凄い活躍です。どうしたらあんな元気が出るのでしょうか。

参院選も間近に迫ってきました。物価高が人々の生活を圧迫しています。言いたいことはたくさんありますが、今日は元気がないので別の機会に譲りましょう。介護保険料や市民税、そして健康保険料など、年金生活者からもたくさん収めなければならない税金や保険料があります。私たちの生活は窮迫しています。一般市民の普通の生活が持続可能になるような政治を望みます。

そして、今日の午後四時三〇分から、新型コロナウイルス感染症のワクチン注射があります。すでに四回目です。コロナはまた新しい変異株が出てきて、感染者が異常なスピードで増えています。第七波です。いつになったら収まるのでしょうか。このまま不自由な生活が続くのでしょうね。しばらく、外出は控えなければなりません。

やれやれ。

私はただ、読み書きの道を進んで行くだけです。高齢者だけど、少しは進歩するでしょうか。なんとか読むに値するものを書きたいです。囲碁や映画も楽しみたいですが、コロナが怖いので、家で楽しみます。なんとか楽しく暮らしてゆきたいです。

また詩を載せておきます。

「君の肩に」

僕らは分断と絶望に染められて心が痛い
なんとも言いがたい時を過ごしている
だが反復する美は期待と希望で
心の帆を膨らませる

ちょっと責めるような瞳で
前を見つめ
街道を吹き下ろす
魅惑と陶酔の風が僕の頬を打つ

絶望に萎んだ魂が
風に吹かれて
明日の幸福を夢見る
美のエロスが社会と自由の夢を膨らませる

他者と自己に虹の橋を架ける
美のエロス　沈黙の交際が
人類の未来に七色を投げかける
おお　君の肩に明日の世界が掛かっている

午後、大変なことが起こりました。

安倍晋三元総理が銃撃を受け、死亡しました。犯人像とか詳しいことはまだ分かりません。しかし、ご冥福をお祈り申し上げます。昭和初期の嫌な匂いがしますが、これから日本社会がこの暴力によってどう変わってゆくのか心配でなりません。

七月一二日（火）

参議院選挙は、自民党の大勝に終わりました。これまで通り、格差を広げ、衰退の道を進むのでしょう。孫たちが心配でなりません。暗い時代です。しかし、英雄を待望し、救済を待ち望む心はヒトラーのような独裁者を呼び起こしかねません。平凡になんとか酷いことが起こらずに、衰退の道をゆっくり進んで行ってもらいたいと思います。

今日は雷雨が来るというので、洗濯物は部屋干しにしました。庭に植えたトマトが少し赤くなってきました。収穫の日も近いでしょう。この家の中には政治に入ってきてほしくありません。社会の動きを見つめることも重要ですが、平凡な毎日を平穏に暮らすことの方がもっと大事です。その条件を整えるのも私たちの責任ではありますが、戦争やパンデミックが家の庭を荒らさないように、スタグフレーション（不況下の物価高）や賃金低下が私たちの生活を壊さないように生活を守ること、一人一人が工夫できることを試す、そういう地道な努力が大事なのではないでしょうか。日々の暮らしを勇気を持って維持し続けること、何気ない工夫の中に平和と自由、そして民主主義を守る知恵を見出していくこと、そんなことを考えながら、毎日を暮らしてゆきたいです。

家事をやり、庭の野菜を育て、ソランの散歩をし、本を読み、そしてこの日記を書く、九〇歳になった母親の介護をし、孫たちの世話をする、そんな日常が生命の限り、平穏に続くことを祈っています。妻や娘たちの仕事も順調そうです。健康を維持し、なんとかこの幸せを守っていく、そんな毎日を送っていくことが私の望みです。

残念なのは、大リーグエンジェルスの調子が悪いことです。大谷君がホームランを打っても、救援投手が打たれて逆転負けをすることが多いです。これは非常に残念です。大谷君は大活躍で、今年もオールスターに二刀流で出場するそうです。それは楽しみなのですが、エンジェルスの負けがこんでいるので気が晴れません。野球観戦も楽しみの一つなので、エンジェルスには勝ってもらいたいです。

七月一三日（水）

昨日は、埼玉県で豪雨が降ったそうです。一時間に一〇〇ミリを超えるような集中豪雨です。道路が冠水し、土砂崩れが起きました。梅雨が明けたのにこんな雨が降るなんて、気候危機は毎年その激しさを増してゆきます。斉藤幸平は、この気候危機に際して、脱成長コミュニズムによって、資本主義がもたらす成長幻想、環境破壊、帝国主義的生活様式を乗り越えてゆかねばならないと主張しています。日本では政治家のかけ声とは裏腹に脱成長は実現してしまっています。この三〇年間、日本ではＧＤＰの成長はほとんどありませんし、賃金も下がりっぱなしで、平均賃金でも、一人あたりＧＤＰでも、もう韓国に抜かれています。今さら、成長のかけ声をかけても、毎年六〇万人ほど人口減少している現状では、ＧＤＰは上がりようがありません。脱成長は実現しているのだから、あとは再生可能エネルギーを増やして、二酸化炭素の発生量を抑え、資本主義から脱出してゆくしかありません。そうすることによって、日本は次の時代の先端をゆくことができるのではないでしょうか。もう資本主義的な生活様式では、地球が持ちません。化石燃料を使わないエネルギー政策、経済成長がなくとも、安定したゆっくりした生活を成り立たせる新しい経済の形を考えてゆかねばなりません。それが、新しい形の共産主義になるのか、それとも資本主義でもない共産主義でもない新しい「社会的共通資本」の形になるのか、私には分かりませんが、しかしこれまでにない新しい生活様式を作ってゆかねばならないのではないでしょうか。私には、ユートピアを描く想像力はありませんが、今のままの生活を続けていては、地球環境がもたないのは理解できます。私はできる限り自動車に乗らないように生活しています。移動は、主に自転車です。スーパーに食料品などを買いだしに行く時は、自動車を使いますが、自家用車を二台持っているわけではありません。太陽光パネルを家の屋根には取り付けていませんが、節電には努めています。ゴミの分別にも一生懸命取り組んでいます。少しずつ資本主義には寄りかからないで暮らせるようになりたいです。気候危機や環境破壊に関する様々な知識に触れて、なるべく環境に負荷をかけないような生活様式を身につけてゆきたいと思っています。私たち一人一人の自覚に地球の未来が懸かっていると私は思っています。斉藤幸平はＳＤＧｓを批判しますが、ないよりはましかなとは思っています。私の知識はまだまだ足りません。一体どういう生活をすれば、資本主義的生活様式から抜け出すことができるのかそういうことを考えてゆきたい。そういう意味で、経済学の本や社会学の本や非資本主義的な生活を実践している人々の実践記録なども読んでゆきたいと思っています。選挙の結果などに一喜一憂している暇はありません。近代ヨーロッパが作り出した民主主義、資本主義、個人主義、科学技術、産業主義などを乗り越えてゆくヴィジョンが必要なのだと思っています。私たちの集団生活の基礎にある国民国家もその矛盾を露呈してきています。私たちは今後どう生きれば良いのかという問題が、気候危機に際しても出てきているのではないでしょうか。今を生きるという親問題を解くためには、子問題を作って考えてゆくということを言ったのは、鶴見俊輔でした。日常生活に根ざす形で、近代ヨーロッパが作り出した問題を考えてゆく。そういう作業を続けてゆきたいと思います。私の妻が毎日直面している福祉や介護の問題も老いてなお今をどう生きるかという問題の連続です。私も高齢者の仲間入りをしました。今後の人生をどう生きてゆくかというのは、私の切実な問題です。これからの文明の行方を見定めて、自分の生活の方向を決めてゆく。そういう姿勢が必要なのだと思います。資本主義を超えてどんな生き方が可能なのでしょうか。この問題を私自身の生活の中で思考してゆきたいと思います。

七月一四日（木）

なんと、大谷君が九勝目、一二奪三振。エンジェルスの連敗を五で止めました。毎日、歴史が作られてゆきます。あと一勝すれば、ベーブルース以来、一〇四年ぶりに二桁本塁打、二桁勝利の記録に到達するそうです。恐れ入りました。今日も大リーグ中継を見てしまいました。ほんとに大谷君は冷静です。

七月一九日（火）

昨日、久しぶりに晴れていたので、庭いじりをしました。雑草除けに砂利を敷き、敷石を置きました。夏は雑草が生い茂るので庭の雑草とりが忙しいです。小さな庭ですが、なんとか庭らしい景色を保っていたいです。そして、昼近くから母のところへ昼ご飯を届けに行きました。毎年夏になると食欲が落ちて、「わたしもお迎えが近いよ」などとぼやきますが、身体の芯がしっかりしているので、まだまだ健康そうです。お昼のお弁当は残しますが、ハーゲンダッツのアイスクリームは全部食べます。甘いものが好きで、おはぎなどもよく食べます。熱中症が怖いですが、エアコンをつけたり、麦茶を飲んだりするのはできるので、なんとか凌いでいます。この頃の気候危機は、年寄りを生命の危険に晒します。ヨーロッパでは、四〇度を超える猛暑で、山火事が広がっているそうです。恐ろしい世の中になりました。

恐ろしいといえば、新型コロナウイルス感染症も第七波が襲いかかっています。一日の感染者が一〇万人を超えるようになりました。第六波が収まらないうちに第七波が来てしまいました。日本では、ワクチンも開発できませんし、治療薬も開発できません。ＰＣＲ検査は相変わらず少ないままですし、感染症への対応がままなりません。日本はいつの間にかもう先進国とは言えなくなっています。日本の科学も官僚制もパンデミックには対応できないのです。私たちは、換気やマスクや手洗いや外出を控えるなどの対応策しかありません。

ワクチンはアメリカのファイザー社のワクチンを打ってもらっています。私も四度目のワクチンを打ちましたが、今度のＢＡ５という変異株には効き目が薄いようです。至る所、生命の危険だらけです。ロシアの侵略戦争も終わりませんし、酷い時代になりました。私も、本を読み、日記を書き、庭いじりをするような生活に慣れてしまいました。外出といえば、母の介護と孫の世話とあとは本屋に行くくらいです。

本屋といっても、最近は孫の絵本を探すことが多いです。生命を次の世代につないでゆく、知識や知恵をつないでゆくのに本より優れたメディアはありません。最近は電子機器で本を読むことができるようになりましたが、私の世代は、紙の本が好みです。絵本も紙の本を買います。孫たちは絵本がとても好きになりました。そのうち童話を読むようになり、昔話や神話、物語や小説、歴史や伝記と様々なジャンルの本を読むようになるでしょう。そんな様々なジャンルから名作と言われるような作品を選んで孫に届けるのが、楽しみで仕方ありません。私が小学生の時に好んだのは、ジュール・ベルヌの『海底二万里』やフランソワ・ラブレーの『ガルガンチュワ物語』それに『太閤記』などでした。小学館の『少年少女世界文学全集』という小学生用にやさしく書き直されたものを読んでいました。それでも、少なくともそれぞれ二〇回くらい読みました。伝記は、「ベートーヴェン」「アインシュタイン」「レオナルド・ダ・ヴィンチ」「デカルト」などが好みでした。小学生の時は、広場で野球をやっているのも好きでしたが、家で本を読むのも好きでした。私の孫たちも楽しい小学生時代を送ってくれることを望んでいます。新型コロナウイルス感染症が収まり、元気いっぱい遊べる環境が整って、かけがえのない子ども時代を過ごしてくれたらと思います。

七月二〇日（水）

今日は、学校では終業式の日。例年ですと、終業式を行い、生徒たちは通知表をもらい、長い夏休みに入ってゆきます。勤めていた時は、やはり嬉しいものでした。授業はないし、部活が多少ありますが、コロナでは合宿などもできません。学校説明会やら、補習やら、補欠募集やらがあって、いくらかは忙しいのですが、年休とは別に夏休やらがあって、二週間くらいはゆっくりできたものでした。

　年金生活者になって、毎日が休日のようなものですが、それはそれで結構忙しく毎日を送っています。スケジュールは自分の思ったようにつくれるのですが、同じような日々にメリハリをつけるのが難しいのです。

　でも今日は、アメリカ大リーグのオールスターゲームの日だったので、朝九時からテレビ中継を見てしまいました。大谷翔平君は、二回目の出場です。今年は投手としては出場せず、指名打者としてのみ出場しました。ドジャースの名投手、カーショーからヒットを打ちました。多くの名選手が登場するので、飽きるということはありませんでした。楽しくテレビ中継を見ることができました。アメリカの人々は本当に大リーグの試合を楽しみにしているようです。大谷君は、試合中にもかかわらず、小さなファンがサインを求めて集まってくるので、一生懸命ボールにサインをしていました。彼は、アメリカでも大人気です。この試合が終われば、次は一〇四年ぶりの大記録、ベーブルース以来の、二桁本塁打、二桁勝利の記録に挑まなければなりません。大変なプレッシャーのかかる試合をいとも楽しげにプレーするので、みんなの心を虜にするのでしょうね。昨日残念ながら、羽生結弦君が引退をしました。大谷君と羽生君、東北が生んだ二大スターです。年齢も同じくらいで、こんな天才を二人も生んだ東北は凄いですね。アメリカのテレビ中継のアナウンサーが大谷君のことを「イワテノタカラ」と叫んでいました。

私たちの心はなぜこのようなスポーツ選手に惹きつけられるのでしょうか。

それはスポーツが持つ美しさに惹きつけられるからでしょうか。確かに羽生君の幾つもの4回転ジャンプは美しいものでした。新しい技に挑戦を続ける姿からは粘り強い努力、勇気、挑戦、力強さ、などを感じました。それはまた大リーグの強打者から次から次へと三振を取る大谷君のピッチングや胸のすくようなホームランからも感じられるものでした。窮地に陥って、それをはねのける逆転のホームランなどを見ると、そこに人間としての技量や技術だけではなく、勇気や忍耐、愛や希望を見ることができるのです。

七月二一日（木）

コロナの感染者が増え続け、昨日は日本全体で一五万人を超えました。八月末に久しぶりの旅行を計画していたのですが、残念ながらキャンセルすることにしました。ここ二年ほど旅行をしていないので、なんとなく鬱屈した気分になりますが、コロナに罹って重症化するなんてことにはなりたくないので、夫婦で我慢することにしました。せいぜい庭いじりに精を出して、綺麗な庭を作り、そこでビールを一杯なんて楽しみをしたいと二人で話し合ったところです。妻は、主任ケアマネとして働いていますが、だから感染の可能性が家にいる私よりも高いので、早くワクチンを打ちたいと言っていますが、政府の反応が遅く、まだ打てていません。日本の感染対策は遅れていて、犠牲者がたくさん出ています。感染者は一〇〇〇万人を超え、死者は三万人を超えています。しかし、日本の統計は正しいのかどうか疑念を拭えないので、この数も正しいかどうか確信は持てません。もっと多いかもしれません。検査と隔離という感染症の基本対策ができないので、いったん感染者が増え始めると抑えが効きません。もう三年目に入っているのに、ワクチンもできません。ここでも外国に依存しています。私たちの生活は、新型コロナウイルス感染症から立ち直ることができるのでしょうか。

　そういえば私はここでジョン・ウィンダムという作家の『トリフィド時代』（ジョン・ウィンダム著『トリフィド時代』中村融訳　創元ＳＦ文庫　二〇一八年）というＳＦ小説を思

い出します。

パンデミックの恐ろしさを扱った小説ではないのですが、地球に緑色の光を発する流星群が降り注ぎ、人類から視力を奪ってしまうという設定です。時代は近未来ですが、トリフィドというのは石油に代わる良質の油を採取できる肉食植物のことですが、三本足で動きます。その植物を大量育成して植物油の原料にしていました。しかし、そこに流星群が降り注ぎ、人類から視力を奪ってしまったのです。そして、動く肉食植物であるトリフィドが人類を襲い始めたのです。主人公はたまたま病院で目の手術をして、流星群の光を見なかったので、視力をなくさなくて済みました。しんと静まりかえった街をゆくと、視力を失った人々がパニックになってうごめいている姿を目にします。トリフィドが木の上部から棘のついた鞭を振るって人々に襲いかかっています。視力に寄りかかった人類の文明が一夜にして失われ、たまたま視力を失わないで済んだ人々と協力して、生き延びてゆく努力を重ねるという物語です。もちろん、主人公に寄り添う美しい若い女性も出てきます。中世の修道院のようなものを再建しようとする人々も出てきます。もちろん、武器を作って独裁権力を手に入れようとする男なども出てきます。みな、トリフィドと戦いながら、人類の文明を取り戻す努力を重ねます。しかし、中世への退行だったり、独裁者の権力欲だったりするものから主人公たちは逃れて、ある島へたどり着き、島の中からトリフィドを駆逐して文明を取り戻そうと努力するところで物語は終わります。

なんだか、新型コロナウイルス感染症に取り囲まれた人類の現在の姿のアレゴリーのような気がして、心の奥にしまわれた一〇代の頃の読書の記憶が蘇ってきました。一〇代の頃の読書って、こんなふうに私たちの心に作用しているのですね。純文学の名作でなくても、様々なジャンルの作品を読むことはいいことなのではないかと思えます。

七月二五日（月）

先週の木曜日に駅前の本屋さんに行って、孫の絵本やワークブックとともに、私が読みたい本を何冊か買ってきました。その中でも印象に残ったのは、『バロックの哲学――文理性の星座たち』（檜垣立哉著　岩波書店　二〇二二年）という本でした。著者は、ベルクソンやドゥルーズが専門で現代のフランス哲学を研究している人です。久しぶりで哲学の本を読みました。

私が若い頃読んだたくさんの本たちが含まれていて、ずいぶんと懐かしい気がしました。導きの糸になるのは、やはりジル・ドゥルーズ（一九二五〜一九九五）です。題名にあるように、バロック（歪んだ真珠）というポルトガル語が表す絵画の様式概念が、時代概念にもなったような語を使って、哲学のある特徴を表す言葉として取り上げられています。その特徴としては、一七世紀ヨーロッパのスピノザやライプニッツの哲学に使われていたバロック哲学という言葉を現代の哲学にも応用しようという意図があります。

現代バロック哲学とは何でしょうか。檜垣が、現代バロック哲学を説明する時に、引用しているのは、坂部恵の『モデルニテ・バロック』（哲学書房　二〇〇五年）です。坂部が現代バロックを論じる時に最も重要視したのは、ドイツの批評家ヴァルター・ベンヤミンです。その現代バロックを最も典型的な形で論じたのが、ベンヤミンの『ドイツ悲劇の根源』という彼の主著です。その時に彼の説明の根幹をなしているのは、「アレゴリー」の概念です。アレゴリーはバロック哲学を支える方法と見なされるものです。

しかし、私は若い頃、ヴァルター・ベンヤミンの『ドイツ悲劇の根源』（ヴァルター・ベンヤミン著『ドイツ悲劇の根源』浅井健二郎訳　ちくま学芸文庫　二〇一七年　上・下）を読み始めたのはいいのですが、あまりにも難解な文章に辟易して、途中で放り出してしまったのです。それ以来、「バロック」という言葉を見るとベンヤミンのこの本を思い出します。いつかは、この本を読破して、なんとかベンヤミンの思想の中心にたどり着きたいと思っています。いつも中途半端な読書ばかりして、なんとなく自己嫌悪に陥る時もあります。

七月二七日（水）

なんと今日は、大谷君の二一号先制ホームランで試合が始まり、六対〇の完封でエンジェルスがロイヤルズに勝ちました。なんと気持ちがいいのでしょう。大谷君のホームランが見られ、そしてエンジェルスが勝つ。こんなことはしばらくなかったのですが、それがようやく見られて、とても嬉しかったです。もやもやしていた胸の内がすっきりしました。

しかし、コロナの急速な拡大で感染者は、東京で三万を超え、全国だと二〇万に届きそうです。検査と隔離を行わない日本は、コロナの感染拡大になすすべがありません。政治も官僚制もなんの対策も打ち出さないのです。そんなもやもやが、大谷君の一発のホームランで消し飛びました。このホームランと一緒に新型コロナウイルス感染症のウイルスも吹き飛んでしまえばいいのにと思いました。気候危機もウクライナの戦争もスタグフレーションも地震や火山の噴火も、こんな断崖の危機を大谷君の一発が救ってくれたらどんなに気持ちいいだろうと思いました。日本も世界も断崖の危機を前にして、崖の上で震えています。つい三年前まではこんなことは考えもしませんでした。孫たちが不憫でなりません。こんなに酷い時代に生まれ合わせて、その世界を生き抜いていかねばなりません。祖父・祖母である私たちも、無力を感じますが、しかし強くこの世界・時代を生き抜いていってほしいと願っています。どんなことがあっても、力の限り孫たちを応援し、娘たちを助け、さらには日本や日本人、そして世界の多様な人々の生命が全うできるような、そんな応援を微力ながらし続けたい。そういう思いで一杯です。

大谷君のアーチは、そんな希望の一発でした。

七月二九日（金）

本日は、行きつけの内科のお医者さんに行って診察を受けました。高血圧と尿酸値の管理が目的です。診察は一分ぐらいで終わり、いつもの通り降圧剤と尿酸値を下げる薬をもらいました。二ヶ月に一度でいいのですが、新型コロナウイルス感染症が急激な拡大をしているので、やはり心配しながら、マスクをしっかりつけて、検温をし、アルコールで手指の消毒をして、医院に入りました。朝一番の予約だったので、他の患者さんたちとあまり顔を合わせずに済みました。この医院では、発熱外来も、ＰＣＲ検査もやっていないので、そんなに心配することはなかったのですが、しかしコロナのこの急拡大で少し神経質になりました。昨日は、東京都の感染者は四万人を超えました。今世界で日本が一番感染者が多いそうです。感染対策は、ワクチン以外何もやっていないに等しく放置状態が続いています。どうしたらこの感染症を乗り越えることができるのでしょうか。死者も増え続けています。すでに三年目に入っていますが、決定的な感染対策はありません。もうかつてのような落ち着いた生活は戻ってこないのでしょうか。旅行にも自由に行けず、レストランや居酒屋にも、もう二年以上行っていません。幸い、妻は料理が好きで、料理上手なので、毎日の夕飯と晩酌が楽しみです。それが一日の最大の楽しみです。なんと狭い世界で暮らしているのでしょう。他人と話をするのは、今日のように医者に行く時と、母親の介護で訪問リハビリの担当者と話をするぐらいで、あとは大学の時の友人とメールをしたり、かつての職場の同僚とラインをしたりするくらいで、他人と話をする機会がめっきり減りました。時々認知症にならないかと心配になりますが、コロナも怖いのでカルチャーセンターのような所には出かける気にはなりません。本当に狭い世界の中で暮らしています。

しかしよく考えてみると、それはコロナの所為ばかりではありません。私が今年の四月から年金生活者になったということもあります。今までは、家庭と職場の行き来で生活が成り立っていました。たまに、飲み屋に行ったり、旅行に行ったりすることはありましたが、でも基本は職場と家庭です。今、毎日通う職場を失ってみて、いくらか張り合いがないなと感じることもあります。

しかし、一方で自由な時間は増えました。ソランの散歩と家事以外はほとんど自由です。その自由な時間の中で、私は読み書きをしながら過ごしているのですが、それはそれで楽しいものです。本を読み、日記を書く。そんな単純な生活が私には楽しいのです。

そういえば、今朝、医者から帰ってくる時に、いつも通る街道であの美しい女性の姿を見かけました。なんとなく懐かしいような感情が湧き上がってきました。美しいものを歌う。それが詩です。また一つ詩を書きました。

「**心の出会い**」

短い影が
炭のように黒ずんで
舗道の上で
燃えている

魅惑と陶酔の風に吹かれて　二〇二二年七月

君の白い肌が
青い空の雲のように輝く
哀しみと歓びが一緒になって
天空から降り注ぐ

見えない炎が
じりじりと世界を焼く
舗道の影と
天空の光

溢れる愛が
美のエロスに導かれて
明日の幸福を追い求める
君との本当の出会いを期待して

二〇二二年八月

八月二日（火）

七月の終わりの土曜日、日曜日に孫二人が母親と一緒に泊まりに来ました。上の孫は幼稚園も夏休みに入り、さらに猛暑が続き、遊ぶところがなくて困っている様子。下の孫は、はいはいをしてつかまり立ちをするところまで成長しました。二人ともじいじ・ばあばの家に来て楽しそうでした。土曜日は、私は母親の介護がありましたので、一緒に遊んでやれなかったのですが、ばあばが家庭用のプールに水を張り、プール遊びを楽しんだようです。夕暮れには、みんなで花火をして遊びました。孫二人ともまだ花火を持つことができず、大人たちがする花火を見て、楽しんでいました。花火の後は、楽しい食事。ばあばが腕によりをかけて作った煮込みハンバーグです。下の孫は、まだ離乳食なので母親が別に作った柔らかい野菜スープを食べていました。上の孫は、味噌汁と煮込みハンバーグと納豆ご飯に飛びついて一心不乱に食べていました。私たち夫婦は、孫たちが美味しそうに夕食を食べるのを見ながら、ビールを飲み楽しいひとときを過ごしました。

食事が終わったら、お風呂です。上の孫は、もう自分で洋服を脱ぐことができます。お風呂だよというと脱衣所に自分で行って、洋服を脱ぎ始めました。じいじも脱いで、さあお風呂です。まずシャワーで身体を洗って、それからお湯に浸かります。肩まで沈んで、数字を数えます。一、二、三、四……二〇まで数えることができました。えらい、えらい。さあ、今度はお湯から出て、身体を洗います。ボディーソープを手に一杯つけて、体中をこすります。全身綺麗になったところで、今度はシャンプー。シャワーを頭からかけて、シャンプーでじいじが洗います。シャンプーを洗い流しても泣きません。もう一度全身をシャワーで流して、今は夏なので、お湯には浸かりません。洗い終わったところで、お風呂は終わりです。ばあばを呼んで、身体をタオルで拭いてもらいます。そして、今度は一の孫。お湯を流して、身体を洗って、髪を洗って、すぐにタオルです。さあ、二人の孫のお風呂が終わりました。そしてじいじも自分の身体を洗って、お風呂を出ます。お風呂を出ると孫たちはもうリビングで駆け回っています。まったく元気な孫たちです。

二階の寝室で孫たちを寝かしつけた後、じいじとばあばは、一日を終えてハイボールをリビングのソファーで飲みます。今日一日あったことを、お酒を飲みながら振り返ります。

今日、上の孫は煮込みハンバーグ食べる時、「しあわせ」と言ったよ、すごいね、とか。下の孫も、よく寝て、よく食べていたとか、そんなことを言い合っては、幸せに浸ります。お酒もほどよく回って、だんだん眠くなります。そして一日が終わります。

翌日は、日曜日。孫たちはもりもり朝食を食べます。一緒に朝食を食べたあと、ソランの散歩や洗濯物干しや皿洗いをしていると、孫たちはお出かけの準備をしています。今日も、猛暑なので孫たちは、クーラーの効いた室内遊技場に出かけるようです。孫二人と母親そしてばあばは、私を置いて、室内遊技場に行ってしまいました。私はぽつねんと家に取り残されました。テレビをつけると大谷君の試合をやっていました。三回の第二打席に逆転の三ランホームランを打ちました。試合も久しぶりにエンジェルスが勝ちました。これはとても嬉しかったです。

そうするうちに孫たちが帰ってきました。昼食は、ケチャップライスです。孫たちはハッスルして昼食を食べました。そして、お昼寝です。二人ともリビングで寝てしまいました。

午後は、ばあばが用意したクッキー作りです。上の孫は、クッキー作りをとても楽しんでいました。そのうち、ばあばの指を引っ張って、小声で「ばあば、うんち」と言いました。まだオムツが取れていない上の孫が、トイレを教えることができました。私たちはえらいえらいと拍手して褒めました。これで少しずつオムツが取れてゆくでしょう。孫たちはたった二日、私たちの家にいただけなのに、進歩が見られます。一日一日、成長してゆきます。それは私たち、祖父・祖母の大いなる歓びです。生きる歓びを与えてくれる孫たちに感謝です。

夜、夕食を食べて、お風呂に入って、孫たちはバイバイと手を振って帰ってゆきました。なんと楽しい二日間だったのでしょう。夏休みの間に、またおいでと言って、さよならしました。

孫たちが帰った後、また夫婦でハイボールを飲みました。うんちを教えた上の孫の話で持ちきりでした。

八月三日（水）

孫たちが帰った後も、酷暑は続いています。今日も、まだ一〇時前だというのに、外は三三度を超えています。今日も四〇度近くまで気温が上がるでしょう。生命の危険が迫ります。先ほど、ソランの散歩を済ませてきましたが、暑い風呂に入っているような感じで、頭がふらふらしました。

私が小学生の頃は、暑い八月と言っても、こんなには暑くありませんでした。毎日、学校のプールに通って、帰ってきて昼寝というような夏休みでした。昼寝から目が覚めると近所の遊び仲間と缶蹴りや隠れん坊をして遊んでいました。遊び仲間がいない時は、本を読んでいました。

それが今では、プールと言っても危険で、熱中症に注意しなくてはなりません。子どもたちもかわいそうです。コロナに、気候危機、そして物価高、戦争です。貧困も格差もあります。食事がきちんと取れない子どもたちもたくさんいます。

八月八日（月）

しばらく日記を書きませんでした。何日か涼しい日もあったのですが、今日はもう三〇度を超えています。暑さで身体がまいっています。身体が疲れていると、気力も今ひとつ湧いてきません。人間の心身は一つにつながっているのですね。ヨーロッパの近代がなぜ心身を別のものだと考えたのか不思議な気がします。

一七世紀、フランスのデカルトは書物による学問を捨てて、ヨーロッパ中を回る旅に出ます。ヨーロッパは三〇年戦争の真最中です。この人生における確実なものを求めて、様々な街を歩きます。そこでデカルトは、方法的懐疑と名付けた思考実験を始めます。人生における確実なものを求めて、繰り返し自分の思考を深めていきます。その方法的懐疑の中では、感覚も論理もすべて頼りにならないものだとして懐疑の対象になります。そうやって、疑って、疑って、自分の神経をすり減らしながら、思考実験の果てにたどり着いたのが、「私は考える、故に私は在る」という結論でした。今ここにこうして、考えながら、私が生きている、生きて在ることを疑うことはできないと考えたのです。思考をしているまさにその時に、思考の働きの存在を疑うことはできないと考えたのです。そこで、思考は物質である身体とは別の次元にある存在であるという考え方が出てきたのです。

ここから、ヨーロッパ哲学の様々な難問が出てきてしまいました。心と身体の関係がどうなっているのかとか、主観は客観をどのように認識するのかとか、私たちの日常生活とはまるで関係がないような問題を考え続ける哲学の独特の領域が出てきたのです。

私はこれらの哲学の問題を何冊かの哲学の本を読むことによって学んできました。こんなことを考えて、日常生活に役に立つことがあるのかとかそういう疑問がないわけではなかったのですが、しかし高校生の頃から少しずつ哲学の本を読み続けていました。そうすることによって、日常生活における様々な問題も、哲学的な思考の働かせ方によって、解決に導くことができるということを学んできました。

先ほど、デカルトの哲学のほんの入り口を少しばかり述べてみましたが、私が哲学の本を読み始めたのは、デカルトについての本でした。最初に読んだのは、野田又夫著『デカルト』（岩波新書 一九六九年）でした。そこでデカルトが、人生のいかなる道を歩むべきかという問題に対して、確実性ということを大事にして、疑いようもない確実な真理として「私は考える 故に私は在る」を発見するに至る道を辿ってみました。それは中学二年生の時でした。そして、実際に『方法序説』を読んでみたのです。実際、デカルトが大事にしていたのは、数学の世界です。世界を記述するのに、数学の世界を発展させることによって、世界の法則を解明するという努力を続けることにしたのです。それは近代科学文明の曙でした。明証的真から始まって、問題を小部分に分けて考える分析、そして小部分を組み合わせて全体を考える総合、さらには最後に誤りがないかどうか確かめる枚挙と通覧。こんな思考の規則を考えて、数学で言うところの微分・積分の方法を思考の規則として確立したのです。今日の私たちもこの思考の方法で考えているのではないでしょうか。そして確かに科学の発展によって、私たちの人生の確実性は増してきたのだと思います。

もちろん、人生から悲劇と事故、犯罪と戦争、病気と死をなくすことはできませんが、しかし少しずつ確実性はましてきたと言えると思います。その意味でデカルトの偉大さは、なくなることはありません。

八月一〇日（水）

なんと本日は、大谷君が今期一〇勝目を上げ、ベーブルース以来一〇四年ぶりの二桁本塁打、二桁勝利の大記録を達成しました。イチローの時の、一〇年連続二〇〇本安打にもびっくりしましたが、大谷の一〇四年ぶりの大記録にも驚愕しました。今年度は、ホームラン三五本、ピッチャーとして一五勝くらい達成するのではないでしょうか。なんという大記録。孤高の道を一人行く、その姿は世界最高のアスリートだと言ってもいいのではないでしょうか。

八月一七日（水）

八月一三日から一五日まで、またまた孫たちが泊まってゆきました。例によって、プールをしたり、花火をしたり、クッキーを焼いたり、いろんなことをして遊んでゆきました。

私たち夫婦も旅行の計画をコロナのために中止したので、孫たちと遊ぶのはとてもよい気晴らしになりました。孫たちもコロナのために思い切り遊べないので、私たちと遊ぶのは楽しかったようです。下の孫は九月で一歳、上の孫は同じく九月で四歳になりますが、順調に成長して、どんどん大きくなっていきます。上の孫は、ブロック遊びをしていてもとても立体的な構造物を作るので、知性が発達しているのがはっきり分かります。下の孫は、笑顔がとてもかわいく、そろそろ歩き出しそうです。孫たちと遊ぶのは、私たち夫婦にとって非常な歓びで、人生が生き生きするのが感じられます。もっともっと一緒に遊びたいです。

孫たちが帰った後、妻は四回目のワクチンをやっと接種しに、会場に向かいましたが、何よりエッセンシャル・ワーカーの接種をもっと早くやってほしかったというのが私たちの正直な感想です。パンデミック対策ももっと緻密にやってもらいたいものです。第一波から第七波にかけて、感染者が後になればなるほど増えるというのが非常に気にかかります。二〇二二年の八月現在で、日本が世界で一番、一日の感染者数が多いというのも、どうしたことかと首を傾げたくなるばかりです。日本は独自のワクチンや治療薬も作ることができませんし、科学技術の上でも世界に遅れをとっているのですね。

イーロン・マスクではありませんが、日本は人口減少も止まりませんし、いずれ国が消滅する運命にあるのでしょうか。これは、私たちを非常に不安にさせます。国力がどんどん衰退する中で、生き延びてゆくのは非常な困難が伴うでしょう。私たちの孫たちがどんな苦難を生き延びていかなければならないのか、今から非常に心配になります。平凡な人生を生きるのにも、様々な努力や工夫が必要です。親から独立し、職業を得て自立した人生を歩み、一生をともにするパートナーとともに、自分の家庭を作り、一生を全うするその努力が、安定した社会の中で営まれることを望みます。世界に満ちる戦争やパンデミック、気候危機やスタグフレーション、貧困や格差、ハラスメントや病気に果敢に立ち向かっていかねばなりません。自分たちにできる小さな工夫を積み重ねることによって、自分たちの人生を充実させていってもらいたいものです。私は、孫たちに本を通して、言葉の力、知性の力を身につけていってほしいと思い、絵本をたくさん贈っています。そして様々な芸術に触れて、想像力そして創造力を身につけてもらいたいと思います。本、さらには囲碁、これが私が孫たちに贈る贈り物です。妻からは明るい性格と上手な料理を通した味覚、手先の器用さなどが贈られるはずです。味覚は人間の判断力の基礎です。きっと的確な判断力が身につくことでしょう。スポーツは健康な身体を得るために人並みに楽しんでくれればいいと思います。そして何より、生きる歓びを感じる逞しい感性を養ってほしいと思います。孫のことになるとつい大きなことを考えがちです。あまり大きなものを背負わせると生きるのが苦しくなりますし、ほどほどにしなければなりません。平凡な人生を全うする、それだけで大事業です。孫が成人するまでは、私も生きていたいと思いますが、こればかりはどうなるか分かりません。健康に気をつけて、節制に努め、なんとか孫の成人する姿を見届けたいと思います。

八月一九日（金）

月日は飛ぶように過ぎてゆきます。この間、春に仕事を辞めて年金生活者になったかと思ったら、もう夏も終わりに近づきました。夏の影も次第に長く伸びて、日も短くなってゆきます。季節は巡り晩夏の切ないような夕焼けを見るようになってきました。時折、職場にいる夢を見て、エリック・ホッファーの言葉を思い出します。年金とは、夢の中でする仕事に払われる対価だというような言葉を引用した覚えがあります。今年の夏はこれまでで一番暑く、猛暑日が二週間を超えるようです。九〇歳を超えた母が熱中症にかからないかと心配しました。晩夏から初秋にかけて、猛暑日は減ってゆくようです。私のこの日記も、夏の間は暑さ故、あまり進まず、サボり気味です。秋になったら、たくさん書けるだろうと捕らぬ狸の皮算用をして、自分を慰めていますが、エリック・ホッファーの『波止場日記』や大岡昇平の『成城だより』（大岡昇平著『成城だより』中公文庫　二〇一九年）などを眺めつつ、日記を書き続けるのも結構難しいものだとため息を吐いています。大岡昇平のような博覧強記の記憶力、文学や芸術一般に対する教養も足下にも遠く及ばず、はてさてどうなることかと思いつつ書き続けています。

さて、また詩を書こうと思います。過ぎゆく夏を惜しんで、晩夏の情緒を書いてみたいと思います。

「晩夏の午後」

晩夏の午後一時三〇分
陽炎が立つ象徴の輝く白い道で
黒い稲妻が眼の前の空間を
切り裂いていった

その稲妻の腹には
窓が開いており
この地上に比べるもののない
美の詩神の横顔が覗いていた

自然の驚異
背筋を電気が走り
足先から抜けて
美の力が私の心を撃ち抜いた

それはアフロディテのようなエロスに満ち
晩夏の真昼を切り裂いた
鋭利な刃のような
驚きに満ちていた

八月二三日（火）

まだ暑い日が続きますが、空模様はすっかり秋のようです。筋雲が空高く浮かんでいます。季節の変わり目にきたようです。

午後から、郵便局へ市民税などの払い込みに行ってきました。市民税の他に、国民保険税、介護保険料など約一〇万円を納めてきました。これを納めるだけで、年金が底を尽きそうです。これが毎年続くと非常に苦しい生活になりそうです。コロナの感染者は増え続け、政府は何の対策も打ちません。多分コロナに罹っても入院する病院はないでしょう。国保税を何のために納めているのか分かりません。私は貧困層なのでしょうか。憲法第二五条の健康で文化的な最低限度の生活を保障するという生存権は、守られていないように思います。これは政治の貧困でもあるでしょう。政治の上でも、経済の上でも、文化の上でも私たちの生活は非常に貧しいものになってしまったのではないでしょうか。どうしたら生存権を保障する政治や経済や文化を取り戻すことができるのでしょうか。私と私の家族は、餓死にまで追い詰められているということはありません。しかし、世界のエネルギー事情、食料事情は、厳しいものになってきています。物価高は収まりませんし、これは私たちの生活を圧迫しています。ロシアによるウクライナ侵略が原因ですが、それが終わる見通しがまったく立ちません。欧米によるウクライナ支援は、軍需産業を潤しますが、しかしこの侵略を終わらせる決定打にはなりません。どこの地点でウクライナとロシアは和平交渉に入れるのでしょうか。打ち続くロシアによる大規模な戦争犯罪。それを押しとどめる力を私たちはもたないのでしょうか。軍事的緊張は世界で高まり、食料・エネルギー事情はますます悪くなり続けています。スタグフレーションの波が世界の岸辺を洗い、私たちの足下を濡らします。断崖の危機は続き、世界を不安の雲で覆っています。平穏で安心できる日常生活は奪われたままです。不安と憂愁が長い影となって、舗道に伸びています。ムンクの叫びが、街中に満ちています。

世界はカフカの小説のように不安と悪意に満ちたものになってしまいました。渋谷で母と娘が突然見知らぬ少女にナイフで刺されるという事件が起きました。犯人は中学生だそうです。この底知れぬ悪意・殺意は、どこからやってきたものなのでしょうか。ロシア軍によるウクライナ市民の虐殺も続いています。この破壊衝動はどこからやってきたものなのでしょうか。私たちの生命はいつ失われるか分かりません。それは生命が宿す宿命ですが、しかし他人に自分の生命を奪われたくありません。だからといって、家に閉じこもるわけにもいかない。確かに家にいることが多くなりましたが、しかしこの日記を書くことを仕事として、書き続けています。

発表を前提とした日記は書けないことの方が多く、不自由な思いをしています。小説などの虚構の方が書きたいことを書きたいように書けるのではないかという思いが募ってきます。一年間、この日記をやり通したら、今度は小説に挑戦してみるのもいいかもしれないと思ったりもします。

大谷翔平さんは、ウイルス性胃腸炎で今日はお休み。鉄人もばてるのだなあと改めて気の毒に思った次第です。数日、休んだらまたホームランを量産してほしいです。

八月二五日（木）

空は曇り空。気温も下がって、いくらか過ごしやすい日になりました。このところ午前中は、エンジェルスの試合を見ることが多く、日記を書くのは午後になります。大谷翔平という天才アスリートの登場でこんなに野球に惹きつけられるとは思いませんでした。エンジェルスの試合が始まってしまうと、負けるのが当たり前なのに、ソランの散歩も洗濯物干しも後回しになってしまって、一日のルーティンワークが進みません。トーマス・マンのように午前九時から一二時までの三時間を書く時間に充てるという退職の時の決心が、早くも半年も経たないで崩れてきてしまっています。もちろん、トーマス・マンのような文才も芸術的叡智もないのですが、時間くらいは守れるだろうと始めたことです。夏が来て猛暑に晒されるまでは、なんとか毎日三時間、文章を書くという習慣を守っていたのですが、酷暑で身体がだるいのと、大谷翔平の魅力に抗いがたく、ついテレビを見てしまいます。特に投手として投げ、そして打者として打つというリアル二刀流の時は、興奮します。打者としての規定打席も今年はもうクリアーしましたし、投手としての規定投球回数もクリアーするのではないかと言われています。彼は、大リーグにおいて、次から次へと新しい記録を歴史に刻みつけてゆきます。MVPは、ヤンキースのジャッジが今日現在で四八本もホームランを打っているので、激しい議論が起きていますが、しかし大谷翔平の活躍も目を瞠《みは》るものがあります。毎日、こんな興奮と熱狂の嵐に巻き込まれるとは思いもしませんでした。アメリカの少年たちが大谷翔平に熱狂する気持ちが分かります。小学生の頃、長島茂雄や王貞治に熱狂していた時よりさらに大きな熱狂を感じます。世界最高の大リーグで、打者としても投手としても一流の成績を残し、試合に出続けている姿は本当に生きている奇跡を見ているようです。

人生においてこのような大きな成功を勝ち取ることができる人は、ごく一握りの人々です。富と名誉と快楽こそ人々が求める最高の善であるとしたスピノザは、さらにこれを超えるような最高善としての哲学を求めました。大谷翔平さんは、大リーグでの活躍で大きな富と名誉を手に入れました。しかし、彼の目的は、その富と名誉を超えて、野球というゲームを純粋に楽しむことにあるようです。それは彼にとっては純粋なゲームという快楽なのだろうと思います。彼は純然たる幸福を手に入れたと考えて良いのでしょうか。結婚もまだですし、家庭も持っているわけではありません。でもいずれ結婚し、パートナーと家庭を持ち、野球人生を全うしてゆくに違いありません。それは哲学者が考える最高の善ではないかもしれませんが、しかし私たちには決して手に入れることのできない幸福の中にあると言っていいのでしょう。その幸福感が私たちの心を惹きつけるのかもしれません。

二〇二二年九月

九月一日（木）

しばらく日記を書きませんでした。一週間も間があいて、日記とは言えなくなってしまいました。相変わらず母親の家と孫の家を行ったり来たりしています。晩夏もあっという間に過ぎ去り、もう九月に入り初秋と言うべきでしょう。上の孫も幼稚園が始まりました。また忙しい日々が始まります。

孫に絡んで、この間、新聞を読んでいたら、「ギフテッド」と呼ばれる飛び抜けた才能を持つ子どもたちの特集記事がありました。「ギフテッド」は、「神から授けられた」という英語を語源としているようです（二〇二二年八月三〇日付け朝日新聞）。三歳くらいで漢字を読み、幼稚園の頃には、分子や元素の図鑑を読み、小学四年生で英検準一級に合格し、小学生向けのプログラミング大会では、四年生で決勝に進出した。そんな記事でした。

考えてみると、私の孫も二歳で漢字を読み、ひらがなもカタカナも書けます。アルファベットも覚えており、散歩をしながらアイム・ウォーキングと言ったりします。これから四歳になるところですが、この子も一種の「ギフテッド」なのではないかと妻と一緒に話し合っています。しかし、新聞記事では、突出した才能の故に学校の校則や各教科の学び方が自分に合わず、大変苦しい思いもしていると書かれていました。私と妻は、上の孫のことが心配になり、私たちは孫の良き理解者になり、その才能をできる限り伸ばしていってやりたいと話し合いました。新聞記事に載っていた子は、小学一年の時にＩＱを調べてもらったところ、平均は一〇〇なのに、なんとその子は一五四もあったそうです。私の孫は、これから四歳になるところなので、ＩＱはまだ測れないと思いますが、しかし記事を読んでいると記事に取り上げられた少年と共通点が幾つもあります。新聞に登場した子は、選択的登校といって、週に三日くらい登校しているようです。私たちの孫も学校に苦しめられないように、今から色々考えておかなければなりません。祖父・祖母としてどんなサポートの仕方があるかよく考えなければなりません。上の孫は、飛び抜けてエネルギーがあり、足も速く、私の足では追いついてゆけません。さらに、漢字をどんどん覚えます。幼児用の英語の番組を一人で見ていて、笑ったりしています。幼稚園では、ブロックで立体的な構造物を一人で作り、それができない周りの子たちに欲しがられるそうです。私たちはもっと「ギフテッド」について知りたくなりました。絵本もよく読むので、楽しみで仕方ありません。もちろん、親ばかならぬジジばかかもしれませんが、もし才能があるのなら、それを伸ばしてあげたいし、学校で苦しむことがないように色々な手立てを考えておきたいと思っています。でもこれから四歳になるところなので、色々でこぼこして成長が皆うまくいっているというわけではありません。オムツが取り切れていなかったり、読んだり書いたりするのは得意なのですが、喋る方が少し遅れていたりと、発達が一様ではありません。そういうでこぼこしたところを少しずつ修正して、楽しみな明日へ向かっていってほしいと思います。自分の大きな才能に向き合うだけの強さを手に入れ、社会に適応し、自分を生かせる居場所を見つけてくれることを祈っています。

九月六日（火）

コロナの感染者数が少しだけ下がってきました。まだまだ高止まりなのですが、やや減少を始めました。昨年と同じように、秋の深まりとともに原因は分からずとも、季節の巡りでコロナの感染者が減少するとよいなと思っています。医療従事者たちも少しは休憩が欲しいところでしょう。まだ決定的な治療薬も開発されていませんし、私のような高齢者で基礎疾患がある者にとっては怖い感染症です。八月の終わりに温泉宿を予約していたのですが、残念ながらキャンセルしてしまいました。妻も久しぶりの旅行なので楽しみにしていたのですが、あまりにも感染者が多いので諦めることにしました。残念です。

まだ気温は三〇度を超え、暑い毎日が続きます。初秋の高い空と晩夏の高い気温が入り交じって、夏と秋の交替は中々進みません。暑さを言い訳にして、散歩をずっとサボっていたのでなんとなく足腰が弱ったような気がします。気温が三〇度を下回るようになったら、また散歩を始めようかと思います。足腰が弱ると孫たちと遊べません。孫たちと遊ぶためにも、散歩をしようかと思います。

暑い暑いと弱音を吐いていたら、本も読まなくなってしまいました。八月には、なんと二冊しか本を読んでいません。日記も飛び飛びになってしまいましたし、今年の夏はのらくらしていた夏になってしまいました。大谷君は夏バテもせずに今日もホームランを二本も打ちました。あんなふうに毎日活躍できるのは、鉄人ですね。本を読み、日記を書くことぐらい毎日続けられたらいいのにと思います。自分のふがいなさにがっかりします。でも夏の終わりと秋の初めが入り交じった九月に、街道沿いの舗道でまたあの美しい女性の運転する姿を見ました。すると私は詩が書きたくなります。フッと浮かぶ詩を書き留めるのは、勤勉に続けています。それを以下に掲げます。

「結晶の光」

想い出の宝箱を開け
一つ一つ
眼の隅を過った
魅惑と陶酔の結晶の光を取り出す

その光は
私の魂を刺し貫き
ほの暗い奥底を
照らし出す

君の長い想いに

僕は応えているのだろうか
手に触れもせず
君の魂に触れているのだろうか

内在的超越の力を
知ることのない唯一の人間
だが君への思いは
果てなく慕ってゆく

九月一三日（火）

先週の金曜日、そして土曜日に孫二人が遊びに来ました。上の孫は少し鼻風邪気味で、鼻汁をずるずるとすすっていましたが、熱はなく元気に遊んでいました。下の孫は相変わらずにこにこして、はいはいをしています。二人が来ると、じじばばは、大忙しです。二人とも九月生まれなので、この九月で一歳と四歳になります。来週の日曜日には、みんなで記念の写真を撮ることになっています。上の孫は、長い夏休みが終わって、再び幼稚園に通い始めました。鼻風邪は、幼稚園でもらってきたのでしょうか。でも嫌がりもせずに元気に通っています。夏休みが終わって九月になると園児に限らず、小学生や中学生、そして高校生も心の不調を訴えて、学校を休みがちになったりしますが、上の孫はまだそんなこともないようです。幼稚園も学校も様々な問題を抱えて、大きな社会問題になっています。九月の初めには、園児が通園用のバスに置き去りにされ、熱中症で亡くなるという痛ましい事故が起こりました。保育園の園児だったので、まだ三歳でした。心が掻きむしられるような不安と哀しみと悔しさがこみ上げてきます。私の孫たちがこのような事故に遭わないようにと毎日祈るような気持ちで無事を祈願しています。閉じ込められるようなことがあったら、バスのクラクションを鳴らす訓練なども行われたようですが、それでも安心できません。新聞では、死に至らずとも、通園バスに取り残された事例を調べて、それを掲載しています。非常に多くの事例があるようです。幼い生命が保育園職員の不注意で、奪われるのは私たちの心を締め付けるような哀しみをもたらします。取り返しのつかない悲劇です。二人の孫だけでなく、世界中の子どもたちの健康と安全が確保されるように祈っています。

恐ろしいような時代の変わり目が訪れようとしています。気候危機、侵略戦争、食料・

エネルギー危機、世界的な物価高、新型コロナウイルス感染症のパンデミック、ドル高・円安など数え上げたらきりがありません。資本主義や民主主義も耐用年数が切れて、新しい政治の仕組み、新しい経済の仕組みが必要とされています。こんな困難な時代の中で、私たちの孫は生きていかなければなりません。どんなふうに教育していったらよいのでしょう。何を目指して生きていったらよいのでしょう。未来は見通すことができません。また小さな孫たちの適性や能力をどのように見定めたらよいのでしょう。この危険で、不完全で、悪に満ちた世界で、生を全うできるような力をどのようにして手に入れることができるのでしょうか。

九月一六日（金）

先週、孫たちが遊びに来たので、予約してあった病院に行くのを忘れて、もう一度予約を取り直しました。

なんとなくボケてきたのでしょうか。病院は相変わらず混んでいて、やっと取れた予約も一週間後のことです。予約を取っても、病院に行けばそこでまた待たされることが多いので、いっそのこと薬だけくれたらいいのにと思うことしきりですが、そこは中々許してはくれません。日本はまだまだ不便なことが多いですね。

しかし、日本も現在一年に約六〇万人ずつ人口が減っていっているので、私が八〇歳になる頃には一〇〇〇万人くらい人口が減ります。するとこうした待ち時間は短くなるのでしょうか。それとも、人口減に比例して医者の人数も減って、混雑具合は変わらないのでしょうか。

日本がこのまま縮減していって、国力が落ちてゆくと、様々な困り事が増えてゆくのだろうと思います。ＧＤＰなども至る所で省庁の統計の改竄が行われているので正しい数字が把握できません。先日明らかになった国交省の統計改竄も八年間合わせて三十四兆円もの割り増しがあったそうです。本当には、ＧＤＰも五百兆を切っていて、世界三位のＧＤＰというのも怪しい感じがいたします。

私はこれから歳を重ねていって、体力も知力も落ちてゆきます。日本全体の体力も知力も落ちてゆくでしょう。私の場合は、どこかの時点で死がやってきますが、日本はどうなるのでしょうか。失われた三〇年の間に、日本の国力も地に落ちました。三〇年もの長い間、賃金もＧＤＰも増大せずに横ばいです。こんな国は、世界でも日本だけではないでしょうか。もちろん、気候変動の問題を考えたら、脱成長経済を実現してゆかなければ、温暖化で人類は生き延びてゆかれません。そういう意味では、日本はすでに脱成長を実現してしまっていると考えられなくもありません。脱成長経済の中で、どのように社会的共通資本を金儲けの道具にせずに維持してゆくことができるのか、そんな問題を考えてゆかねばならないのかもしれません。資本主義でもなく、共産主義でもない新しい経済の形を考えてゆかねばならないのだと思っています。宇沢弘文の経済の本を読み続けていますが、私の理解力では中々その全貌を捉えることができません。しかし、この社会的共通資本という考え方の中に、日本が生きる一本の道が未来へ伸びているような気がしてなりません。それは、私たちの生活を縮減してゆきながら、経済成長だとか、規制緩和だとか、民営化だとか、市場原理だとかを乗り越えて、弱肉強食の新自由主義を解体し、新しい社会的共通資本の道を歩んでゆくことの中に生きる意味を見出してゆく試みだと思います。

九月二七日（火）

日記を書くというのも根気のいる仕事です。毎日ちゃんと書かないと、日々はあっという間に過ぎ去ってゆきます。九月一八日（日）には、孫たちのお誕生日会がありました。料亭を予約して、三家族が揃ってお酒を飲みました。孫たちは二人とも九月生まれなので、いっぺんにお祝いができて好都合です。下の孫は、一歳のお祝いに写真館で写真を撮りました。誕生日のプレゼントは、上の孫にはブロックのセット、下の孫には童謡が二百曲入ったCDセットを贈りました。台風が来ていて雨が降り天候には恵まれませんでしたが、午後の楽しい時間を過ごせました。上の孫は、料亭の料理が気に入らず、ぐずっていたのがちょっと可哀想でした。二一日は、予約を取り直した病院へ行ってきました。二三日には、妻と二人で妻の実家へ行ってきました。妻の両親ももう八〇代の後半なのですが、二人ともとても元気で楽しい時間が過ごせました。私は義父と碁を二局打って、一勝一敗の引き分けで楽しい午後の時間が過ごせました。また二五日の日曜日には、久しぶりに妻とデートをしに、隣町へ行きました。高島屋へ行って、妻の誕生日のプレゼントを買いました。コーチの肩掛けバッグです。円安のために、かなりいいお値段がしましたが、日頃の感謝を込めて思い切って買いました。忙しい一週間でしたが、非常に楽しい一週間でした。そのため、この日記にはご無沙汰してしまいました。年金生活者の日々もそれなりに忙しく、暇で困るというようなことはありません。本日も、行きつけの内科へ行って、健康診断の予約とインフルエンザワクチンの予約を取ってきました。そして、国保税や介護保険料の支払いにも行きました。そして午後、ちょっと時間ができたので、今この日記を書いているところです。

隙間時間を利用して、鶴見俊輔著『期待と回想』（ちくま文庫　二〇二二年）という本を読んでいます。かなり前に、このインタヴュー形式の自伝を読んだのですが、相当面白かったので、また読んでいます。今までのところで印象的だったのは、鶴見俊輔がノミナリズムを強調している点に目が留まりました。前回読んだ時には、あまり意識に残らず、まったく忘れていたのですが、今回読み直してみて、なるほどと思った次第です。

ヨーロッパ中世哲学に、実念論と唯名論との議論が生じて、この問題が長い間論じられてきました。実念論とは、概念実在論とも呼ばれ、外界の事物の本質を概念は捉えているとします。一方、唯名論（ノミナリズム）は、概念と事物の本質的なつながりはなく、言葉や概念と事物のつながりは偶然的なものだとする考え方です。その事情を鶴見俊輔は次のように説明します。

「中世の哲学に実念論（概念実在論）と名目論があります。リアリズムとノミナリズム。言葉にはそれに対応する実体があるというのが実念論で、言葉はどうとでもいえるので、どういってもやがてものから剥がれていくというのが名目論。言葉の意味は流動的で、ものが自分にもっている象徴的な意味がどんどん変わってゆく。どういう意味で私が日本国国民であるかということは一義的にピンで止められてはならないので、自分で勝手に解釈してノミナルにしてゆく。私が結婚しているとして、私と細君とはまったくノミナルです。私が教師だとして教師と学生の関係はノミナルなんです」(鶴見俊輔著『期待と回想』ちくま文庫　二〇二二年　一一六ページ)

この考え方は、もっと過激になるとニーチェの真理は虚偽であるという考え方に至ります。ニーチェは一生を通じて、唯名論者であったと思われます。鶴見俊輔は、そこまでは言いません。しかし、両者には共通点があります。

「全部が名目だとはいわない。ノミナライゼーション、名目化していく。「実体はない」とはいわない。「外界はない」とはいわない。「これが外界の実体そのものだ」といわないように注意する。それが方法としての名目論で、「実体がない」という断定は含まない。実体の側から見るということは、人間にはできない。私にはできない。そういうことをいう人間に対しては警戒する。「世界史の法則がまだ分からんのか」という人に対して警戒する。こういう失敗は避けたいと、逆の場合からいつでも考えるんだ。私は先生として点をつける資格を与えられていたが、現に私の教えているゼミから私よりすぐれた人間が出てくるんだから、先生は先生とはかぎらない。それがノミナリズムです。」（同書　一一七ページ）

私は、ニーチェの過激なノミナリズムよりも、鶴見俊輔の温和なノミナリズムに共感を抱きます。

二〇二二年一〇月

一〇月七日（金）

月日は飛ぶ矢のように過ぎ去ってゆきます。大谷翔平君の活躍にあっけにとられ、大谷君と一緒に夢を見ていたら、いつの間にか二週間が経っていました。大リーグの今シーズンの日程はすべて終了し、後はポストシーズンの試合が残っているだけになりました。残念ながらエンジェルスは、ポストシーズンの試合には出られません。大谷君もそれが悔しいと言っていましたが、今シーズンの最後の試合で、規定打席と規定投球回の二つの規定を同時に満たすという大リーグ初の大記録を打ち立て、いよいよアーロン・ジャッジとのMVP争いが混沌としてきました。去年の大谷君よりも今年の大谷君の方が優れた活躍をしてきました。特に投手としての成績は、昨年よりも格段に優れたものになりました。一体何人の人々が大谷君の努力と工夫と超人的な体力と野球の技術に驚嘆し、一緒に夢を見たことでしょうか。その謙虚で素朴な人柄も人々を惹きつけます。来年の大リーグの開幕が今から待ち遠しいです。二人の孫と大谷君と一緒に見る夢は私の心を虜にします。人間は、夢を見ながら今を生きる、明日への期待と希望の中で今日を生きるのでしょう。スポーツ選手にこんなに夢中になるのは、イチロー以来のことです。この二人は、日本が生んだ世界で最も優れたアスリートでしょう。来年もまた孫の成長を楽しみつつ、大谷君の活躍で夢を見ます。断崖の危機にある世界の現状は悲惨なものです。その危機を乗り越える力を私は大谷君と孫たちからもらい受けます。私は今年の誕生日が来れば、六六歳になります。体力も気力も少しずつ衰えてきました。しかし、孫たちが私に与える生きる希望、そして大谷君が与えてくれる大きな夢が、私の気力を奮い立たせます。今少し、もうちょっと、生きながらえて孫たちをはじめとする未来の世代に貢献できたらと思います。この日記を書くという努力もその一部です。それは、どこに向かってゆくのでしょうか。

人間の生み出す悪や危機は、権力欲、嫉妬、競争心、金銭欲、などから生み出されます。特に独裁者が生み出してきた悪や危機は、計り知れない惨害を人類にもたらしました。中でも破壊と虐殺をもたらす戦争は、最大の根源悪です。現在進行中のロシアによるウクライナの侵略戦争は、もう八ヶ月以上続いていて、ウクライナの人々に大きな被害を与えています。ウクライナ市民の虐殺など戦争犯罪も数多く犯されています。これをどうやって止めるか。和平交渉はどのようにしたら可能なのか。戦争や戦争犯罪をもたらすロシアの悪をどうやって裁くのか。様々な問題が山積しています。一方で、明るい希望に満ちた人々の活躍があり、一方で何万という人々の生命が奪われてゆきます。このような明るい良き世界と暗く罪悪に満ちた地獄のような世界との混在に私たちの心は引き裂かれています。私たちの生きる世界に調和はないのでしょうか。平穏で安全な生活を私たちは望んでいます。平凡でも当たり前の普通の生活こそが私が望むことです。これが全世界の人々に平等に与えられることを望んでいます。自然災害はどうしようもないですが、科学の進歩によってコントロールできる部分も出てくるでしょう。そこでスポーツや芸術など、美的な活動に打ち込んで生活していけるそんな世界はこないものでしょうか。

また、詩が浮かんできました。それを載せて、今日の日記は終わります。

「雨の日」

灰色の雲が
氷のように張りつめて

僕らの心を
押し付けてくる

だが
そんな灰色の世界から
魅惑と陶酔の風が
吹いてくる

微かな
幻のような
雨にむせぶ
美の力

眼には遠く
心には息のかかるような

風姿が

一〇月の空に浮かぶ

一〇月一一日（火）

このところ雨が多かったのですが、今日は晴れて青空が広がっています。今朝は、絨毯を洗って二階に干しました。気温も上がって秋らしい日になっています。清々しい透明感のある風が私の頬を撫でてゆきます。昨日までの冬のような寒さは消え、ワイシャツ一枚でも外出できるような陽気です。こんないい日が続いてくれると嬉しいのですが、それもどうなることやら。このところの気候危機のせいで、夏と冬ばかりが長くなり、穏やかな春や秋は短くなるばかりです。私は晩秋の一一月が好きな時節だったのですが、だんだん冬が早く来るようになり、穏やかな紅葉を楽しむ時間も短くなっています。今日は暑すぎもせず、寒すぎもせず、エアコンを動かす必要はありません。一年中、こんな穏やかな日が続いてくれると有り難いなあと思います。この日記を書いたら、コーヒーでも淹れて、ほっと一息つこうと思います。

午後の居間でぼんやり日記を書いていると、孫たちの顔が想い浮かんできます。先月、二人とも誕生日を迎え、四歳と一歳になりました。四歳の孫はこの間の土曜日に運動会があり、駆けっこをしたり、お遊戯をしたりして、楽しく運動会に参加できたようです。祖父母は、見学が許されず、残念でしたが、親たちがたくさん動画を撮ってきてくれたので、孫の様子がよく分かりました。親たちは、四歳の孫の方が、コミュニケーションに障がいがあるといい、自閉スペクトラム症を疑っているのですが、私はこの孫が二歳の時から漢字を読んだり、アルファベットを覚えたり、ひらがなが書けたりしたので、普通の子よりも相当知能が高いのではないかと思っています。それをどうやって伸ばしてゆくかを考えるとワクワクします。「普通」に合わせることを重んじる日本の学校で、どうしたらこの四歳の孫の才能を潰さずに伸ばしていけるのかを妻とともに考えています。発達障がいの本や自閉スペクトラム症の本なども読んでいます。一方で知能が高い子の教育の仕方や才能の伸ばし方の本も読んでいます。問題だらけの日本の学校で、なんとか力強く生き抜いていってほしいと心の底から願っています。確かに、書き言葉を覚えるのは早いし、読んだり書いたりは得意なのですが、喋り言葉が苦手で、二語文で話すのがやっとです。このアンバランスをどうするのか。なんとかうまく育ってくれて、成長のでこぼこが少なくなるようにと接しています。私のお小遣いは、半分以上は孫たちの絵本代で消えてゆきます。

一歳の次男坊も本を読むようになりました。この間、三歩くらい一人で歩きました。次男坊の方も順調に育っています。私たち夫婦の話題は、この二人の孫と大谷翔平の話題で持ちきりです。もちろん私たちの親の話、子の話もしますが、圧倒的に孫の話が多いです。そして、自閉スペクトラム症とギフテッドの話です。さらに、ニューロダイバーシティに関する本も読んでいます。読み、学んで、それを現実の孫の成長に生かす。そういう仕事が私たちの前に開けてきました。子どもの心理、発達の具合、才能の伸ばし方、考えることはいくらでもあります。子育ての経験の少ない親たちへの教育もあります。親たちの自尊心を傷つけないようにする配慮も必要です。年金生活者の毎日がこんなに忙しいものであるとは想像もできませんでした。ボケ防止の語学の勉強もしなくてはなりません。運動不足にならないように、散歩もした方がいいでしょう。時は、歳を取っても、飛ぶように過ぎ去ってゆきます。学び、身につけるべきことは多く、寿命は短い。短い人生の中で、すねたり、妬んだり、空しさに取り憑かれたりしている暇はありません。孫たちの成長に合わせて、私たちも成長しなければなりません。身体の衰えを自覚しつつも、孫たちに生命のバトンを手渡すまで、走り続けなければなりません。運命は回転します。与えられた条件の中で、できる限りの遺産を孫たちに受け継いでいってもらいたいと思います。「生には超越が内在している」というジンメルの言葉を実践して、さらに私たち以上の次元に孫たちが到達してくれることを願ってやみません。

一〇月一二日（水）

本日は、『自閉症は津軽弁を話さない』（松本敏治著　角川ソフィア文庫　二〇二〇年）を読んでいました。自閉スペクトラム症の子どもたちの言葉の謎を読み解く本です。その中で、ある自閉スペクトラム症の子どもがスタジオジブリの日本語の字幕のついた「となりのトトロ」や「天空の城ラピュタ」などを見ていて、爆発的に喋り言葉の語彙が増えたという報告を読んで、早速喋り言葉の遅い四歳の孫にジブリのＤＶＤを買おうという話になりました。読み書きの発達は早いのですが、喋り言葉の遅い四歳の孫の発達に何か良い影響があればと思ったのです。自閉スペクトラム症という診断は下っていないのですが、少しその傾向があるように思われるので、その発達のでこぼこを小さくしておきたいと思うのです。もちろん、ご飯はよく食べるし、弟が泣いていると、自分も悲しくなって、涙を流したりとやさしい子です。幼稚園で駆けっこもできたし、お遊戯もできました。心配しすぎるのもよくないと思うのですが、祖父母としては、つい手を掛けたくなります。絵本をたくさん読む習慣もできています。あとは、オムツがまだ取り切れていないので、オムツが取れて、おしっこやうんちが教えられて、トイレを使えるようになれば言うことがありません。だから、課題はトイレと話し言葉です。この二つを来年の誕生日までになんとかできれば上出来ではないでしょうか。読み書きは、自分でどんどん伸びてゆくことができます。トイレと話し言葉が上手になれば、言うことなしです。

孫の成長とともに、私たち祖父母も成長してゆきます。私たちのライフ・サイクルは、その最後の段階に入りました。若い頃、E・H・エリクソンのライフ・サイクルの理論を学びましたが、老年期は絶望と統合の対立として、描かれます。私たちの人生は、死へと向かいつつ、最後の締めくくりをつけることへと向かってゆくようです。河合隼雄は、老年期は何もしなくともよいと言っていましたが、私たちはそういきません。私は、この日記を書きながら自分の人生の締めくくりとして、この日記を通して自分の人生の展望を得ようとしています。今を生きることの中から、自分の課題に対する回答を得たいと思っています。

一〇月一三日（木）

今日は、銀行に用があるので午後から出かけます。四歳の孫のために、「となりのトトロ」のＤＶＤを買ってこようと思っています。それから、本屋さんにも行って、このたび新しく出版された柄谷行人の『力と交換様式』（岩波書店　二〇二二年）も買ってこようと思います。

『世界史の構造』や『帝国の構造』で世に出た「交換様式」という考え方が斬新で洞察力に富んだ概念なので、一時期夢中になりました。マルクスが生産様式から世界史を見るという考え方を提出しましたが、柄谷行人は流通過程、すなわち「交換様式」から歴史を見るという視角を創り出しました。これは、カール・ポランニーにも一部似た考え方がありましたが、そのほとんどが柄谷行人の独創です。その独創的な視点から現在の資本主義の問題点、恐慌や戦争を生み出す原因を探って、それを乗り越える道筋を描き出す試みをしているようです。資本主義を乗り越える道はどこにあるのでしょうか。宇沢弘文は、資本主義でもなく共産主義でもない社会的共通資本の道を探りましたが、柄谷行人の交換様式の道はどんな道でしょうか。恐慌もインフレもデフレもスタグフレーションも失業も長時間低賃金問題もすべて資本主義を原因としています。商品交換の段階にある現在の経済は、交換様式Ｄの段階に進むと柄谷は言います。それは、高度な形に発展した互酬制が回帰してくるという言い方をします。それはどんな社会を生み出すのでしょうか。歴史の中で交換様式Dは、普遍宗教という形で現れてきたと言います。それでは、今後形成されてくる交換様式Dの世界は、ヨーロッパ中世のような世界が回帰してくるのでしょうか。今度の新著はこうした私の疑問にきっと答えてくれるでしょう。楽しみでワクワクします。しばらくこの本と発達障がいの本に興味を集中します。孫の成長を楽しみにしつつ、人類の歴史と未来に想いを馳せる。そんな時間を過ごしてゆきます。孫と一緒に「トトロ」を見ながら、言葉の練習をして、『力と交換様式』を読みます。そして、孫と日本と世界の未来を見渡して、いくらかの認識の一滴を手に入れる。それを孫の生に受け継いでゆく。そういう晩年の時間を過ごしていきます。

一〇月一四日（金）

午前中はずっと雨が降っていました。午後になって雨が止み、ソランの散歩に行ってきました。ソランは一四歳の老犬ですが、元気に散歩をします。便秘もないし、おしっこもちゃんと出ます。よく食べ、よく眠り、健康に問題はなさそうです。私もソランと同じように、今しばらく元気で健康に過ごしたいと思っています。明日は、そのための健康診断の日です。行きつけの内科に行って、無料の健康診断を受けます。大腸癌の検査は、もう済ませました。あとは検体を提出するだけです。明日は、九時半に内科に行って、諸々の検査を受け、そしてついでにインフルエンザのワクチンを打ちます。新型コロナのワクチンは、七月に打ったばかりなので、次はきっと一二月くらいになるのでしょう。新型コロナの感染者は、一時期少し減ってきていたのですが、もう増え始めています。また第八波がやってくるでしょう。日本は結局新型コロナウイルス感染症に対する有効な対策を作ることができず、第七波では、感染者が世界一になってしまいました。このままなし崩しに、ワクチンを打つことだけであとは何もしない、患者を見殺しにするような態勢でゆくのでしょう。GDPもドイツやインドに抜かれて世界第五位くらいになってしまうと言われています。円安も物価高も止まる様子は見えません。大学のランキングもどんどん下位に落ちていきます。日本衰退の波は大波となって、私たちに押し寄せてきます。人口も毎年六〇万ほど減っていきます。一〇〇年経つと、約六〇〇〇万人が減って、日本の人口は今の半分になってしまいます。しかし、出生率を上げる政策はまったくと言ってよいほど、何もありません。フランスのような出生率のV字回復はありそうもありません。今後、私たちはどのように生きていったらよいのでしょう。孫たちはきっと二二世紀の日本を見ることでしょう。その時、日本は一体どうなっているのでしょう……。

健康診断を受ける話から、将来の日本の話になってしまいました。日本はこのまま衰退の坂を転げ落ちていくのでしょうか。今、私にできることはなんでしょうか。しかし、それを考える手がかりがありません。今思いつくことは、孫を育てる手伝いができることくらいです。今まで四一年間、高校教師の仕事をやってきましたが、学校の現状を考えると心配ばかりが先にたちます。教師の長時間低賃金労働は、ブラックとレッテルを貼られ、教師の希望者が激減しています。採用試験の倍率が低下し、教師の質の確保も難しいと言われるようになりました。一クラスの定員もまだ三五人もいます。西欧並に二〇人程度にできないものでしょうか。過重労働の原因になっている部活動の顧問の問題も社会教育への移行が遅れています。その上書かなくてはならない書類も増え続け、授業準備もまともにできません。こんなことで、「主体的で、深い学び」などできるのでしょうか。一時期もてはやされたアクティブ・ラーニングなど、もうどこかへ消えていきそうです。子どもたちの将来には大きな暗雲が垂れ込めています。このような時代に、子どもたちは自分の未来に夢を立ち上げることができるのでしょうか。

私は、あと二〇年もすれば寿命がやってきます。健康でいられれば、あと二〇年生きるとして、何をしたらよいでしょうか。大きなことはできません。この日記を書き続け、本にして出版し、娘たちや孫たちに残す、母親の介護をし、やがて看取り、孫たちの成長を見守る。家事を分担し、妻との時間を大切に生き、旅行や美術館めぐり、映画やコンサートに行く。そして、毎晩ウィスキーを舐めながら、妻と一緒に一日を振り返り、お喋りをする。そんなことでしょうか。しかし、衰退してゆく日本の将来のためにできることは何でしょうか。今のところ分かりません。そのことを考えるために、この日記を書き続けます。河合隼雄は、老人は何もしなくともよいと言っていますが、でももし二〇年があれば、一つくらいできることが見つかるような気がします。生命は、進化をするために死ぬのだと言います。大河の一滴として、進化の道に何かをつけ加えて、死へと向かってゆきたいと思います。

一〇月一八日（火）

今日もぐずついた天気です。朝には雨が降っていました。現在、一時四三分、雨は止んでいます。秋晴れの清々しい日は、一向に訪れません。大リーグもレギュラーシーズンが終わり、ポストシーズンに入っています。大谷君の所属するエンジェルスは、ア・リーグの西部地区三位に終わってしまい、大谷君はポストシーズンには出ていません。大谷君の出ない試合はつまらないので、熱心にはテレビを見ません。

土曜日には、近くの内科に行って健康診断を受け、その後母親の家に行って、食事の世話や風呂の世話をしてきました。夕方、孫たちがやってきました。じいじは早速張り切って、「となりのトトロ」のＤＶＤをかけました。孫たちはすぐに気に入って、トトロに見入っています。早速、四歳の孫はＤＶＤの中でサツキやメイが喋る言葉を真似して、言葉を発しています。ああ、これはきっと効果があると確信しました。字幕付きのトトロを見て、喋り言葉の練習になれば、じいじもこんなに嬉しいことはありません。なんとか、読み書きと同じレベルまで、喋り言葉が身についてくれるとありがたいと思いながら、孫たちと一緒に「となりのトトロ」を見ました。そして、食事もたくさん食べ、お風呂に一緒に入って、数字を数え、ゆっくり沈んで出てきました。一歳の孫も一緒に入りました。こちらの方は、自閉スペクトラム症の気配はまったくなく、ニコニコ笑いながら、じいじやばあばに抱っこされています。孫たちが来ると忙しいけれど、時間が生き生きとしてきます。次は、「天空の城ラピュタ」を買おうかなんて、年金が出る日が待ち遠しいです。

日曜日も孫たちと遊び、月曜日は『力と交換様式』を読み始めました。感想は、読み終わったら書きます。きっと充実した読書になると思います。私たちの未来を構想する壮大なヴィジョンが描かれていることでしょう。私は、エルンスト・ブロッホの『希望の原理』（山下肇ほか訳　白水社　全三巻　一九八二年）を思い出しました。高校教師に成り立ての頃、ボーナスが出て、全三巻の分厚い『希望の原理』を買い求めたことを思い出しました。宗教や文学や哲学の中で描かれた様々な希望の形を拾い集めて、百科全書的に展開した凄まじい本でした。しかし、当時の私には分からないところが多く、途中で放りだしてしまいました。今なら、読めるでしょうか。『力と交換様式』を読んだら、エルンスト・ブロッホの『希望の原理』に再度挑戦してみようと思います。そして、またそのブロッホの主著を解説した、テリー・イーグルトンの『希望とは何か』（大橋洋一訳　岩波書店　二〇二二年）という本もあります。次々に読みたい本が出てきます。孫のために発達障がいの本も読まなければなりません。読書の予定が目白押しです。あと何年生きられるか分からないので、中々予定は立ちませんが、この一年間に読む本の予定くらいは立てて読みたいものです。「今を生きる」という親問題を解くために、解けないと知りつつ本を読む。そういう乱読の果てに人生の終わりがやってくる。そんな人生でいいと思います。日記の形で日々の感想を書きとめ、本のエキスを絞り出す。できることは限られているけれど、好きな本を読み、孫たちに絵本やＤＶＤを買い与え、母親の介護をして、老年の日々を過ごしていく。そんな人生に私は結構満足しています。衰退する日本、混乱する世界、断崖の危機を生きる中で、生きる希望をつかみたい。そのための読み書きの道を進んでいきたいと思っています。芸術的叡智の道の取っかかりに手が届けば、私には言うことはありません。そんな一瞬を孫たちと一緒に味わえれば、私の望みは他にありません。それは私には、読み書きの道を進んでいくこと以外にはないのです。

一〇月一九日（水）

先ほど、市民税と国民健康保険税を払い込んできました。合わせて八二〇〇〇円も取られました。年金がこの間振り込まれたばかりなのに、こんな出費は痛いです。昨年度の収入を基準に計算されていますので、非常に高く感じます。介護保険税は、今月から天引きになりましたので、手に届く年金の額はまた減りました。この先、私は生き延びていかれるのか不安になりました。少ない年金、差し引かれる税の多さに目がくらみます。それに、孫たちにＤＶＤや絵本を買わなくてはなりません。妻の収入がなければとても暮らしが成り立ちません。物価の上昇はさらに痛手ですし、コロナもまた増えてきました。

その上、カルト教団問題やら五輪汚職問題やら、政治も乱れています。この一〇年の政治の膿《うみ》が一挙に出てきたようで、パンドラの筺《はこ》が開いたようです。

私はささやかな暮らしを守るのが精一杯で、この日記を書き、孫たちと遊び、母の介護をし、妻と晩酌をすると一日が終わります。政治や経済の不調を正してもらいたいと思いますが、どうしたらよいのか皆目見当もつきません。無力感が募ります。時代の必然の流れが、私たちを押し流していきます。ヒーローやリーダーを求めると再びファシズムの悪魔の手が伸びてきます。世界でも専制主義の国が増えてきました。それは、交換様式Cがもたらす人間と人間の関係の歪み、そして人間と自然との関係の歪みからもたらされると柄谷行人は言っています。

「くりかえすが、われわれが今日見出すような環境危機は、人間社会における交換様式Cの浸透が、人間と自然の関係を変えてしまったことの所産である。それによって、それまで〝他者〟であった自然が単なる物的対象と化した。このように、交換様式Cから生じた物神は、人間と人間の関係のみならず、人間と自然の関係をも歪めてしまう。すなわち、それは資本＝ネーション＝国家の間の対立をもたらす。つまり、戦争の危機が

迫りつつある」（柄谷行人著『力と交換様式』岩波書店　二〇二二年　四一ページ）

今年の二月二四日に現実に侵略戦争が起きました。柄谷行人が、実際にこの文章を書いたのがいつだったのか分かりませんが、柄谷の予測は的中しました。しかもそれは、交換様式C、すなわち商品交換によって成り立つ資本主義を通じてもたらされる危機だと言うのです。恐慌と戦争こそ、資本主義がもたらす最大の危機なのでしょう。もちろん、新型コロナウイルス感染症も環境危機によってもたらされた危機です。自然に潜んでいたウイルスが、自然開発によって、人間界に侵入してきたのです。資本主義と自然科学がもたらす富もあるが、一方危機を生み出しもする。では、次の時代はどうなるのでしょうか。これから、その交換様式Dの世界を読んでいきます。私には、理解しきれないかもしれませんが、しかし次の時代を知りたいという欲求を抑えることはできません。ユートピアではないかもしれませんが、現在よりましな世界になってほしい。理想は実現できないかもしれませんが、現在よりも暮らしやすい、私たちの孫が安心して暮らせるような世界が来てほしいと思います。

今晩、また妻と晩酌をします。その時、今日払った市民税と国民健康保険税がどれだけ高かったかも話すでしょう。それを聞いた妻は一体何と言うでしょうか。「私はまだ給料ももらっているし、副業の成年後見人としても収入があるから、なんとかやっていけるでしょ」と楽天的な妻は答えるかもしれません。すると私は、私もまだ稼いだ方がいいのだろうかと求人案内を手にとってため息をつくのです。

一〇月二〇日（木）

九〇歳の母親が、貧血がひどいので検査入院することになりました。何事もなければいいのですが、心配です。一週間くらいの予定だそうです。明後日の土曜日に面会の予約を入れました。コロナがまだ流行っているので病院には行きたくないのですが、でもちょっと顔を見ておきたいのです。

先ほど、近くのスーパーに行って、ワインを買ってきました。朝、妻に頼まれていたのを思い出しました。妻との晩酌には欠かせません。毎晩、ビールとワインを飲みます。そして、その日一日にあったことについてあれこれとお喋りをします。楽しいひとときです。

コロナが流行してから、飲み屋などは一度も行っていません。そのため友人と一杯飲むなんてこともなくなりました。寂しいかぎりです。ですから、お酒は家で妻と二人で飲むのが習慣になりました。もうそろそろそれが三年になります。私たちの生きる世界が、閉ざされ縮小してゆきます。一方で、妻とのお喋りはつい長くなりがちで、お酒も進んでしまいます。健康診断の結果が、心配です。あと二〇年くらいは生きていたいです。孫たちが成人して、大学に入学したり、就職したりする姿を見てみたいです。せいぜい摂生して、健康を保っていたいと思います。

先ほど自転車に乗ってスーパーに行った時、またあの美しい女性が自動車を運転しているのを見かけました。心の中を、魅惑と陶酔の風が吹き抜けていきます。すると詩が浮かんできます。

「感情の織物」

あの見覚えのある
白いステップワゴン
あれは魅惑と陶酔の風の乗り物か
午後二時過ぎの心のときめき

私は君の魂の足音を
沈黙の空に聞く
一〇月の静寂が
音のない波音のように押し寄せる

相互の期待が太陽のように
明々と昇る
愛とは献身　眼の歓び
生きる歓び

そして光のヴェールに霞む
微かな憂愁
歓びに微かな哀しみが混じるのは何故だろう
私たちは幾つもの感情の織物によってできている

一〇月二一日（金）

昼食を食べたあとのひととき。ゆっくり寛いでお茶を一杯。秋の斜めに傾いた陽光が窓いっぱいに射し込んできます。静かな一〇月の空気を胸いっぱいに吸い込みます。しんとした時間が、あたり一面に広がっていきます。静寂に満ちた時間は、私の胸を満足感と寂しさで満たしていきます。誰に縛られることなく、煩わしい人付き合いから遠ざかって、私の心は孤独な満足感を得ます。一方で、お喋り相手もおらず、訪れる人もない午後の時間の人恋しさを感じます。だから、満足感と寂しさを同時に感じるのですね。人の感情は複雑です。常に多義的で、時間の流動の中で、変化を続けています。暇を持て余しているというわけではありませんが、ここでこうして書いている日記は見えない読者に向かって言葉を紡いでいきます。交感し、共感する相手を常に求めているのでしょう。

新聞を手に取って、外の世界の動きを知ろうとすると、イギリスの首相が、二ヶ月も経たずに辞任に追い込まれたとか、円安が進み、一ドル＝一五〇円を超えたとか、カルト教団の蠢きや、オリンピック汚職の捜査の状況だとか様々な情報が流れ込んできます。円安に端を発した物価高は、私たちの静かな生活の中にも流れ込んできます。確かに電気代やガス代は値上がりしていますし、食料品も高い。まだ暴動や飢餓は起こっていませんが、世界では経済的混乱の果てに暴動が起き、政府が転覆する国も出てきています。この世界の混乱と今私が座っている居間のソファーの上の静けさは好対照ですが、外の世界と無関係でいることはできません。しかし、外の世界を私が思うように動かすことはできません。誰一人、外の世界の動きをコントロールできる人はいないのです。しかし、家の中を掃除したり、洗濯物を干したり、整頓したり、家の中を清潔に保つ努力をすることはできます。またこうして日記を書き、自分の思いを言葉によって表現することはできます。できることは、小さな努力の積み重ねでしかありません。外の世界の混乱を収める力は、小さな個人にはありません。

しかし、個人では小さな力でも、人が協力をし合えば大きな力になることもあります。私は今そういう団体に属しているわけではないので、集団の力を味わうことがありません。ですから、価値観、考え方が合う人々と仲間を作り、小さな集団に属していたいと思うようになりました。職業人生を送っていた時は、混乱しきった官僚制の末端で教育の仕事をしていました。しかし、今の日本の官僚制は、うまく機能していません。新自由主義的なイデオロギーに支配された官僚制は、国民一人一人を大事にはしませんし、すでに時代の流れに適合した政策を作れていません。官僚制や会社などの組織から自由になって、気の合う仲間を作り、少しずつ外の世界を動かしていきたいという願いが出てきました。何を目的にし、何をする集団を作っていけばよいでしょうか。大きなことはできませんから、何か小さな目的を作り、気の合う仲間と小さな集団を作る活動をしてみたいと思います。鶴見俊輔は、読書サークルを作り、一生にわたって活動をしていました。ベ平連のような大きな集団もありましたが、そんな大きな集団は作れません。読書とか囲碁とか、趣味のサークルを作ってみたいと思うのです。もちろん、すでにあるサークルに紹介していただいて、そこに所属するということでもいいのです。協力しあえる仲間の中で、これからの人生を過ごしていきたいと思います。

こんなことを考えながら午後のひとときを過ごしていました。すでに日も傾いて、午後の三時を過ぎました。空気がひんやりしてきました。宮台真司は、『社会という荒野を生きる。』（ベストセラーズ　二〇一五年）という本を書きました。大分前に読んだので中身は忘れてしまいましたが、しかし「社会という荒野」は言い得て妙だと思いました。私たちは、社会という荒野で生きているのですね。ラジオ番組では、「社会という荒野を仲間と生きる」と言っていました。やはり、仲間が必要なのだと思います。時折、会いに行ったり、メールを交換したりする友人は何人かいますが、一つの目的に向かって集団を組んでいるわけではありません。友人は友人としてお付き合いをし、もう一つ仲間を作って、あるいは仲間に入れてもらって、その仲間と荒野を生きる、そういう生き方を私もしてみたいと思っているのです。

一〇月二四日（月）

外は雨です。気温が下がり寒いので、暖房を入れました。冷気が足先から膝を通り、太もものあたりまで伝わってきます。もう冬がやってくるのでしょうか。九月の下旬頃まで、真夏日があったかと思うと、秋を通り越して、なんだか冬のような気配です。季節は、春と秋が極端に短くなって、とても暑い夏ととても寒い冬に二極分解してしまったかのようです。散歩もおちおちできませんね。気持ちよく晴れて、高い空の下で気持ちよく散歩がしたいです。明後日は、天気予報では晴れて気持ちのよい日になるはずですが、その日の午後にまた本屋さんと楽器店に行ってこようかと思います。

本屋さんでは、毎月予約してある語学テキストと昨日今日と新聞で見た新刊本を買ってこようかと思っています。それから、楽器店では孫のためにＤＶＤを買ってこようと思います。二人の孫は、この間買い求めたスタジオジブリの「となりのトトロ」がいたく気に入って、毎日見ては、さつきやメイの台詞を真似て口に出してみたり、主題歌を歌ってみたりして、言葉の学習に効果があるようです。自閉スペクトラム症に効果があるという話は本当だったのですね。私はその話を聞いて、嬉しくなってしまい、今度は「天空の城ラピュタ」を買ってこようかと思っています。孫たちが気に入って、ジブリの作品を次々に見て、感心してくれたら嬉しいです。いろんな作品を見て、喋り言葉がどんどん上達してくれたら、DVDを買うかいがあろうというものです。「風の谷のナウシカ」とか「魔女の宅急便」とか「紅の豚」とか、高校生や大学生になっても楽しめる作品がいっぱいです。私も孫たちと一緒に楽しめるので嬉しいです。

漫画の手塚治虫。そして、アニメの宮崎駿は本当に天才だなと思います。二〇世紀の後半と二一世紀の前半は日本においては、漫画とアニメのルネサンス時代だったのではないかと思います。批評家の三浦雅士が、現代はイタリア・ルネサンスに匹敵するようなアニメ・ルネサンスの時代であると言っています（三浦雅士著『スタジオジブリの想像力』講談社　二〇二一年）。ヨーロッパのルネサンスにおいて、レオナルド・ダ・ヴィンチやミケランジェロ、そしてラファエロらが出たように日本では、数多くの漫画家やアニメーターたちが登場しました。その中でも、最も優れた漫画を生み出したのが手塚治虫で、最も優れたアニメーションを作ったのが宮崎駿だと思います。私はこの二人の作品から大きな影響を受けました。もちろん、映画では黒澤明や小津安二郎が出て、世界の映画界に大きな影響を与えました。それらを含めて、日本には二〇世紀の後半にルネサンスがあったのだろうと三浦雅士に倣って、思っています。孫たちがそれらの優れた作品に触れて、自分の感性を磨いていってほしいと思っています。

日本の優れたところは、それらの漫画やアニメや映画や文学など多くの芸術作品を生み出したところではないでしょうか。政治や経済がうまくゆかなくなってきても、これらの芸術作品が私たちの生活の中に溶け込んで、私たちを救ってくれる、私たちの生活に大きな慰めを与えてくれるのではないでしょうか。ジブリの次の作品には大きな期待を寄せています。もし近々ジブリの作品が封切られるようなことがあれば、孫たちを連れて映画館に連れて行ってやりたいと思います。祖父母と一緒にジブリの最新作を見た経験は、きっと長い間記憶に残るでしょう。衰退する日本の現在で、今まだ残っている日本文化の精髄を孫たちと味わうという夢が実現できたらこんなに嬉しいことはありません。

一〇月二五日（火）

今日も冬のように寒い日です。雨は止んでいますが、とても寒くて外に出る気がしません。温かいコーヒーでも飲んで、居間で静かにしているのがよいようです。今朝、妻はコートを着て仕事に出かけました。半年前までは、私も朝スーツを着て、仕事に出ていたのだと思うと、月日の流れの速さを実感します。たった半年しか経っていないのに、仕事のことはもうかなり忘れてしまっています。授業をしなくなってから、大きな声を出すことはなくなりました。授業の準備もせずに好きな本だけを読んでいます。

今は、岩波書店から出た柄谷行人の『力と交換様式』を読んでいます。約一〇年前に出た『世界史の構造』（岩波書店　二〇一二年）で打ち出された交換様式という考え方が、さらに深化拡大しています。特に交換様式A（贈与と返礼）についての思索と知識がさらに深まり充実しているのを感じます。それと同時に交換様式D（交換様式Aの高次元での回帰）についての具体的イメージが描かれるようになってきました。資本＝ネーション＝国家を乗り越えるという柄谷の未来への展望がさらに深くなり、熟してきているのを感じます。読み終わったあと、どんな感想を抱くか、それはまた読了後に、この日記に書きたいと思います。安定した努力の中で、持続する思索が、さらに深まり熟していく様を見ることができるのは、現代にあっては、もはや稀有のことではないでしょうか。それは読書の深い歓びを私にもたらします。私は一九八〇年代から、柄谷行人の著作を折に触れて読んできました。その難解な著作をすべて理解できたわけではありませんが、なんとか力を尽くして理解しようと努力を続けてきました。最近は、文芸批評家ではなく哲学者と名乗っているこの思索の人の本を読むことは、小林秀雄や加藤周一のような詩的な散文を読む歓びとはまた異なった歓びがあります。それは、概念を作り、概念で歴史や私たちの現在の生活を一つの構造の中に浮かび上がらせる強靱な思索の力を感じる歓びです。それもまた一つの美しさではないでしょうか。私は、この強靱な思考を理解することができるでしょうか。理解、咀嚼し、身につけることができるでしょうか。力を尽くして、読書を進めたいと思います。

この本と並行して、自閉スペクトラム症の本や発達障がいの本も読んでいます。四歳になる孫のための読書です。しかし、内面から自閉スペクトラム症を理解することができないため、もどかしい読書になっています。私の中にも何らかの発達障がいがあるかもしれませんが、それは診断を受けていないため私には分かりません。母親に聞くと、確かに私も言葉の発達が遅く、母親に心配をかけたようです。吃音に悩んだというようなことはなかったようですが、幼児の頃の記憶は四歳、五歳の頃以降のことしか覚えていないので、私には分かりません。四歳になる孫が、成長とともに言葉を自由に操れるようになってほしいと心から願っています。

今は、『学校の中の発達障害』（本田秀夫著　SB新書　二〇二二年）を読んでいます。孫が学校へ行って、どんな困り事に直面するのか今から予測しておいた方がいいと考えて読んでいます。孫が困り事に直面した時、親や祖父母がその対処の方法をある程度予測できた方がよいだろうと思ったからです。もちろん、問題なくするすると成長してくれるかもしれません。しかし、今の学校は、「いじめ」など問題が山積しています。いつどこで生命に関わる危険に直面しないとも限りません。どんな学校を選び、どんなふうに学級の中で過ごすか、祖父母も考えておいた方がよいと思います。そんな心配からこの本を読み始めました。

今週末には、また二人の孫たちが泊まりに来ます。その時までに、「天空の城ラピュタ」を買っておこうと思っています。成長過程における凸凹をなるべく少なくして、孫たちの成長を見守りたいと思っています。これもまた読書の歓びです。妻はまた美味しいご飯を腕によりを掛けて作ると思います。私は、一緒に「ラピュタ」を見て、そして一緒にお風呂に入ります。そんな週末を楽しみにしながら、日記を書き、読書をします。

一〇月二六日（水）

今日は雲一つない青空。昨日乾かなかった洗濯物を外に出し、乾いたら今日の分の洗濯物を干して、二回分干さなくちゃならない、なんて思いながらこの日記を書いています。午後からは、書店と楽器屋さんを回ります。「天空の城ラピュタ」のＤＶＤはあるでしょうか。孫と一緒に見るのが楽しみです。言葉の遅れを取り戻し、たくさん喋ってくれるようになったらいいなと期待しています。あんまり期待をかけすぎて、孫の重荷にならないように気をつけながら、成長を見守っています。楽しく暮らすのが一番。

今二階のベランダに出て、洗濯物の乾き具合を確かめましたが、まだのようです。もう少ししたら、二回目の洗濯物を干そうと思います。日記を書きながら、洗濯物の乾き具合を確かめるなんてことをしているので、なんとなく忙しないです。テレビはつまらないですし、いいニュースもありません。大谷君の試合はなく、孫も幼稚園に行ってしまいました。なんとなくポカーンとした時間が、辺りに漂っています。

午後にまた買い物から帰ってきたら、続きを書こうかと思います。

一〇月二七日（木）

昨日、買い物から帰ってきたら、日記を続けて書くつもりでしたが、かなり長い間本屋さんをうろうろしていたので、疲れてしまい続きを書けませんでした。しかし、色々興味が湧く本にたくさん出会えたので嬉しかったです。中でも、『宇沢弘文　新たなる資本主義の道を求めて』（佐々木実著　講談社現代新書　二〇二二年）と『スピノザ　読む人の肖像』（國分功一郎著　岩波新書　二〇二二年）が面白そうです。特に「スピノザ」の方は、著者が一〇年もかけて書いた本のようで、かなりの力作です。若い頃から、スピノザには親しんで、岩波文庫のスピノザの著作は、『神学政治論』以外すべて読みました。さらに、評伝や研究書もかなり読みました。特に、ジル・ドゥルーズのスピノザ解釈には圧倒的な影響を受けました。しかし、國分さんは、このドゥルーズのスピノザ解釈から一歩前に出られたと言っています。凄いなあ。そういう自負ができるほど、この本に打ち込んだのですね。

それから、発達障がいの子どもたちをどのようにサポートするかという、孫の育児に苦労している娘のために買った本もあります。ギフテッドに関する本もありました。これは、私が読もうと思います。読まなくてはならない本がまた増えてしまいました。読みたいと思う本を読み切ることはできなさそうです。今、本屋さんに行くのは月に一回程度にしているのですが、昨日のように読みたい本に次から次へと出会う日もたまにはあったりして、蔵書が増えます。増えすぎた本を片付けるために、やはり月に一回くらいは、古い本を整理してゴミに出しています。それでも中々整理しきれません。本の始末にはほとほと困っています。新しく本を買うのを止めたいのですが、……できません。思い切って本を捨てようと思うのですが、少しずつしか捨てられません。どうしたらよいのでしょうか。狭い家の一室が本で埋まっています。その上屋根裏部屋も本でいっぱいです。どうにかして蔵書を減らさなければなりません。しかし、読みたい本は次から次へと出版されます。読み切れないと分かっているのに、つい買ってしまう。どうにかならないものでしょうか、この本の収集癖。困ったものです。でも立花隆のように、猫ビル一棟全部が本で埋まっているというところまではいきません。集めた本が十万冊に近づき、読んだ本が一万冊を超えるなんて途方もないことです。私の場合は、持っている本が三五〇〇冊くらい、そして読んだ本は、一五〇〇冊くらいだと思います。これからは、紙の本ではなくて、電子本で読むのでしょうから、こんな苦労はなくなると思います。小さなスマホに本をいっぱい詰め込んで持ち歩くなんて時代になっているので、私のような古い人間はいずれいなくなるのでしょう。ＡＩが小説を書いたり、詩を書いたりするような時代がやってくるのでしょうか。すると本の持っている意味や価値も全然今とは違ったものになってくるのでしょう。著者という概念もなくなってしまうのかもしれません。プラトンとかスピノザといった哲学者の著作も、ＡＩに飲み込まれて意味をなさなくなるかもしれません。映画、マトリックスのような未来がやってきたら私たち人間の生きる意味もまったく変わってしまいますね。一方で、戦争や恐慌はなくならず、感染症も多分もっと酷くなるのでしょう。それでも、孫たちがなんとか人間らしく人生を送れるような社会がやってくることを祈っています。国力の衰退が止まらず、円安が昂進し、スタグフレーションが進み、そしてウクライナでは核兵器の使用すら日程に上り、中国では独裁化がさらに進み、世界には希望の欠片も見当たりません。それでもなんとか生き延びていく、その方法が見出されることを願ってやみません。

二〇二二年一一月

一一月一日(火)

先週の金曜日から大変なことになっていました。上の孫が幼稚園で新型コロナウイルス感染症に感染し、高熱を出していたのです。木曜日の晩には、かなりぐったりし発熱と嘔吐を繰り返して、食べ物も食べられず、ただ水分だけを取るという時間が長く続いたようです。その後、下の孫にも感染し、親たちにも感染しました。一家中で熱を出していました。私の娘だけは、なんとか軽く済み、孫たちの看病に当たれたようです。私たち夫婦は、早速スーパーに出かけ、幼児用のレトルト食品やりんごジュース、麦茶、パルスオキシメーターや様々な除菌剤、野菜や肉類などを買い込み、娘たち一家の家に届けました。私たちは重症化しやすい高齢者なので、家の中には入りませんでした。ただ食品や衛生用品を用意して、あとはただ無事に回復してくれることを祈るばかりでした。時間がやけに長く感じられました。ビデオ電話に出る孫たちは、顔色も悪く、ぐったりしていました。私たちは心配で食事も喉を通りませんでしたが、何もできません。心配でもどかしい時間が経っていきました。ただ、日曜日がやってくると、孫たちの熱も下がり、夜も寝られるようになって、元気を取り戻してきました。特に、一歳の孫は一日寝ていたら、もう食欲も元通りになり、元気に雄叫びを上げるようになりました。ただ父親の回復が遅く、全身に痛みが走り、うまく寝られないようでした。ですから、しばらく孫たちにも会えません。この週末には、孫たちが泊まりに来て、一緒に遊ぶ予定だったのに、会うこともできなくなってしまいました。しかし、このところ毎日食料などを買って、娘一家の所に届けるという日課ができました。朝起きると、娘からメールが入り、必要な物品を連絡してきます。妻が出勤したあと、私はソランの散歩や洗濯物干しなどをしてから、買い物に出かけます。四歳の孫が大好きなケーキなんかも買っていきます。今日は、四歳の孫が餃子を食べたいというので、スーパーのお惣菜売り場で餃子を買いました。娘たちの家に届けると玄関を開けた廊下の奥でパパに抱っこされた四歳の孫が笑って手を振ってくれました。私は、まだ抱っこしてやれませんが、「もう少し経ったら、一緒に遊ぼうな」と言って帰ってきました。なんとか回復してきて、一安心です。人生にはいつ何時何が起きるか分からないということを実感した数日間でした。コロナには、後遺症がつきものなので、娘たち一家に後遺症が出ないようにと祈っています。本当に酷い感染症です。私たち夫婦は夜もおちおち眠れませんでした。なんとか重症化もせず、回復へと向かうことができてよかったです。日本でも多くの人々がこの病気で亡くなりました。感染者も二〇〇〇万人を超えています。私は、一一月の一四日に五度目のワクチンを打つ予定でいます。妻も一九日に打つ予定です。インフルエンザのワクチンはもう打ちました。この冬は第八波がやってくるでしょう。インフルエンザと同時に流行するという予測がなされています。いくら注意していても、ウイルスはどこから忍び寄ってくるか分かりません。コロナの感染者は、もう増え始めています。学校や幼稚園、介護施設や病院では、感染者が増えるでしょう。まだまだ注意が必要です。孫たちにもワクチンを打たなくてはと思っています。

今日、四歳の孫に、餃子を六つも食べたそうです。胃腸の調子は、元に戻ったようです。熱も下がり、あとは日数が経つのを待って、孫たちにいつ会えるか計算しています。なんとかこの感染症を乗り越えることができたようです。生命に別状がなくて嬉しいかぎりです。

そういうわけでこの数日は、買い物をして過ごしていました。買い物をしている間に、街道であの美しい女性をまた見かけました。すると詩ができます。詩を書きながら今日の日記は終わります。

「幻の虹」

曇天が押し付けてくる憂愁
君の顔を思い浮かべると
晩秋の雲間に
見えない虹がかかる

人間の心に生まれる理想は
あの見えない虹のように
曇天の空に架かる
幻か

断崖の危機と

人間の歴史と社会の泥濘は
遠く雲の向こう側に架かる虹のように
美しいものを求める

美よ　僕らの心の糧
自然が生み出す奇跡
見えない虹の幻は
まるで美しい君の眉毛のようだ

一一月二日（水）

本日は朝から、病院に行ってきました。母が検査入院していたからです。胃と腸の内視鏡検査を行ったところ、大腸に癌が見つかりました。ステージⅡの段階にあるそうです。九〇歳を超えているということもあり、手術は行わないという方針になりました。手術をすると、かえって寝たきりになることも多く、担当医師がお勧めしないということだったので、その意見に従うことにしました。難聴で認知症もあることから、有料老人ホームに入居する方向で考えています。本人は、自宅で過ごしたいと言うでしょうが、一人で暮らせるわけではありません。中々思うに任せない人生ですが、よい老人ホームが見つかりましたので、そちらに入居することになります。孫やひ孫たちとも面会し、楽しく最後の時を迎えてほしいと思います。あとどれくらい生きられるか、はっきりしたことは分かりませんが、一年か二年ということでした。人の一生は、短いものですが、母は十分いい人生を生きたと思います。あと、もう少し楽しく生きて、人生の味を味わってください。

一一月四日（金）

本日は、三七回目の結婚記念日です。早いもので、結婚してからもう三七年も経ちました。妻は家事も仕事も大好きで、仕事は二つ持っています。年金生活者の私から見れば、なんと忙しい人生を送っているんだろうと思ってしまいます。それでも活力に満ち満ちている妻はまったく疲れをみせません。夜、晩酌のあとで、ソファーに腰掛けながら、うとうとしていることはありますが、あとの時間は一日中忙しなく動き回っています。特に、料理は上手で、最近はコロナのせいもあって、外食の必要性をまったく感じません。飲み屋風の煮物や焼き茄子や焼き魚や揚げ出し豆腐などは、酒の肴として上等です。糖質ゼロのビールと安いフランス赤ワインがあれば、楽しいひとときが過ごせます。妻の仕事場の人間模様や、娘たち孫たちの話、それに妻も大ファンの大谷翔平君の話をしながら、赤ワインを飲みます。一日で一番楽しい時間です。もちろん、本の話題や新聞記事の話題も出ます。でも、一番多い話題は孫の話題でしょうか。もちろん、自分たちの親の介護の話も出ますが、私の母は、有料老人ホームに入居することになりますし、妻の両親はまだまだ元気で一日一時間も散歩をしています。私たちも健康でありさえすれば、穏やかで幸せな時間を過ごしていけるでしょう。家の中は、平和で穏やかな時間が流れていきます。物価高には、やりくりで対抗し、コロナには慎重な行動で、政治の乱れにも目配りし、劣化した行政の乱れにもなんとか知恵を働かせ、危ういものには近寄らないで暮らしています。衰退してゆく日本で一番知恵を働かせなくてはならないことは、孫たちの教育だと思っています。妻とは毎晩、孫たちに読ませる絵本はどれにしたらよいか、タブレット端末を買うのはいつがよいか、次に買う宮崎アニメは何がよいか、など話題は尽きません。コロナに感染した孫たちも、もうそろそろお籠もりから明けて、来週の月曜日から幼稚園に通園し始めます。ここ何日かは、娘の家の買い物で大変でしたが、それも日曜日までで終わりです。なんとかコロナも乗り切れそうです。

私たちの結婚記念日に、ケーキでも買ってこようかと思っています。仕事も管理職なので、大変だと思うのですが、妻は愚痴一つこぼしません。欠点は、自動車の運転が好きで、スピードが出すぎることです。事故を起こさぬように毎朝おまじないを唱えます。今日一日無事に過ごせますように、気をつけて……。

晩秋の空は澄んでいます。日の暮れるのは随分と早くなりました。醜い人の世に比べて、自然は美しいですね。昨日の文化の日には、妻の運転でドライブに行ってきました。美しく染まった紅葉が輝いていました。

一一月九日（水）

一一月七日の月曜日、母が退院してきました。点滴を受けたり、貧血に対する処置を受けたりして、調子は良さそうです。ついでに行きつけの内科医のところへ行って、インフルエンザのワクチンも打ってきました。今年の冬は、インフルとコロナが同時に流行するそうですから、注意が必要です。妹と二人で内科医のところへ行ったのですが、足は相当に弱っているようで、二人で母の脇を抱えてやっと階段を上りました。人は歳を取ると一人では生きられなくなります。ちょうどいい頃合いで有料老人ホームに入ることができてよかったです。母が早く慣れてくれて、心安らかに暮らしてくれることを祈っています。お昼は、スーパーでお弁当を買ってきました。豚汁とそぼろ丼です。母は、豚汁は美味しそうに食べましたが、そぼろ丼は残してしまいました。食は少しずつ細くなってゆきます。病院の看護師は、よく食べていましたと言っていたのですが、どうなのでしょうか。やはり手作りの料理がいいのでしょうね。

昨日は、妹が歯医者と有料老人ホームの申し込みで忙しかったので、私が一日中付き添っていました。認知症がいくらか進み、同じことを繰り返し言います。

「おまえはいくつになったんだ？」

「六五だよ」

「そうか、もうそんなになったのか」

「おまえの孫はいくつだ」

「四歳」

「そうか、幼稚園か。ところでおまえは幾つになったんだ」

「六五」

「そうか」

「じゃあ、私は何歳になったんだっけ？」

「おばあちゃんは、九〇歳」

「九〇？　あたし？　九〇？　そんなに年取ったのか。じゃあ、頭がおかしくなるわけだ、そうだろ？」そんな会話が延々続きます。耳が遠いので、耳元に顔を近づけ大声で言わなくてはなりません。それは、やはり疲れます。穏やかな性格なので、叫んだり、パニックになったりはしません。そこは、助かります。お昼を食べ、おやつにアイスクリームを食べている時は静かにしています。


時間がゆっくり重たく流れていきます。新聞がないと不安になるようで、今日はなんで新聞がないのかと繰り返し聞きます。今日、退院したから後で来るよと何回言っても、新聞はどこだと聞きます。昨日は、新聞がくるまでずっと騒いでいました。でも、やっと新聞が配達されても、やっときたかと言ったきり、読もうとしません。今日の日付を確かめるだけです。昔の記憶はよく覚えているのですが、昨日、今日の短期記憶はすぐに消えてしまうようです。中々、こういう状態で生きるというのは、とても大変なことなのだと思います。やはり、記憶が自動的に現在に送り込まれてくるという力が失われてくると生きるのが大変になります。まさに、心というのは記憶と習慣によって成り立っているというベルクソンの哲学を思い出してしまいます。もう一度、『物質と記憶』を読み返してみようかなどと思ったりもします。短期記憶が薄れてくると、イマージュも認知できなくなるのでしょうか。息子や娘の顔もそのうち分からなくなるのでしょう。人生とは、最後まで大変なものなのですね。孫の将来を心配しながら、絵本を買ったり、読んだりしている現在こそが、幸せな時なのかもしれません。

そういえば今日は、妻に買い物を頼まれていました。卵と洗剤です。今日は、妹が母と一緒にいてくれる予定です。私は介護から解放されて、一日自由です。もうソランの散歩と洗濯物干しは終わりました。あとは、この日記を書き、本を読み、英語と独語を少し練習するという日課が残っているだけです。今は、『世界インフレの謎』（渡辺努著　講談社現代新書　二〇二二年）を読んでいます。『力と交換様式』は、ちょっと中断していますが、またすぐに復活します。読書計画も中々思ったとおりには進みませんが、でも読書人生は少しずつ進んでゆきます。大リーグ中継が、来年春までなくなってしまったので、テレビはニュース以外見ませんが、新聞と本だけで読む物は十分です。一一月の下旬には、母親は有料老人ホームに入居する予定なので、来週はちょっと忙しいですが、それ以降はこの日記も進むと思います。書く方も中々うまくなりませんが、何事も少しずつやっていくのがよいようです。そういえば、『書く力　加藤周一の名文に学ぶ』（鷲巣力著　集英社新書　二〇二三年）も読んでいます。少しでも、文章がうまくなれれば、私として嬉しいかぎりです。読み書きの道は、死ぬまで続きます。認知症からも逃れ、なんとか読み書きの道を死ぬまで続けられれば、私としては本望です。

一一月一〇日（木）

昨日午後、久しぶりに高校時代の友人に手紙を書きました。九月の終わりに手紙をもらっていたので、返事が遅くなって申し訳ないことをしました。

Eメールではなく、紙の手紙をもらったのは、久しぶりのことです。しかし、手書きの手紙というわけにはいかず、慣れたパソコンを使って手紙を書きました。お互い今年の誕生日がくれば、六六歳になるので、年金暮らしのことや店じまいのことを書いています。六〇代というのは、親を亡くしたり、仕事をなくしたり、いくつもの喪失に直面します。その代わり、年金証書をもらったり、国民健康保険証をもらったり、介護保険証をもらったりします。そして、子どもたちが結婚し、孫が生まれたり、世代のバトンが受け渡されてゆきます。

そうした環境の変化の中で、昔からの友人は共有する記憶があり、青春のほろ苦い想い出などを語り合ったりできます。そういう意味では、非常に貴重な仲間です。手紙の中では、新型コロナウイルス感染症がもたらした生活の変化などが語られていましたが、老いを受け入れて高齢者にふさわしい新しい趣味を始めたり、感染を避けて注意深く生活する様子が描かれていました。

激変する世界の中で、古い世界から連続するつながりが見出されるのは非常に嬉しいことです。古い友人との付き合いも、手紙のやりとり一つとっても心が浮き立つ経験です。それは、過ぎ去った過去からの呼び声であるとともに今現在の同時代を生きる苦労を共にする声です。私たちは、去りゆくもの、そして同時代を生きるもの、さらに新しくこの世に誕生してくるものが混在した現在の中で生きています。現在の中には、過去も現在も未来も混在しています。エルンスト・ブロッホが言うように、私たちの中には無意識とともに未意識もあるのだろうと思います。彼は、未だないものの存在論ということを言っています。未来を展望する私たちの予測は、当たらないことの方が多いですが、自分の人生を設計するそういう予測の意識もあります。ブロッホの未意識とは違うのでしょうが、私たちは常に行事の段取りや会議の進め方や今日の夕飯に必要な食材とか、常に未来で起こることを予測し、そこで進める手順を考えています。仕事もほとんどは、段取りや手順の優先順位をつけてそれを実行に移すことから成り立っています。現在は、記憶と予測の狭間で成立しているようです。

時折、予測不能な突発的な出来事が起こりますが、それは事件とか事故と呼ばれます。社会は、事件や事故で溢れています。予測不能な出来事、段取りや手順からはみ出してしまった出来事が、突然私たちに襲いかかります。法を犯して社会を脅かす場合もあります。人間の社会で最も大きな出来事は、戦争と恐慌であると思います。それは、資本と国家が起こすものです。ブロッホは、戦争と恐慌の廃棄、すなわち資本と国家の廃棄を「希望」と呼びましたが、果たしてそんなことが可能なのでしょうか。

私の希望は、孫たちが健康に育ち、友人たちと手紙のやりとりをし、健康で平穏な日々を死が訪れるまで続けることです。小さな生活の幸せを確保することもこの現代では難しいことのように思えます。

一一月一一日（金）

ここ数日、よい天気に恵まれています。晩秋の抜けるように青い空。乾いた大気。静かな朝。洗濯物干しをしていると、小鳥たちがさえずります。

洗濯物干しの後、ソランの散歩に出ます。ソランは、最近足腰が弱ってきていて、散歩をしていると時々カクンと前足が折れたように曲がります。小さな段差も上れないことが多くなりました。今年、一四歳です。犬としては長生きの方ではないでしょうか。ソランの介護も始まるのでしょうか。私自身を含めて、私の周囲は老いの問題で満ち満ちています。

空き家も多くなってきました。ご近所にも何軒か空き家があります。一家離散もあれば、一人住まいの方が亡くなられるという場合もあります。高齢社会とは、こういう状態を言うのでしょうか。私たち夫婦もいくらか高齢になってきました。どこの家にも七〇代、八〇代の高齢者がいます。健康に過ごされている方も多いですが、杖をつきながらゆっくり歩いている人もいます。左半身に麻痺があるようです。病気も突然、人生に降りかかってきます。生老病死とは、よく言ったものです。そこには、四苦八苦があり、一切皆苦という人生を生きねばなりません。諸行無常で、諸法無我。仏教の教えは、徹底した現世否定の思考で成り立っています。私は不勉強で仏教の教えはよく知りませんが、日本人の思考を深いところで規定しているのではないかと思っています。

四苦八苦の中に、愛別離苦があります。愛する者といずれは別れ離れなければならない苦しみです。私は四年前に父と死別しましたが、母も九〇歳を超えて、いずれは別れなくてはなりません。生きている者は、死と隣り合わせで生きています。絶えず、不安、心配、恐怖が心の中で湧き上がってきます。私自身もいつかは分からないけれど、この世の生と別れなければなりません。自分自身の死とどのように向き合うか、これも人生の大問題です。この日記を書いているのも、この世と離れ、別れるための準備作業かもしれません。

この世に実体はないというのが仏教の教えです。諸法無我。すべては流れ去って、永遠の実在などはないというのがお釈迦様の立場です。ギリシアのパルメニデスなどとは正反対の思考です。すべては空なのだから、それに執着するのは誤りであるという考え方です。色即是空。空即是色。これは、大乗仏教でしょうか。しかし、凡人は執着から離れることはできません。生きることへの執着です。生きて、妻と晩酌をし、孫たちの将来を夢み、明日の幸せを望むそういう凡愚の思考を免れることは、私にはできません。死がなんであるかということも、一切分かりません。ただ愛する者と別れなければならないという哀しみと寂しさだけを理解することができます。そして、病の苦しみと痛みを想像することはできます。しかし、死が何であるか、何でないのかを理解することはできません。

河合隼雄に『ユング心理学と仏教』（岩波書店　二〇一〇年）という名著があります。大分前に読んで感激しました。特に「十牛図」と「錬金術」を比較した部分に面白みを感じました。またこの名著を読み返し、西洋と東洋、生と死、自己と自我、男性と女性、老人と若者といった二項対立的な事柄の意味を考えていくヒントをもらい受けたいと思うようになりました。特に老年期における喪失の意味について、少しでも私の考えを進めることができたらよいと思っています。老々介護の果てに現れる愛別離苦。それが私の老いと自己実現の道にどのように関わっているのかを考えたいと思っています。

一一月一七日（木）

先週の金曜日から忙しい一週間がありました。一二日の土曜日には、また孫たちが遊びに来て、一日中遊んでいきました。よく晴れた土曜日の午後、かつては都立高校だったグラウンドに公園ができて、遊び場があります。孫二人とその母親である娘、そして私の妻と私の五人でこの公園へ遊びに行きました。小学校二年生、三年生くらいの子どもたちが大勢遊んでいます。彼らと比べると私の孫はまだ四歳。細くて小さいです。でも円形の塔があり、その中心に蜘蛛の巣のようにロープの張ってある空間があります。四歳の孫はそこが気に入って、嬉しそうに跳ね回っています。時々、私や私の妻の姿を探しては、視線を合わせ、そして安心したようにまた遊び回ります。元気に遊んでいる姿を見ると、安心します。読み書きの発達速度が非常に速く、アルファベットも英語だけでなく、ロシア語も覚えてしまったり、びっくりすることが多いです。しかし、一方喋り言葉が遅く、まだ二語文しか言えません。親たちは、自閉スペクトラム症ではないかと心配しています。しかし、私たち祖父母は、彼のありのままを認め、ありのままを肯定しながら接しています。すると、彼は私たちに向かって言葉を発します。「じいじ、どんぐり」四歳の孫がどんぐりを拾って、私に見せた後、母親の手にそれを置きました。成長の非同期性が多少あっても、私たちは心配していません。「となりのトトロ」の中にも、サツキとメイがどんぐりを拾う場面がありました。四歳の孫は、それを思い出して言葉を発したのかもしれません。街の本屋さんで『わが子がギフティッドかもしれないと思ったら』(ジェームス・T・ウェブ他3名著　角谷詩織訳　春秋社　二〇二二年)という本を買ってきて、読み始めました。本の帯に「育てづらく、生きづらい」と書いてあります。しかし、私たちはそんなことを思ったことがありません。私たち夫婦がこの本を読んだら、親たちにも回そうかと思っています。四歳の孫の生きづらさを少しでも軽減できたら、私たちにとっては大きな喜びです。土曜日の午後を一緒に公園で過ごして、そんなことを考えていました。一歳の孫は、ベビーカーでぐっすりお昼寝をしていました。

夜は、みんなで食事をして、孫たちは私とお風呂に入り、牛乳を飲んで、寝床に入りました。一日の時間が飛ぶように過ぎていきました。

次の日、日曜日にショッピングモールに買い物に行きました。孫たちや娘の衣類や絵本を買って帰ってきました。コロナの感染の後遺症はなさそうです。皆元気に二日間を過ごしました。

月曜日、コロナの五回目のワクチンを打ちに駅前のビルに行きました。一三階建てのビルなのですが、バブル経済の頃に建てられたため外見は派手なデザインで目立っているのですが、年月が経つうちに、口は大分寂れてしまいました。清掃も行き届いていないようで、壁や床は年月にくすんでいて、なんともうら寂しい気持ちになりました。これが日本経済の現状なのでしょうか。バブル経済の頃の表面的な繁栄が、この三〇年間のデフレで衰退に向かっていく、そういうことがはっきりと目の前に現れたような気分でした。五回目のワクチンを無事に打ってもらい、少し安心しました。インフルエンザのワクチンも打ちましたし、コロナのワクチンも打ちました。コロナは、もう増え始めました。一日の感染者が、日本全国で一〇万人を超えました。東京は、一万人を超えました。なんの対策もなく、またコロナ患者が増えていくのです。酷い状況です。

火曜日、水曜日は母親の家に行って介護をしていました。久しぶりに一泊してきました。母親は夏の頃より、食欲もあり、少し元気を取り戻しました。水曜日の午後に、妹がやってきて介護を交代しました。三人で写真を撮りました。

「私はいつ老人ホームに行くんだっけ」と母が繰り返し聞きます。何度答えても、また聞きます。やはり自分の家を離れるのが嫌だし、新しい環境に入るのに緊張しているのかもしれません。

「まだショートステイだよ。一週間のお試しだよ」と言っても、

「私はどっかに入るんだっけ?」と聞きます。

「そうだよ」

「いつからだっけ?」

「来週の日曜日からだよ」繰り返し、同じことを聞きます。やはり、緊張しているのだと思います。申し訳ない気持ちが湧き上がってきます。

「お母さん、下着とか必要なものは、私が買ってきたからね」と妹が説得にかかります。

「そうか、この家ともお別れだな」と母がぽつんと呟きました。

「今日は、私と一緒にお風呂に入ろうね」と妹が言います。もう足の筋力が衰えてしまって、一人でお風呂に入るのは危険です。そんな心配もしながら、私は家に帰ってきました。

木曜日、本日は午前中、かかりつけの内科に行ってきました。健康診断の結果、大して悪いところもなく精密検査は必要ないとのことでした。安心しました。

一一月一八日（金）

今日もよい天気に恵まれました。空は高く、風は爽やかです。晩秋の午後の光は柔らかく、私の心を落ち着かせてくれます。街道に沿って、自転車を走らせていると、何度目か忘れましたが、あの美しい女性が自動車を走らせています。たった一瞬、視線が交錯するだけなのですが、美の恍惚感が訪れます。魅惑と陶酔の風に吹かれて、陶然とした気分に浸っています。するとどこからか、詩がやってきます。うまい詩は書けませんが、どこからともなく詩の呼び声が聞こえてきます。私が何故詩のようなものを書くのか、私自身にもよく分かりません。詩は言葉の美なのでしょうか。それとも、単なる人生への問いかけに過ぎないのでしょうか。私にはよく分からないまま、次のような詩のようなものを書きつけました。

「美のイマージュ」

見えない
憧憬の花が
辺り一面
咲き乱れている

僕の手では
掴み切れない
花たちの
香り

この見えない

魅惑と陶酔
胸の奥で
言葉にならない叫びが聞こえる

この世に
二つとない
美のイマージュ
それが遠くから近づいてくる

一一月二一日（月）

晩秋も終わりに近づき、寒い日が続きます。昨日、今日と冷たい雨が降り続いています。しかし、一九日の土曜日は、晴れていたので、有料老人ホームに入る前に、私の母にひ孫たちを会わせておきたくて、皆で大ばあさんのところへ押しかけました。私と私の妻、そして長女とその息子たち二人、次女も久しぶりに祖母の家にやってきました。三女は仕事で来られませんでしたが、私の妹も入れて総勢七人で私の母を取り囲みました。母はなんだか嬉しそうにしています。母の家に着くなり、私の孫たち、つまり母のひ孫たちは、そこらじゅうを駆け回ります。四歳の孫は、私の手を取って薄暗い二階の部屋へ探検に出かけます。一歳の孫は、やっと歩けるようになったので、嬉しそうに大きな頭を横に振りながら、よちよちと歩きます。私の母も妹に手を取ってもらって、ひ孫たちの後を追いかけます。

「この子たちはなんて元気なんだろ」と母が目を丸くします。一歳のひ孫が大ばあちゃんの膝に登り始めました。

「この子は、頭の大きいところがおまえにそっくりだよ」と母が私の方を見て笑います。よだれかけがよだれでびしょびしょです。

「それじゃ、みんなでケーキをいただきましょ」と私の妻が、ケーキをテーブルの上に並べ始めました。ひ孫たちが一斉にテーブルに駆け寄ります。

「さあ、どれがいい」私の妻が、ひ孫たちにケーキを選ばせています。四歳のひ孫は、イチゴのショートケーキ。一歳のひ孫は、まだ食べられないので、りんごジュース。大ばあさんも久しぶりにケーキを選んで食べています。

「おいしいね」四歳のひ孫が笑います。クリームのところだけ選んで食べています。口の周りや鼻の頭にクリームがくっついています。大ばあちゃんがティッシュでそれを拭いてやります。なんだか大騒ぎです。

一段落したところで、今度はみんなでソファーの所に集まって、写真を撮るということになりました。真ん中に大ばあちゃん、右隣に私、そして左隣に長女と一歳のひ孫、ソファーの前に私の妻と次女が座り、四歳のひ孫は次女に抱かれています。ひ孫たちがじっとしていないので、シャッターチャンスが中々訪れません。妹がシャッターを押しまくっています。

何枚ものいい写真が撮れました。いずれひ孫たちが大きくなって、この写真を見て、大ばあちゃんを懐かしんでくれるとよいなと思いました。

大ばあちゃんが、私の妻に、

「今まで色々とお世話になりました。ありがとうね」と挨拶しています。妻も、お辞儀をしながら、

「いえいえ、たいしたこともできず。申し訳ありません」と返事を返しています。ひ孫たちがじっとしていないので、ゆっくりした挨拶も交わすことができませんでしたが、大ばあちゃんは満足したようです。できれば、有料老人ホームに入らずに私たちがお世話でき

ればよかったのですが、足腰が弱り、トイレやお風呂に一人で入ることができなくなりました。私や私の妹がこの家に住めればよいのですが、そういうわけにもいかず、大ばあちゃんには寂しい思いをさせますが、申し訳ないけれど老人ホームに入ってもらうことを納得してもらいました。

「いよいよ、この家ともお別れだな」ぽつり、母が呟きます。そして私の方を見て、

「おまえ、この家を頼むぞ」

「そうだな、分かったよ。大丈夫だよ」と私が答えます。

でも、その老人ホームは、家族が面会に行って、そのまま泊まることもできるようなホームです。普段の面会も外に出れば2時間の間面会できます。私も一週間に一度は会いに行こうと思っています。妹は、車で一〇分の所に住んでいるので、いつでも会いにゆけます。一人で自分の家に住む大変さに比べれば、お世話を受けた方がいいのだと妹と話し合いました。

高齢者の問題は、私の家族だけでなく日本全体にのしかかっています。介護福祉士の数も足りません。しかしお世話を受けなくてはならない高齢者は増え続けています。私の妻も、居宅介護事務所の管理者をしていますから、その大変さは身に染みて分かっています。

私の友人たちにも自分の親を介護する問題に直面する人がたくさんいます。しかし、行政の手は行き届きません。孤独死する人々も増えています。私の母が入る老人ホームは看取りもやってくれるそうです。もしその時が来たら、私たちは手を握りながら母を送ってやれることができそうです。なんとか、人生の最晩年の時を楽しく、送れるように、私たち家族は最善を尽くしたいと思っています。時々は、ひ孫たちも連れて会いに行きたいと思っています。

一一月二二日（火）

青い丸天井の下で、洗濯物を干していると、小鳥たちがさえずります。ソランの散歩は先ほど済ませました。ソファーにやれやれと思って腰を下ろすと、テーブルの上に本が何冊か散らばっています。昨日は、雨だったのでその中の一冊、『力と交換様式』（柄谷行人著　岩波書店　二〇二二年）を読んでいました。難しい本です。『世界史の構造』から一〇年かけて、その続編を仕上げたそうです。柄谷行人の粘り強い思索力には頭が下がります。私の脳髄ではついてゆけそうもありません。しかし、なんとか歯を食いしばって読み進めていきます。この本の中に、混沌とした時代を切り開く新しい視点が広がっていると信じているからです。

その新しい視点とは、「交換様式」という考え方です。流通とか物流と言ってもよいのでしょうか。マルクスが生産様式から歴史を眺めたというのは誤解で、マルクスは次第に柄谷が言う「交換様式」の視点から歴史を眺め、その経済学批判を成し遂げていったというのが、柄谷行人の主張するところです。

「交換様式」には、四つの型があるそうです。

A　互酬（贈与と返礼）
B　服従と保護（略取と再分配）
C　商品交換（貨幣と商品）
D　Aの高次元での回復

歴史の中で展開した社会構成体の経済的下部構造は、この四つの交換様式の組み合わせで成立していると主張されます。その歴史的例証を集めるだけでも、相当大変な作業の連続だったのではないでしょうか。そして、『力と交換様式』では、『世界史の構造』よりもその思想内容が深化・拡大しているのです。今、二六五ページまで読みました。ゆっくり読まなければ、理解できません。あと何日かかけて、読み進めようと思っています。『力と交換様式』では、特に交換様式AとDの部分の思索の深化が著しいと思います。これまで、普遍宗教として現れてきた交換様式Dが、ゾロアスターやモーゼ、ユダヤ教の預言者やイエス、そしてイオニアのイソノミア（無支配）を受け継いだソクラテス、さらには中国の孔子、老子、墨子、そしてブッダなどを通して、交換様式Dを実現していた様子が描かれています。さあ、この本の結末はどのようなものになるのでしょうか。この本を読み切って、その内容をいくらかでも咀嚼できたら、また書きましょう。

今日は、市役所にマイナンバーカードを取りに行かなければなりません。毎日、何かしらやらなければならないことがあります。日常の業務をこなしていく。そして、本を読み、思索をこらす。この日記を書く。そんなことの繰り返しで毎日が成り立っています。略取と保護。保護を受けるにも、迷路のような官僚制の罠と付き合わねばなりません。

一一月二五日（金）

昨日、胃の内視鏡検査の書類を病院に行って取ってきました。自転車で二〇分くらいのところです。街道をまっすぐに行って、ちょっと右に曲がって道なりに行けば病院です。書類を受け取るだけだったので、受付はすぐに終わりました。検査そのものは一二月です。

この検査もなんとか無事にくぐり抜けたいと思っています。癌患者は本当に多いので、この歳になると心配ですが、もう少し生きたい。孫たちが成人するまで生きていたいと願っているところです。

病院から戻ってきてから、柄谷行人の『力と交換様式』を読み続け、そしてやっと読み終わりました。第四部の最後のほうで、交換様式Dを思索する思想家として、エンゲルスやカウツキーとともに、エルンスト・ブロッホが取り上げられていたのが印象に残りました。私は若い頃、彼の文章に魅せられて、こつこつと彼の本を買い集めては読んでいました。彼の評伝も読みました。こんなところで再会するなんてびっくりしました。そういえば数年前、朝日カルチャーセンターで柄谷行人氏の講演会を聞きに行ったことがありました。そこでもやはりエルンスト・ブロッホを取り上げていて、彼の思想を理解できるのは、日本では私が初めてだというようなことをおっしゃっていたのを覚えています。それで、マルクスやエンゲルスと並んでブロッホが交換様式Dの現れであるという主張は、その頃から準備されていたのだという感慨にとらわれました。ブロッホの主著である『希望の原理』（白水社　全三巻　一九八二年）の言う希望とは、資本と国家の揚棄《ようき》であると柄谷氏から教わりました。それは、戦争と恐慌、格差と疎外からの解放であると『力と交換様式』

から教えられたのです。
交換様式Dは、高次元でのA（互酬）の回復と言われます。もともと歴史上に現れてきた交換様式Dの例として、柄谷はゾロアスターやモーゼ、ユダヤ教の預言者たち、イエス、ソクラテス、そして中国の諸子百家などを挙げています。これは、思想の交換ということを意味しているのでしょうか。高次元での互酬の回復とは、物質的な物や商品の交換から現れる力ではなく、AやBやCの中に含まれる観念の交換として現れてくるということを意味しているのでしょうか。特に、『力と交換様式』の結びの文章が感動的でした。

「では、国家や資本を揚棄すること、すなわち、交換様式でいえばBやCを揚棄することはできないのだろうか。できない。というのは、揚棄しようとすること自体がそれらを回復させてしまうからだ。唯一可能なのは、Aに基づく社会を形成することである。が、それはローカルにとどまる。BやCの力に抑えこまれ、広がることができないからだ。ゆえに、それを可能にするのは、高次元でのAの回復、すなわち、Dの力によってのみである。…中略…そこで私は、最後に、一言いっておきたい。今後に、戦争と恐慌、つまりBとCが必然的にもたらす危機が幾度も生じるだろう。しかし、それゆえにこそ、〝A

の高次元での回復〟としてのDが必ず到来する、と」（『力と交換様式』柄谷行人著　岩波書店　二〇二二年　三九五～三九六ページ）

これは、神的な力の顕現ということを言っているのでしょうか。あるいは、カントのように「自然の隠微な計画」ということを言っているのでしょうか。それともヘーゲルのように絶対精神の顕現として表されるものなのでしょうか。自然史としての歴史という考え方は、ニーチェにもありました。

柄谷行人が展開する壮大な歴史哲学は、私にはまだ理解できません。今後、何回も読み直して、向こうからやってくる交換様式Dの姿を少しでも思い浮かべることができるようになりたいと思います。

一一月二六日（土）

空一面に雲が広がっています。道路は少し湿っていて、昨晩雨が降ったようです。洗濯物を干して、外に出すかどうか迷います。隣の家のベランダには、洗濯物が出ていません。天気予報を見逃したので、迷います。ネットの天気予報を見ると、晴れ時々にわか雨とかいう微妙な予報になっています。これは、洗濯物を外に出さない方がよさそうです。二階の八畳間に洗濯物を干して、エアコンを入れました。電気代がもったいないとも思いますが、でも洗濯物が乾かないのも困ります。毎日の家事も色々頭を使います。

家事をやっていれば、認知症にならないで済むでしょうか。それとも否応なしに認知症は、向こうからやってくるのでしょうか。うまく老いていくのも難しい仕事のようです。やはり散歩は毎日した方がよさそうです。足腰が衰えたら毎日の生活にも支障をきたします。義父と義母は、八八歳と八六歳ですが、雨の日でもカッパを着て散歩に出るようです。認知症もありません。毎日元気に暮らしています。趣味は盆栽と株です。株というところがなんとも現代的で、実益を兼ねた趣味で頭の働きにはよいようです。義父は、そのほかにもゴルフや囲碁もやるようで、元気いっぱいです。私もそんなふうに歳を重ねてゆきたいのですが、うまくいくかどうか自信がありません。この日記を書くのもボケ防止の意味もあるのですが、二〇二二年という日本にとっても世界にとっても、大きな曲がり角にさしかかった年の一年を記録に残しておきたいという願望にも支えられています。

若い頃、詩人になりたい、学者になりたいなどと夢をふくらませていました。もちろん、どちらも儚い夢に終わったのですが、しかし年金生活者になって、日記を書いたり、詩を書いたりする時間ができて、私としては結構満足した生活が送れています。孫たちにも囲まれて、特に不満はありません。外出は、ソランの散歩、医者通い、本屋、図書館、母の介護、孫の世話、といったことです。友人たちとは、コロナ禍のためEメールや手紙のやりとりで我慢しています。もちろん、美術館やコンサートや映画館にも行きたいのですが、この三年間は自粛しています。しかし、それほど不満が募るわけではありません。お酒も毎日飲みますが、この間の健康診断では、それほど悪い数値が出たわけではありません。中性脂肪とγ《ガンマ》－GTPの値が少し高かっただけです。

ところが、視線を社会や世界に向けると、こんな平穏な生活が嘘のように、嵐の海のような様々な事件や問題が大きな白波を立てています。柄谷行人は、戦争と恐慌が最悪の事柄だと言っていましたが、そればかりでなく、新型コロナウイルス感染症、気候危機、環境問題、インフレ、長時間低賃金労働、ブラック企業、格差、貧困、難民、パワハラ、いじめ、飢餓、カルト教団問題、セクハラ、差別、虐待、DV、等々解決のできない多くの問題に取り巻かれていることを知ります。専制主義政治も世界中が翻弄されている大きな問題です。

私たちは、何から考えはじめ、どう行動を起こしたらよいのでしょうか。先日は、孫の一人が幼稚園からコロナをもらってきてしまい、娘一家がコロナに感染してしまいました。私たちは、毎日食料品や日用雑貨、それにパルスオキシメーターも買って、娘の家に届けました。重症化せず、生命が救われたので、その運命に感謝しました。買い物くらいしか為す術がありませんでした。日本の医療行政の劣化には目を覆いたくなります。感染の波がやってくるたびに、感染者が増え、死者が増えていきます。何をどうしたら感染の波を抑えられるでしょうか。先日、五度目のワクチンを接種しました。ファイザーのワクチンです。ワクチンの輸入の道が閉ざされたら日本はどうするのでしょうか。行政の劣化によって、医学も足を引っ張られているのではないでしょうか。

　時代の大波が私たち家族を襲います。しかし、なんとか生き抜いてゆくしかありません。生きるその努力の中に、私たちの人生が展開します。

　今日の曇り空は中々晴れません。今を生きるその生の中に、希望が宿ることを願っています。

一一月二八日（月）

午前中に、『次なる一〇〇年　歴史の危機から学ぶこと』（水野和夫著　東洋経済新報社二〇二二年）という本を読み始めました。表題の通り、次の一〇〇年を主に経済面から予測するものです。全体で九〇〇ページ近い大著です。読み切れるでしょうか。そのボリュームに圧倒されます。資本主義の始まりと隆盛とその終わりを見据えた文明史です。経済の動きから歴史を見るというのは、マルクスが一番系統的に行った研究です。しかし、水野の歴史観は、カール・シュミットの『現代帝国主義の国際法的諸形態』やヤーコプ・ブルクハルトの『世界史的考察』を模範にしているようです。でも、一番影響を受けたのは、J・エルスナーとR・カーディナルの『蒐集』という本であるようです。私はこの二人の著者を知りません。この水野の紹介で初めて知りました。シュミットは、ナチスドイツに加担した政治学者で私は読んだことがありません。また、ブルクハルトは一九世紀スイスの歴史家でルネサンスという時代を発見した大歴史家です。大学の頃、ドイツ語演習で、このブルクハルトの『世界史的考察』を読みました。もちろん、『イタリア・ルネサンスの文化』や『ギリシア文化史』なども翻訳されていて、私も読みました。ニーチェがバーゼル大学の教員だった時、このブルクハルトの講義を聴いてびっくりし、ブルクハルトの熱狂的ファンになったようです。ですから、ブルクハルトについては、いくらかは知ってはいます。まったくの初対面ではありません。しかし、ブルクハルトの歴史哲学は、経済とは縁遠いです。彼は、歴史を国家と宗教と文化の面から説明しようとします。歴史を動かすのは、この3つの要因の組み合わせによるのだというのが、ブルクハルトの考え方です。

一方、水野は「ノア以来の世界史は「蒐集」の歴史である」（水野和夫著『次なる一〇〇年』東洋経済新報社　二〇二一年　八ページ）と言います。一読、なんのことやら心当たりがつきません。

「古代帝国は土地を、中世キリスト教は霊魂を、資本主義は『資本』を蒐集する」（同書一〇ページ）というふうに論をつなげます。権力者は、土地や霊魂や資本を蒐集することによって、社会秩序を維持してきたということになります。しかし、私にはピンときません。蒐集と社会秩序がどうつながるのか、実感が湧きません。この本を読み進めていけば、理解に到達するでしょうか。長い、長い旅路です。読む価値があるのでしょうか。それは、読んでみなければ分かりません。柄谷行人の交換様式のような歴史哲学が現れてくるのでしょうか。もしそうだとすれば、長い旅路の果てに深い洞察がやってきます。この洞察を得るために、私たちは本を読みます。『力と交換様式』は、今度はメモを取りながら再読に挑戦してみます。その前に、この『次なる一〇〇年』を読んでみましょう。夜にみる夢と昼にする読書が、私の仕事です。この仕事に支払われる給料が年金というわけです。最近サボり気味の散歩もしなくてはなりません。自分の身体と生命のためです。日記を書き、散歩をする。本を読み、そして夜、夢を見る。これが私の仕事です。孫の世話や母の介護もしなくてはなりません。忙しい毎日です。

ところで昨日、ガソリンスタンドに行って、冬用タイヤに交換してきた妻が、車に積んだノーマルタイヤを降ろしてほしいと言ったので、タイヤを降ろそうとすると、力が入らず、タイヤが両手をすり抜けて地面に落ちて、跳ね返ってきました。跳ね返ったタイヤが右手の小指にもろに当たって、突き指になりました。骨は折れてないとおもうのですが、小指の第一関節が赤黒く腫れています。痛いです。歳を取るとこんなことも起こります。本ばかり読んではいられませんね。

一一月二九日（火）

ブルクハルトについては、書棚の中からまだ読んでいない本がたくさん出てきました。『ヤーコプ・ブルクハルト　歴史のなかの人間』（カール・レーヴィット著　西尾幹二・瀧内槙雄訳　ちくま学芸文庫　一九九四年）。訳者の瀧内槙雄さんは、私の大学時代のドイツ語の先生でした。ドイツ語の初級文法を習いました。大学時代の懐かしい想い出が蘇ってきます。『ルーベンス回想』（ヤーコプ・ブルクハルト著　新井靖一訳　ちくま学芸文庫　二〇一二年）、『ブルクハルトの世界』（下村寅太郎著　岩波書店　一九八三年）、『ギリシア文化史全8巻』（ヤーコプ・ブルクハルト著　新井靖一訳　ちくま学芸文庫　一九九八年）。これは、部分的には読んだのですが、全部を読み切ることはできませんでした。中公文庫の『イタリア・ルネサンスの文化』（柴田治三郎訳　中公文庫　一九七四年）は、傍線がたくさん引いてあります。屋根裏部屋には、『世界史的考察』の原書があるはずです。大学時代には、結構ブルクハルトに入れ込んで読んでいたことが思い出されてきます。高校教師をやっていた時に、いつだったか世界史を受け持たされたことがあって、四苦八苦して授業準備をしていたのですが、ブルクハルトの影響か、ギリシア史とルネサンス史にやたら力が入っていたのを覚えています。肝心の日本の歴史に関する知識は少なく、ヨーロッパ史の方ばかり見ていたのを思い出します。そのほかに『チチェローネ』の原書もあったような気がします。今は屋根裏部屋のどこかで眠っているでしょう。若い頃、妻と二人でヨーロッパ旅行をした時、各国の美術館にルーベンスの絵がたくさん展示されていたのを思い出しました。私はヨーロッパの絵画の見方を、小林秀雄とこのブルクハルトから学んだように思います。

では、誰が私をブルクハルトの世界へ導いてくれたのでしょうか。一人はニーチェです。大学の卒業論文を書いている時に、ニーチェに関する研究論文をそれなりに読み続けていました。ニーチェの『悲劇の誕生』と『道徳外の意味における真と偽』を対象にして、卒論を書いていました。そのニーチェがバーゼル大学の同僚として尊敬し賛嘆する歴史学者としてブルクハルトがいたのです。そして、日本でルネサンスの精神史を研究していた林達夫の文章に魅せられていた私は、林がブルクハルトを歴史研究の模範としていることを知り、さらにブルクハルトに興味を抱くようになりました。林達夫の文章は、あの加藤周一が模範的な日本語散文の一例としてあげているくらいですから、視点の鋭さといい、明晰な論旨といい、名文の中の名文と言っていいのでしょう。私は、林達夫を通じて、美術史や精神史の領域に足を踏み入れていったのです。

二〇二二年一二月

一二月二日（金）

　いつの間にか一二月です。晩秋を通り越して、初冬といってもいい季節になってしまいました。天気予報によれば、北の方から寒気団が下りてきて、関東地方もすっぽり包まれて、気温が下がりました。居間に座っていても、足下から冷えてきます。しかも、全国的に節電が呼びかけられて、やたらにエアコンを使ってはいけないような雰囲気です。我慢の冬になるのでしょうか。これも、ロシアによるウクライナ侵略の影響でしょうか。いつまでこの戦争は続くのでしょうか。ロシアはウクライナの発電施設目がけてミサイル攻撃を仕掛けています。ウクライナの人々は、寒さの厳しい冬をどうやって乗り越えてゆくのでしょうか。プーチンの残虐性には目を覆いたくなります。数多の戦争犯罪も報告されています。厳しい冬を乗り越えて、侵略者たちを追い出し、さらには戦争指導者たちも、裁判によって裁かれ、罪の裁きがなされることを願っています。私たちの国でもエネルギー不足、食料不足が起きかねません。かつて、ホッブスは国家のことをリヴァイアサンに例えましたが、このような破壊性、攻撃性、残虐性が隣国の人々に向けられるのを、私たちはどのように受け止めたらよいのでしょうか。一九四五年以前の日本はほぼ一〇年ごとに戦争を行いましたが、国家というものの怪物性を考えてみなければなりません。それは、私たちの日常性から捉えうるものなのかどうか。歴史の泥濘《でいねい》から足を引き抜くには、どのような方法があるのか誰かに教えてもらいたいものだと思っています。

こんなふうに日記を書いているうちに、部屋の中が大分暖まってきました。やはり、暖房はつけざるを得ません。平穏と安全を望むのは人情というものでしょう。その中に小さな幸せを見つける、そういう生き方に平和の礎があるのではないでしょうか。文化や科学技術もそういう小さな生活のためにあると言ってはいけないものなのでしょうか。軍事技術や戦争のために破壊される小さな生活こそが、戦争によって破壊されない大事なものなのではないでしょうか。

買い物に出かけて、空を見上げると白く光る雲のように月が浮かんでいました。昼間の午後三時に見える雲のような月です。それを見ていると詩が浮かんできました。これも小さな私の幸せです。

「流動する世界」

初冬の雲のヴェールの向こう側に
揺らめく美の影を見て
僕の心は嵐の海のように
渦を巻く

君の微かな気配
確かめようもない
儚さに
僕の心は泡立つ

何故だ
冬の陽炎のように
あり得もしない

幻を見て拳を突き上げる

この世の流動は
愛の概念をもたらしはしない
硬く固まったものを欲するのは不安の裏返しだが
この世の流動のままに君を愛することができるのか

一二月五日（月）

外は冷たい雨が降ったり、止んだりしています。冬の風が落ち葉を鳴らしています。ソランの散歩に公園へ行くと地面はすっかり落ち葉に覆われていて、歩くたびにかさこそと音が聞こえてきます。その中に大きな銀杏の木があって、黄色い葉がひらひらと舞いながら落ちてきます。地面は黄色い葉でいっぱいです。その横に小さな紅葉が立っていて、赤と黄色のコントラストが美しいです。この季節になると以前書いた私の詩を思い出します。晩秋から初冬へと移り変わる季節を描いたものです。それをここに載せたいと思います。

「晩秋から初冬へ」

晩秋から初冬へ
季節が移り変わる散歩道
黄色く燃える銀杏の炎が
冷たく凍りついた冬の空を
溶かしている
その隣には
赤く火照った紅葉が
頬を染めている

ああ　晩秋に取り残された
木々のいろいろ
大気は冷たく冷えて
吐き出す息は白い

私は一人川沿いの道へ出て
仄暗い額を
黄色い炎や真っ赤な火照りに
染めて歩く
歩く
歩く
初冬の大気の中を
晩秋の色に染まりながら
歩く
孤独な季節の中を歩んでゆく

孤独な季節の中を歩んでいく散歩の風情を歌った詩です。確かに年金生活者になって、私の孤独はこの詩を歌った頃よりも、深まりました。妻が出勤してしまうと、母の介護や孫の世話がない時は、一日中一人です。テレビは、大リーグの中継がなくなってからほとんど見ません。時折、ユーチューブを見たりしますが、ソランの散歩と洗濯物干し、それに皿洗い以外、生活の業務はありません。新聞を読み、日記を書き、読書をする。それ以外にすることがありません。時折、高校時代や大学時代の友人にEメールをしたり、手紙を書いたりします。ソランも散歩が終わってしまうと、お気に入りのクッションの上で昼寝をしています。気楽といえば、気楽。寂しいといえば、寂しい生活です。今月は、あと一〇日もすれば年金が配布されます。そしたら、また孫たちに絵本でも買って、訪ねていくことができます。スタジオジブリのブルーレイを買って、孫たちと一緒に楽しむということができます。けれど、それまでは一人家の中にいて、日記を書く、読書をするという生活です。大学とか大学院に入学してみるというのも一つの方法かと思いますが、ただしコロナが蔓延していますので、対面授業に怖い気がします。様々な雑誌類には、孤独な生活は寿命を縮め、健康に悪いとかいう記事が載っていたりします。果たして本当にそうなのでしょうか。一方では、お一人様の老後を楽しむといった本も出ています。果たして、どちらが本当のことなのでしょうか。私の場合、孤独といっても昼間のことだけですので、たいしたことではありません。何日も続けて、一言も喋らないというようなことはありません。もちろん人の間にあって、話が通じないで困った、私は理解されないといった疎外感からくる孤独はむしろありません。妻とは適度な距離を保ち、晩酌をし、お喋りを常に交わしています。ヘルマン・ヘッセの小説に出てくる青年たちのように、親や友人たちからの疎外感からくる孤独は、あまり感じないで済んでいます。勤めていた頃、職場でそういう孤独を感じたことはありましたが、それは他人の集まりの中でのことだったので、むしろ当たり前の孤独だったような気がします。むしろ中学生や高校生の頃、自我の目覚めとともに感じた孤独の方が鋭く敏感な感受性に突き刺さってきたような気もします。瀬戸内寂聴の『孤独を生ききる』（光文社文庫　一九九八年）といった本を読んだこともありますが、そんな本を読むことを通じて、人は誰でもどこでもいつでも亀の甲羅のように孤独を背負って生きているということを納得したような気もいたします。

一二月六日（火）

一人で居間に座っていると、二人の孫のことが心に浮かび、ずっと彼らのことを考え続けてしまいます。今頃は幼稚園でお遊戯会の練習をしているのかな。一歳の孫は、めきめきと成長して随分と歩けるようになった、などと想いを巡らします。四歳の孫は、二歳の頃から漢字を読み、あいうえおを書き、ＡＢＣを言うことができました。しかし、一方で喋り言葉が遅く、小さな声で、「じいじ、おしっこ出たよ」とか言うのがやっとです。この発達の不均衡に親たちは戸惑っています。ギフテッドという言葉を知ったのも四歳の孫のおかげです。朝日新聞でその特集記事を読んだのも、ついこの間のことです。『発達障害からニューロダイバーシティーへ』(春秋社　二〇二二年)なんていう本も読み始めました。生きづらさが少しでも軽減され、孫が願うような人生を送れることを毎日祈っています。

孫のことを考えると、まるで恋人を待ち続ける若者のような心境になってしまいます。胸の奥がずっと締め付けられるような心持ちです。孫の笑顔を見ると、嬉しくて飛び上がって喜んでしまいます。幼稚園バスで取り残されたりしていないかとか、友達はたくさんできたかとか、喋り言葉が遅いのはなぜかとか、様々な思いが錯綜します。そこへいくと一歳の孫は、手がかからず、順調に育っていますので、安心して見ていられます。人間の持つ個性というのは面白いもので、兄弟でもこうも違うものなのかと思います。心配は尽きませんが、毎日孫たちを思い続けています。寂しい時は、スマホにたくさん保存してある動画を見て、心を慰めます。スマホは、孫の動画でいっぱいです。健康で元気いっぱいに育ってくれれば、それ以上を望みません。

時代の転換期を生きる孫たちの大変さは、想像を絶しています。この間も孫たちはコロナに罹ってしまいました。なんとか生還できて一安心ですが、これからもどんな病気にかかるか分かりません。怪我や人間関係に悩むこともあるでしょう。時代の速い流れに足を取られてしまうこともあるかもしれません。パンデミックばかりでなく、戦争や貧困、インフレや恐慌、気候危機や環境問題、エネルギー・食料問題、次から次へと大きな問題が押し寄せてきます。いじめやパワハラに立ち向かわなくてはならない時もあるかもしれません。この困難をどうやって乗り越えてゆくのでしょうか。孫たちの幸せの形を考えずにはいられません。こうした心配事は、胸の奥の痛みとつながっています。孫と一緒にいると時代の困難に立ち向かってゆく勇気を与えてもらえます。妻も同じことを言います。「闘う時は、闘うのよ。勝つまで」と勇ましいです。この勇気と愛を携えて、孫たちと行けるところまで一緒に行こうと決心しています。

一二月七日（水）

今日は、久しぶりに晴れました。朝から目に痛いほどの光が空で煌めいています。明るい陽光に誘われて、ソランの散歩を公園のある方へ伸ばしました。木々の間から射し込む光線が朝露に反射します。ソランは朝露に舌をつけて飲んでいます。それはまるで光の雫を飲んでいるように見えました。もう年寄りなのに、なんだか元気を回復したみたいに見えます。

実は散歩のコースを変えたのは、一日の歩数を伸ばすためでもあります。一昨日から歩数計をつけて歩いています。昨日の歩数は、六四六二歩でした。一万歩には大分足りません。それでスーパーへの買い物も歩いて行ってきました。今日は、八千歩くらいいくでしょうか。陽の光を浴び、歩く歩数を伸ばす。そんな他愛ないことでも、昼間の孤独は慰められます。健康にもよいことだと思います。生活の形が少しずつ整ってきました。あとは読書の時間に、英語やドイツ語の本を読むことができれば、私としては満足です。ボケ防止にもいいでしょう。MLBの中継がなくても、この冬は越せそうです。

それに、今朝は『100分de名著　中井久夫スペシャル』（NHK出版　二〇二二年）を読んで、すっかり中井久夫のファンになり、中井久夫の著書も読むという目標もできました。以前、最相葉月の『セラピスト』（新潮文庫　二〇一四年）を読み、その偉さは少しは知っていたのですが、まとまって中井久夫の著書を読むということはありませんでした。しかし、斎藤環の次のような中井の紹介を読んで、これはやはりじっくり腰を据えて読んでみた方がよいと決心したのです。

「中井が遺した業績は、一人の精神科医の手になることが信じられないほど膨大なものです。臨床技法としての『風景構成法』の導入、『寛解過程論』をはじめとする統合失調症研究、阪神・淡路大震災での被災を契機とした『心のケア』とトラウマ理論の導入、語学の才を生かした数多くの翻訳、『「昭和」を送る』や『いじめの政治学』をはじめとする、数々の名エッセイ」（『100分de名著　中井久夫スペシャル』斎藤環著　二〇二二年　NHK出版　五〜六ページ）

きっとその業績の中には、発達障がいに関する論文やエッセイも含まれていることでしょう。それを探し出して、孫たちの成長を見守る際の虎の巻にしたいという願いも含まれています。果たして四歳の孫は、自閉スペクトラム症なのでしょうか。ただ内向的で喋り言葉の発達が遅いだけなのでしょうか。しかし、読み書きの発達の早さはびっくりするほどです。そういう孫を見てどのように育てていったらよいのかヒントをもらいたいのです。

「そうした中井の仕事のすべてに通底しているのは、常に患者やマイノリティの側に立つという倫理観です。しかし、中井は単にやさしいばかりの人ではありません。不正義に対しては時に強い怒りをあらわにすることも辞さない、凛とした「義」のエートスを体現した人でもありました」（同書　六ページ）

こんな言葉を聞くと、すぐにでも本屋へ飛んでいって、中井の本を買い求めたくなります。その文章は、体系化を嫌い、箴言知《しんげんち》とでも呼べるような名文であるそうです。詩と科学が混淆《こんこう》した美しい文章が想像されます。

「また、治療ならぬケアの思想に満ちた中井の箴言は、みなさんが自分の心のケアをするときにも、きっと役に立つはずです」（同書　八ページ）

そんな中井の学知と経験と芸術が織り混ざったような叡智に触れて、九〇歳になった母のケア、孫たちの世話、私たち夫婦の心のケアなどに役立てていきたいと思っています。

一二月八日（木）

真珠湾攻撃から八一年目の今日、私は中井久夫の著書を買い求めに駅前の書店に行きました。書店には、『中井久夫集全一一巻』（みすず書房　二〇一八年）が揃っていました。私はその中の『中井久夫集6　いじめの政治学』と『中井久夫集9　日本社会における外傷性ストレス』を買い求めました。『いじめの政治学』を選んだのは、孫たちが将来陰湿ないじめに遭った時、その対処の方法や考え方を学んでおきたかったからです。また『日本社会における外傷性ストレス』を選んだのは、その中に「戦争と平和についての観察」が含まれていたからです。その他にも、著作集には含まれていない『最終講義』（みすず書房　二〇二二年）や『分裂病と人類』（東京大学出版会　二〇二一年）、『治療文化論』『私の日本語雑記』（いずれも岩波現代文庫　二〇二二年）も買い求めました。妻も読みたいと言っていたので、思い切ってたくさん買ってしまいました。

また昨晩から、以前読んだ最相葉月の『セラピスト』（新潮文庫　二〇一四年）を読み始めてしまったので、しばらくは中井久夫漬けになりそうです。『セラピスト』は中井久夫と河合隼雄を主題に取り上げ、カウンセリングの実態に迫ったノンフィクションです。河合隼雄については、大分前からその著作の大部分を読んだためか、私の中にうっすらと河合隼雄像というものができあがり、親しみを感じます。しかし中井久夫に関しては、その著作を読むというのはほとんど初めてという事情もあり、まっさらな状態です。初めて出会うその人と気が合うかどうか、なんとなくワクワク・ドキドキします。最相葉月の『セラピスト』を読み上げてから、中井の著書に取りかかろうと思います。

一二月九日（金）

「じゃ、行ってくるね」

「うん、気をつけて」

　妻が玄関で今朝の新聞を私に取ってよこしながら、軽く手を振りました。妻が仕事に出かけ、私は家に残って、ソランの散歩や皿洗い、洗濯物干しをしながら、歩数計を見ます。昨日は、八二八三歩。一昨日は、九八〇九歩。中々、一万歩には到達しません。買い物も歩いて行くようになりました。朝夕のソランの散歩も公園の中を回ってくるようになりました。それでも一万歩にはいかないのです。午後からは散歩に出て、二千歩くらい歩かなくては、一万歩には到達しません。

「しかし、なあ。日記も書かなくちゃならないし、読書もある」と独り言を呟くとソランがフンと鼻を鳴らしました。長い散歩に付き合わされて迷惑だというような顔をしています。高齢者に数えられるようになって、自分の老いが気になって仕方ありません。足が弱ると、認知症にもなりやすいし、何より自分のことが自分でできなくなるのが怖いのです。一日一万歩というのは誰が決めたか知りませんが、中々クリアーできない数字です。足腰を鍛えるために、ラジオ体操もやりますか。それなら一〇分くらいでできますし……。

年金生活者になって、今まで気にもしなかったことが、気になります。市の健康診断だけではなく、人間ドックも受けた方がいいのかなあ。気になることがいっぱいです。気にかかることが、色々出てきて、なんとなく忙しないです。日記を書いた後には、中井久夫も読まなくちゃ、とか。キリがないです。もっとゆったり過ごしたいです。年金生活がこんなに忙しないなんて、思ってもみませんでした。さあ、これからソランの夕方の散歩です。たくさん歩いて今日は是非一万歩を突破したいです。

一二月一二日（月）

一二月一〇日と一一日は、日記を書きませんでした。すると歩数計が、一万歩を超えました。一〇日の土曜日には、四歳の孫の幼稚園で、クリスマス会がありました。私の孫は踊りがちょっと周りと違っていたけど、十分楽しめました。多少、踊りが下手でも祖父母にとっては、かわいい孫です。親たちは何かハラハラしていたようですが、私たちは動画をたくさん撮って、嬉しいかぎりです。

家に帰ってからは、スーパーで買い込んできたお惣菜やピザを食べてご機嫌でした。私たち夫婦は、孫と公園へ行って、午後いっぱい遊んで楽しかったです。嬉しい一日でした。一歳の孫は、公園でずっと歩いていました。四歳の孫は、ジャングルジムに登ったり、ブランコを楽しんだり、滑り台で滑ったり楽しい時間を過ごしました。

次の日は、トイザらスに行って、孫たちのクリスマスプレゼントを買いました。孫たちに何がいいか、選んでいる時は私たち夫婦にとって至上の時でした。今週の土曜日には、孫たちが泊まりにくる予定です。その時は、ちょっと早いけど、クリスマス会をしようと思います。プレゼントを手渡して、ケーキを食べ、美味しい夕食を食べて、一緒にお風呂に入り、牛乳を飲んで、寝床に入ります。今から待ち遠しいです。

こんな日常がずっと続いてくれることを望んでいます。ニュースを見ても、ユーチューブを見ても、暗い話ばかりです。社会の劣化が進んで、私たちはどう希望を持てばよいのかまるで分かりません。孫たちの生きる社会が真っ当であってほしいと心の底から願っています。でもどこへ行けば、明るいニュースを聞くことができるのか分かりません。資本―ネーション―国家の鉄の鎖の輪が解けてきてしまったのでしょうか。否、そうではないと思います。交換様式A・B・Cの持つ呪力・権力・財力は、ますます強まり、人々を強く縛り付けます。しかも、もう資本主義ではやっていくことができないのに、それに変わる経済の仕組みがありません。柄谷行人は、交換様式Dのもたらす世界は必ずやってくると言いますが、それはどのようにしてやってくるのでしょうか。社会主義の科学がもたらすのでしょうか。私の頭脳ではそれを理解することができません。もっとはっきりとした希望が与えられないものでしょうか。交換様式Dとは、災害ユートピアのようなものでしょうか。宮台真司は、「社会という荒野を仲間と生きる」と言っています。私たち祖父母は、孫たちが社会という荒野を生きる仲間を見出すまで、そのつなぎに孫の仲間でありたいと思っています。たとえ四歳の孫が自閉スペクトラム症であったとしても、自分の好きなことを発見し、仲間を作り、この荒野を生き抜いてゆくその杖になりたい。この生命を投げ出し、孫たちの踏み台になりたい。次の世へ受け継がれていく、生命の輪になりたいと思っています。願わくば、あともう少し生きたい。孫たちが成人し、次の世を担う大人として立ち上がるまで、私たち祖父母は生きていたいと思っています。

さてそのために、私たちは読書に勤しみましょう。仲間を作りましょう。交換様式Dがやってくるその時代を見てみたい。そこに未来の希望を見出したいと思っています。

さあ、また詩を書きます。

「現世の幸せ」

初冬の午後
まだ暖かい陽射しが届く
象徴の輝く白い道
美の詩神がサングラスをかけて現れた

空は青く
魅惑と陶酔の風に吹かれて
私の心は
美の波に揺すぶられる

私たちの生命も

波に揺れて
生と死の間を
振り子のように揺れる

死の向こう側は
誰にも知られることはない
すべては幻影
ただし美は現世の幸せ

一二月一四日（水）

昨晩、再び夢を見ました。再びというのだから、職場の夢です。職場で教員として働いている夢です。文化祭の準備をしていました。昔の同僚が親しげに話しかけてきます。私は、文化祭の準備が締め切りに間に合うかどうか心配しています。竹箒で教室を掃いています。

四月に年金生活者になってから、夜に見る夢は皆職場の夢です。フロイトやユングに倣った夢分析ができればいいのでしょうが、私にはできません。夢の意味も分かりません。でも職場の夢ばかり見るというのは、あまりにも分かりやすい夢ではないでしょうか。つまり、職の喪失を埋め合わせるための夢なのでしょう。私はまだ働きたかったのでしょうか。人と人の間に立って、人づきあいを楽しみたかったのでしょうか。昼間、働いていないので、夜、夢の中で働いているのでしょうか。

夢には、補償作用があるとユングは言います。意識の働きで足りないところを補う働きです。私は四一年間高校教員として働きました。もちろん、辛いことや、止めたいと思ったこともありました。しかし、定年まで働き続けることができました。そのことは、私にとっては深い満足感を与えてくれました。そして今、家事をしたりソランの散歩をしたり、孫の世話をしたり、母の介護をしたり、日記を書いたり、読書をしたり、という生活をしています。そのことに不満はありません。でも、夢が言うのです。まだ働きたいんじゃないの？

外に出て、職を持ちたいんじゃないの、と。毎晩見る職場の夢はそういう意味ではないでしょうか。

「大学院にでも行ってみたら」妻に夢の話をするとそう言いました。確かに新しい学問に触れて、時代の息吹に触れてみるのもいいのかもしれないと思います。読書だけでは味わえない人と人との触れあいの中から、大いに学ぶことができるかもしれません。社会人入試で入学させてくれるところがあるでしょうか。大学院でなくとも、市民講座でもいいかもしれません。夢が語る職を再び得るということでなくても、学びの仲間を作りに外へ出かけてゆくのもいいかもしれません。生活全般を見直して、夢の言うところの導きに従って、社会の中にもう一度出て行く、そういう欲求が私を前へ進めることになるのかもしれません。

一二月一五日（木）

今日は、待望の年金支給日。国保税やら市民税やら介護保険料やらなにやら差し引かれて、手元に残るのはわずかです。それでも自分の小遣い三万円を下ろして、これでまた孫たちに絵本を買ってあげられます。年金はマクロスライドするなんて話を聞いた覚えがあるけれど、四月に下がったまま、物価はどんどん上がるのに、年金は上がりません。どういうことでしょうか。賃金も上がらず、年金は引き下げ、その上ＧＤＰを上げたいとか虫のいい話をしている政治にはがっかりします。個人として尊重されているなんて感覚がまったくありません。カルト教団の問題やオリンピックの汚職・談合事件やら、そんなことばかり起こって、私たちの足下には絶望の黒い水がどんどん溜まってゆきます。

不登校の子も増え、発達障がいの子どもたちも小学生の八・八％になったそうです（朝日新聞　一二月一四日朝刊）。生きづらさは弱いところの方へ溜まっていきます。私にできることは、孫たちと公園で遊び、絵本を読み、ワークを一緒にやり、スタジオジブリのアニメを一緒に見る、といったことしかできません。今日の午後も孫たちが遊びにやってきます。それは楽しみなのですが、社会の状況を見ると気持ちが暗くなります。

本日の空は晴れています。真っ青な空から光の雫が滴り落ちてきます。自然は美しいですね。もちろん、台風や地震や津波や人間の命を飲み込む恐ろしい一面も持っています。しかし、美しい自然の風景を見ていると、人間社会の持つ醜さを忘れさせてくれます。孫たちと自然の中で遊ぶことほど楽しいことはありません。もちろん、爺は孫たちの体力には中々ついていけませんが……。

午前中に、年金を下ろして、国保税の払い込みを済ませてきましょう。午後は孫たちと遊びます。

ニーチェは『ツァラトゥストラはこう言った』（岩波文庫　氷上英廣訳　二〇一〇年）の

中で「三段の変化」について語っています。

「わたしはあなたがたに精神の三段の変化について語ろう。どのようにして精神が駱駝となるのか、駱駝が獅子となるのか、そして最後に獅子が幼な子になるのか、ということ」（同書　三七ページ）

駱駝は「汝なすべし」という重く苦しい義務を背負って歩く動物です。しかし、獅子は「我欲す」という自由を手に入れます。そして、幼子は無垢と忘却と創造的遊戯を手にいれ、砂浜で遊びます。聖なる肯定を体現しながら。そんな精神の三段の変化をニーチェは語っています。私たちの人生はだいたいが、「汝なすべし」の義務を背負って一生を終わります。私は年金生活者になって、ほどほどの自由を手に入れましたが、「我欲す」の自由なんて手に入りません。しかし、孫が生まれて孫と遊ぶことによって、遊戯の時間は手にいれました。それが創造的であるかどうか分かりませんが、しかし幼子の境地に近づいているような気がいたします。駱駝から幼子へという変化です。獅子にはどうもなれそうもありません。でも自由と遊戯を手に入れて、寿命がくるまで遊び続ける。そんな人生も悪くないと思っています。

一二月一九日（月）

外はまだ三度しかありません。寒い冬の日です。ソランの散歩は、ダウンコートを着て行きました。風も強く、洗濯物が前後左右に揺れます。手がかじかんで指が動きません。きっと最低気温は、零下の冬日だったでしょう。風が空で鳴っています。

土曜日、日曜日と孫たちが来て、泊まってゆきました。クリスマスのプレゼントに、スタジオジブリの「魔女の宅急便」と粘土のセットを送りました。「魔女の宅急便」はまだ難しいらしくあまり反応をしませんでしたが、粘土の方は気に入って、ずっとコネコネしていました。日曜日には、動物園近くの幼児用の遊戯施設があり、そこで午前中いっぱい遊んでいました。一歳の孫は、ずっと歩き通しでしたし、四歳の方の孫はエネルギー爆発で、駆け回っていました。

嵐のような孫たちとの時間が過ぎ去ると、今日月曜日はなんだか火が消えたような寂しさです。妻も仕事に出かけました。私は一人居間でこの日記を書いています。サッカーのワールドカップは、アルゼンチンが三度目の優勝を果たして、メッシの最後のワールドカップに花を添えました。熱狂する群衆の姿をテレビで見ると、スポーツの持つ動員力の大きさに改めてびっくりします。来年三月のＷＢＣも今から楽しみです。私はどちらかというと、サッカーより野球の方が好きなので、ＷＢＣでの日本選手の活躍に期待しています。大谷翔平が参加を表明してから、アメリカの大リーガーたちも次々に参加を表明していま す。ドミニカのメンバーが結構凄いらしいです。強敵をなぎ倒して日本が優勝してほしいです。三月が待ち遠しいです。

ところで、母が入居している有料老人ホームでコロナの感染が広がり、ちょっと大変そうです。母は陰性だったのですが、今のところホームに入れません。自由に面会できないもどかしさがあります。中国もゼロコロナ政策の転換を強いられていて混乱しているようです。コロナのパンデミックが始まってからもう三年が経ちます。私たちは注意深く耐えるしかないのですが、特効薬でも早くできて、インフルエンザ並に一日で熱が下がるような処方がされればよいと考えています。アメリカの防衛費増額の要求を断れないで、日本の防衛費を倍にするというむちゃくちゃな政策といい、危機はどんどん深まってゆきます。私たちの穏やかな暮らしをこれからも守り続けてゆくそういう深い知恵を持った老練な政治家は現れないのでしょうか。日本の衰退は止まらず、私たちの生活水準も落ちてゆきます。希望をどこに探したらよいのか、暗い時代を照らす灯りが必要です。

一二月二三日（金）

強い西風が吹いています。狭いベランダでも風が鳴って洗濯物を揺らします。バスタオルなどベランダの手すりに干すものは、洗濯ばさみできつく固定します。西高東低の冬型の気圧配置なのでしょうか。冷たい風が私の身体を掠ってゆこうとします。手がかじかんできました。居間に戻ってきて、この日記を書いている今でも、手が思うように動きません。

すでに冬至を過ぎ、一年で一番暗い時期がしばらく続きます。この一年を振り返ると本当に様々な事が起きました。新型コロナウイルス感染症が終息の兆しさえ見えず、感染者と死者を増やし続けています。結局、マスクとうがい手洗い、三密を避けるというような原始的な対策しか奨励されませんでした。アメリカの製薬会社が製造したワクチンは輸入され、打つことはできましたが、結局、感染すると自宅療養しかなく、国民皆保険の制度は破壊されてしまいました。世田谷方式など一部優れた成果を上げた対策も打たれましたが、日本全体に広がることはありませんでした。医療行政の失敗は、日本だけのことではありません。欧米でも酷い状態が続いています。新型コロナウイルスは、その間も進化し続け、様々な変異株が生まれては自壊し、さらに進化して新たに生まれ変わって人類を襲い続けます。いつこのパンデミックは終わるのでしょうか。この冬は、第八波です。本当にしんどいことです。科学と科学に基づく指導は、劣化した行政とは分離した方がよいのではないでしょうか。

世界インフレも終わる気配がありません。二〇二一年の四月頃から始まったこの世界インフレは、コロナパンデミックで働く人たちの働き方、行動様式が大変化したことによって、十分な労働力の供給ができないことに起因しているそうです。そのため、製品の生産が思うようにいかず、品不足になり、価格が上昇してきたようです。この間、スーパーでカップラーメンを買ったら、以前より三〇円ほど値上がりしていました。特に、電気代やガス代の値上がりがひどいです。年金は、四月に下がったままなので、生活が苦しいです。やりくりしてなんとか暮らしています。妻の収入がなかったら、私は暮らしてゆけません。日本は先進国で唯一物価対策の打てない国です。公定歩合がなくなってしまい、イールドカーブコントロールとかいうものをやってはいますが、これを上げることはありませんでした。しかし、欧米各国が金利を上げ続けて、円安が進行し、さらに物価が上がるということを繰り返してきました。そこでついに日銀は、この政策金利の長期目標を、〇・二五から〇・五に上げることを決定しました。これで、二〇一三年から続いてきた異次元の金融緩和という政策が終わりを告げるのでしょうか。物価の上昇を抑えられるのでしょうか。しかし、景気は悪いままです。賃金も上昇しません。不況にもかかわらず物価が上昇するというスタグフレーションは、約半世紀ぶりの現象です。これに対応する政策があるのでしょうか。経済のことはよく分かりませんが、それにしても異常事態であるということだけは分かります。破局がせまっているのでしょうか。

破局といえば、今年の二月二四日にロシアがウクライナに侵略を始め、戦争が始まりました。それからもう一〇ヶ月です。ロシアは、武力によって現状を変更するという国際法違反を犯し、さらにウクライナでの戦闘で多くの民間人を殺害するという戦争犯罪を続けています。欧米各国は、経済制裁と武器供与で対抗していますが、ロシアから石油やLNGの輸入が思うようにいかずエネルギー問題が生じて、電力やガスなどの価格上昇が起きています。また欧米各国で新たにNATOへの加盟や防衛費の増額が始まり、日本でも防衛費を二倍にしようという動きがあります。さらには、反撃能力（敵基地攻撃能力）を保有して、アメリカからトマホークを買わされるかどうかという問題が起こっています。そしてその財源をどうするかという問題で政治家たちは右往左往しています。

しかし、日本の政治で一番大きな問題は、七月の安倍元首相の銃撃事件とその後生じてきた外国のカルト教団と日本の政治家との関係です。相当数の日本の政治家が外国カルト教団と政策協定を結び選挙応援を受けていました。日本の政策決定過程に外国カルト教団が関わっていたとなると、これは大きな問題で、夏から秋にかけてマスメディアはこの問題をずっと取り上げていました。私たち日本国民は日本の政治のあり方をもう一度真剣に考え直す時期にきているのだと実感しました。

もっともっとたくさんの問題が、私たちの身の回りで起こってきました。しかし、そのすべてを取り上げることはできません。私の生活の変化も大きなものでした。私にとって一番大きかったのは、もちろん職を辞して、年金生活者になったことです。その結果、私は自由と孤独を手に入れました。夢の中では、まだ働き続けていますが、労働から解放されて、この日記を書くことができるようになりました。読み書きの時間が増えました。このまま読み書きをしながら、老いの深まりを生きていきたいと思っています。明日は、クリスマス・イブ。孫たちとケーキを一緒に食べられるといいなと思っています。

一二月二七日（火）

昨日、病院に行き胃の内視鏡検査を受けてきました。その時は何も言われず、結果は来年の一月三〇日です。以前、胃の内視鏡をやった時は、胃の内部の画像が見えるようにモニターが設置され、医師による説明を聞きながら処置をしてくれたので安心感がありました。しかし、今回は若い医師だからか、そういう配慮は見られずただ機械的に検査をされただけでした。病院によって随分とやり方が違います。もう少し配慮があった方がいいように思いました。

一応、これで今年の検診は終わりです。肺がんも大腸がんもなかったので、胃になければ一安心です。あと年を越してから、前立腺の検査をやっておこうと思います。なんだか病院通いが仕事のようになってしまって、老人になるってこういうことなのかとため息が出ます。

午後は、駅前の書店に注文しておいた『スピノザ全集』の第三巻（岩波書店　二〇二二年）が届いたという電話があったので取りに行ってこようと思います。新訳でスピノザを読み直すことを来年の目標の一つにしようと思っています。それと、もう一つ目標を立てて、ジョン・デューイの教育学と哲学を学び直そうと思っています。デューイが大事にしたことに、コモン、コミュニティ、コミュニケーションがあります（『ジョン・デューイ　民主主義と教育の哲学』上野正道著　岩波新書　二〇二二年）。これは、斎藤幸平においても、マルクス主義の立場からですが、「コモン」ということを大事にするという主張が行われていました。分断され壊れてゆく民主主義を考え直すということと、私が四一年間関わった高校教育のあり方を考え直すということ、そしてコモン・ピープル（一般の人）のための哲学を学ぶという意味で、ジョン・デューイを学んでみようかと思っています。民主主義と教育、そしてコモン・ピープルの哲学を考え直すという作業を地道にやってみようと思っています。中々一つのことに集中できず、あちこちに気が散ってしまいがちな私の傾向をなんとか乗り越えて、この二人の哲学者を学び直すということを来年の読書の目標にしようと思います。できれば、メモを取りながら、過去の叡智を身につけるという意味で勉強に励もうと思っています。しばらくサボっていた語学の勉強も復活しようと思います。ゆっくりとしか進まない勉強もやり続けてゆけば、楽しみも増えてゆきます。コモン・ピープルの哲学は、私にふさわしい哲学のように思えます。それに四一年間関わった教育の世界をもう一度考え直してみるという私の人生の振り返りもできそうです。自分の職業人生を見つめ直し、そこから抽出できるエッセンスを取り出してみたいと思います。

それから明日、母の入居している老人ホームに行ってこようかと思っています。しばらく、コロナが入ってしまって、クラスターが起こり、面会謝絶になっていました。母は、コロナには感染しなかったのですが、ここでやっと面会が可能になりました。どんな暮しをしているのか、一度この目で見て確かめてこようと思います。

人生は様々な心配事から成り立っています。多くの出来事に心配りをしながら生きて学んでゆく過程だと思います。多くの人々と関わり合いながら、話し合い、調整し、生きてゆく。その中から生まれてきた叡智を少しでもいいから、死ぬまで身につけてゆきたいと思っています。

二〇二三年一月

二〇二三年　一月四日（水）

前回、この日記を書いてから随分と時間が経ってしまいました。もう一週間以上書いていません。この年末から年始にかけて、孫たちが泊まりに来たり、妻の実家に孫たち一家も含めて集まって、お酒を飲んだりおせちを楽しんだりしました。楽しい年末年始でした。そして結構忙しい時間を過ごしていました。その間ずっと天候もよく冬のよく晴れ渡った空を眺めることができました。

一二月二八日には、老人ホームへ行って母とも会えました。ホームは退屈だと言っていましたが、一〇畳くらいありそうな広い部屋にベッドとトイレ、テレビと冷蔵庫とクローゼットが備え付けられています。そこでのんびりと暮らしていました。新年は、妹の家に外出して新年を祝ったそうです。またしばらくしたら、ホームに行ってこようと思います。母の家の整理もしなくてはなりません。折を見て、母の家にも通います。

妻は今日から仕事に出かけました。事務所に新入社員が来るとかで、いつもよりも早く出勤していきました。管理職も大変です。仕事を大過なく回してゆくためには、細心の注意が必要です。仕事の優先順位を決めることや、社員の心の動き、書類を整えること、クライエントとのやりとり、病院や施設との連絡、医師や看護師とのコミュニケーション、一つ一つ丁寧にこなさなくてはなりません。九九歳のクライエントは一人暮らしをしていて、化粧品の販売をまだ続けています。そんな人々のケアを担っているのです。

そんなことを考えながら一人ソファーに座っていると、空虚が心に満ちてきました。孫にでも会いに行ってみるかと思うのですが、身体が動きません。仕事を失ってみると自由な時間はたくさんできたのですが、孤独が身に染みます。そこで話し相手を求めて、本を手に取ります。今日は、ジョン・デューイの『学校と社会』（岩波文庫　二〇二一年）を手に取りました。一〇〇年以上前の本です。それが、ＩＴ化の進む現代社会の教育に役に立つでしょうか。しかし、この本は現在の日本でもよく読まれているようで、すでに八〇刷です。現在の文科省の言う対話的で深い学びとかアクティブ・ラーニングとかいったことは、すでにデューイが一〇〇年前に言っていることです。この一〇〇年の間に日本の教育はまるで進歩しなかったのでしょうか。受動的で集団的な知識の暗記を主に行ってきた日本の教育は、道具こそIT化でパソコンを使って教育をしていますが、しかしそのやりとりは受動的で知識的な一〇〇年前の教育と変わるところがありません。それは日本の教育が思考の深い本質を捉えていないからだと思います。私たちの持つ思考や想像力、そして問題を解決してゆく力は、どのようにして身につけることができるのでしょうか。私も教師の端くれだったので、この問題をよく考えてみたいと思っています。デューイと現代の教育理論とを比較し、改めて民主主義と教育の持つ社会的意味を考えてゆきます。そうすることで、私の教師人生も振り返ってみることができるのではないでしょうか。

昼食を食べて、午後買い物に出た私は再びあの美しい女優さんに似た人が運転する車を見ました。美の影が一瞬私の視界を過《よぎ》ってゆきました。

「永遠の憧憬」

たった数日
姿がみえないと
心が

ざわつく

ベアトリーチェのような
永遠のアニマ
橋の袂で
視線を交わし合った想い出だけが蘇る

ああ
永遠の恋人よ
ダンテのような
詩の力があったらよいのに

魂の坂道であった人
薄闇の中を美の影となって
通り過ぎる人

一月六日（金）

私はどうもあちこちに気が散るタイプのようで、今日はデューイの本を横において、ジョージ・オーウェルの伝記（川端康雄著『ジョージ・オーウェル「人間らしさ」への讃歌』岩波新書　二〇二〇年）を手にとっています。高校を卒業したオーウェルは、大学には行かずに、ビルマ（現在のミャンマー）で警察官をしていました。大英帝国の植民地だったビルマでの仕事は、オーウェルに嫌悪感を抱かせたようです。帝国主義的生活様式が性に合わず、五年で警察官の仕事を辞めてしまいます。定収入を失ったオーウェルは、パリやロンドンで貧乏暮らしを始めます。中産階級からはみ出た労働者や貧困世帯とともに暮らすようになります。そして作家を志します。一時期教師の仕事もしていましたが、すぐに辞めてしまいます。こうしたオーウェルの姿に私はかつての自分の姿を見るようです。もちろん、オーウェルのような作家としての才能もなく、公務員としての教師を辞める勇気もなく、四一年間が過ぎ去ってゆきました。オーウェルのように警察官も教師も性に合わないということはなかったので、私は教師を続けられたのだと思います。現実と妥協し、夢を諦めたということです。そのことは若い私の心を痛めつけましたが、しかしなんとか人生を送っていけるだけの収入を私にもたらしました。しかし、私は抑圧的な教師ではなく、生徒たちの自由と人権をできる限り尊重して生きてきたつもりです。オーウェルの伝記を読みながら、自分の教師人生と対比していました。伝記を読むと、常に自分の人生との対比になります。それは、私に遠いかすかな痛みをもたらします。偉大さとは無縁な平凡な人生ですが、しかし若い頃には様々な夢がありました。夢の呼び声が胸の洞窟に響き渡って、痛みを感じさせます。それは偉大な人々が持つ力に対する憧憬や嫉妬でしょうか。人生の意味や価値を求める渇望でしょうか。老人になってもそんな感情が湧き上がってきます。そういう感情が私を人生の探究へと駆り立てます。

　老年期に入って、死が私をこの地上から追い払ってしまうまで、私はどのように生きればよいのでしょうか。しかしこの胸の内に湧き上がるのは、私の孫たちの未来です。孫たちの愛おしさは格別の感情です。この本能に従って、孫たちの将来を見つめながら生きていけばよいのでしょうか。彼らのために私には何ができるでしょうか。そんなことを考えながら、私は生きてゆくのでしょう。

一月一〇日（火）

先ほど、スーパーの脇にある宝くじ売り場に行って当たり券を換金してきました。珍しく一〇九〇〇円当たっていました。宝くじは九〇〇〇円買いましたので、元が取れました。二日には、夫婦で近くの神社に行き、守護矢と八方除けを買いましたし、今年は何かよいことがあるといいなと思っています。お神籤《みくじ》は妻が大吉、私は中吉でした。今年一年、健康で平穏な一年になってくれることを願っています。

一日中つけている歩数計は、毎日だいたい七〇〇〇歩から八〇〇〇歩の間です。意識して歩くようになってから、血圧が下がってきました。毎年寒くなると血圧が上がるのですが、今年はそうでもないです。運動も大事ですね。歩きすぎて、膝などを痛めないように注意しています。降圧剤を止める所まではいきませんが、いつか薬を止めることができればいいなと思っています。運動は歩くことだけですが、それでも体重のコントロールもできています。もう数キロ痩せてくれるとちょうどよいのだと思います。なんとか歩き続けて、理想の体重になれるといいなと思います。妻は知り合ってからずっと体重が変わりません。仕事も順調そうですし、今のところ良い一年の滑り出しです。

四歳の孫は今日から幼稚園です。長い冬休みが明けて、元気に通えているでしょうか。

後でメールをしてみようと思います。母には、暮れの二八日に面会に行きましたので、もうそろそろまた面会に行ってみようと思っています。この日記も昨年の四月から続けてきましたので、三月で一区切りとしようと思います。二〇二二年度の日記ということでなんとか出版してみたいと思います。推敲や校正を行い、本にしたいと思っています。少々お金がかかりますが、なんとかなるでしょう。焦らずゆっくりと作業をしてゆきます。

一月一二日（木）

ずっと晴れの日が続いています。昨日は、池内紀さんの『カフカの生涯』（新書館　二〇〇四年）を読んでいました。若い頃、カフカの小説に魅了されました。特に短編や日記、それに手紙などが気に入って一生懸命読んでいました。何に惹かれたのでしょうか。それを確かめるためにこの評伝を読んでいます。私は「あとがき」から読むことが多く、例によって「あとがき」にこんな文章を発見しました。

「実際、カフカの散文ほど明晰で、イメージゆたかで、軽妙なドイツ語散文はないのである」（池内紀著『カフカの生涯』新書館　二〇〇四年　四〇三ページ）

日本で最も優れたドイツ文学者の一人である池内さんがいうのだから確かでしょう。翻訳であるとはいえ、私はカフカの散文に惹かれたのでしょうか。もちろん、池内さんの日本語散文も相当優れた散文であると思いますが、カフカの翻訳で鍛えられたのでしょうか。私もドイツ語でカフカを読んでみたいと思っていましたが、大学で習ったドイツ語は錆び付いて役に立たなくなってしまいました。大学時代には、いくつか短編をドイツ語で読みました。また、独文演習でカフカ風のペーター・ハントケの短編も読みました。そんな思い出を転がしながら、『カフカの生涯』を読んでいます。

池内さんの短いひらがなが多い文章は、読みやすくリズムがいいです。やはり、文章はリズムがいのちなのでしょうか。名文を書くカフカのドイツ語が読みたくなってきました。今からドイツ語をやり直して、カフカを読むところまでいくでしょうか。味わうところまでいかなくとも、なんとか読み下せないものでしょうか。残り少ないいのちですが、自由時間はたくさんあります。ボケ防止にもいいのではないでしょうか。

『カフカの生涯』は、ボヘミアのユダヤ人の社会を生きたカフカのおじいさんの話から始まります。今、ようやくカフカが生まれて幼児期を過ごしているところまできました。カフカの父親は、大柄で恰幅のいい、押し出しの強い男として描かれています。確かに写真をみると顎が大きく意志が強そうです。なんとなく儚げで弱々しいイメージのフランツ・カフカとは大分違います。カフカは、この父との葛藤に悩みます。小説にもこの父の影が大きく伸びています。私も父の暴力には手を焼きました。何かあるとすぐに殴りつけてくる父との葛藤に悩みました。そんなこともあって、カフカの小説に惹かれたのでしょうか。私は一九歳の時に大学進学に合わせて家を出ました。これ以上、父と一緒に暮らせないと思ったからです。カフカはずっと家族と一緒に暮らしました。そこは大きな違いです。評伝を読みながら、私は私の人生の意味を照らし出そうとしています。『カフカの生涯』を読みながら、自分の生涯を振り返ってみる。読書は、そんな作業に私を誘い入れます。

一月一三日(金)

今日は、たいへん暖かい日になりました。部屋の中にいると暖房が要りません。春のようなというわけにはいきませんが、凍えそうな寒さはありません。空には薄《うっす》らとした雲がかかっています。いつの時代にも私たちの頭上に広がっていた空です。明日、明後日と大学入学共通テストです。受験生たちは、新型コロナウイルス感染症の感染者が増大しているることもあって、さぞかし緊張していることでしょう。高校生にとっては、逃れられない人生の関門です。『カフカの生涯』にこんな記述がありました。

「古典語を中心として伝統的なギムナジウムは美しい教育理念を掲げていた。一九世紀を通じて語られてきた理念であった。その骨子は中世以来ほとんど変わらない。実務を習わせる実業学校と一線を画して、ギムナジウムは高らかに教養をうたっていた。だが実態はあきらかに変化していた。当局も教師も父兄も生徒自身も、はっきりと知っていた。しかし、誰もついぞ口にしない。つまり、これがとっくの昔から官僚養成のための実務学校になりはてていたということ。

実際あらゆる点で――ちょうど徒弟が親方をまねて学ぶように――官僚教育のためにととのえられていた。たとえば生徒には毎日、何十もの古典語の例文の丸写しが宿題に出されたが、それは書類づくりに明け暮れる官吏の仕事の手習いというものだった。退屈きわまる死んだ学問の講読は、退屈きわまる役所の日常の下準備にほかならない。そしてギムナジウムでは新入生から最高学年まで、しかつめらしいラテン語で分類され、厳然としたヒエラルキーが維持されていたが、それはそのまま官僚組織の構造に相当していた。どんなに才気があっても学年が下であれば、いかなる愚かな者であれ上級生を敬わなくてはならない。上を神のごとく怖れ、下は虫けらのように踏みつける。これもまた官僚のいとなみと同じである。

そのなかで鋳型にはまらない者は、ひたすら苦しむしかない。学年ごとに一人、二人と欠けてゆく。カフカが入ったクラスは、はじめは三〇人だったが、卒業の時には二四人になっていた。それも実力者エミール先生のクラスのみにあった例外で、大半のクラスが半数ちかくに減少していた。ギムナジウム中退者ヘルマン・ヘッセが小説のタイトルにしたとおり、教育体制という「車輪の下」になって、ひきつぶされた。自殺者があとをたたない。その経過は、ウィーンのギムナジウムで苦しんだシュテファン・ツヴァイクが「落第生」のタイトルで克明にえがいている。間断のないおびえと緊張のなかで、誰もが早々と大人になった」（『カフカの生涯』池内紀著　新書館　二〇〇四年　六八ページ～六九ページ）

実際、カフカは後年この悪夢のような官僚制の迷路を小説の中で描くことになります。社会学者のマックス・ウェーバーは、官僚制のヒエラルキーを「鉄の檻」と表現していいます。学校も「鉄の檻」の一つです。人間らしい生活は一体どこに開かれてあるのでしょうか。私はそんな学校の中に、生徒として一六年、教師として四一年もいました。私の精神のどこかが歪んでいてもおかしくはありません。カフカは、労働者災害保険局の官吏として働く傍ら、小説を書いていました。それは、「鉄の檻」を逃れる自由への飛翔だったのでしょうか。

一月一六日（月）

今日は、朝から冷たい雨が降り続いています。新年になってから、ほとんど雨が降らなかったので、ちょうどいいお湿りです。かさつく指先の肌も今日は、少し湿っています。寒いのがちょっと嫌ですが、それは冬ですのでしょうがありません。

先ほど、雨の中を歩いて、行きつけの内科クリニックに行ってきました。血圧を下げる薬と痛風を抑える薬をもらうためです。冬なのに血圧も上がっておらず、お医者さんにも、「この調子なら、春になったら薬の量を減らしてもよいかもしれません」と言われ、ちょっと嬉しくなりました。

でも新型コロナウイルス感染症が酷いので、薬局などでも中には入らず、外で待っている人々もいます。こんな様子を見ると、また血圧が上がってしまいそうです。新型コロナウイルス感染症が、この地上に現れてから、まる三年が経ちました。今は、もう第八波です。波が押し寄せるたびに、感染者の数は増え、死者も増え続けています。日本では、まだ国産のワクチンすらできておらず、対策の遅れが目立ちます。大災害です。さらに世界中で、新たな変異株が出てきているようです。このままずっと立ち直れないのでしょうか。不安の波が心の岸辺を繰り返し洗い続けます。

内科クリニックからの帰り道、またあの美しい女優さんのような人の影が通り過ぎてゆきました。運転席から見える小さな顔は、白い肌理《きめ》が美しく、切れ長の大きな黒い瞳が印象的です。魅惑と陶酔の風がまた吹いてきました。

「眼の歓び」

街道を
颯爽と走り抜けてゆく
魅惑と陶酔の風
冬の暗い夜が明るむ

愛は
所有と非所有の
中間状態とプラトンは言ったが
その意味がわからない

愛は眼の歓びと
スピノザは言ったが
こちらの方が
理解しやすい

なぜなら
美の詩神は
私の一瞬の至高の
眼の歓びだから

一月一八日（水）

朝、何気なくソランを持ち上げようとしたら、急に腰が痛みました。締め付けられるような痛みです。しばらく腰の痛みとは無縁だったので、びっくりしました。ちょっと椅子に腰掛けたら、痛みは引いてゆきました。落ち着くために麦茶を一杯飲みました。そろそろと立ち上がり、強い痛みがないのを確かめると、ソランの散歩に行きました。家の近くの公園です。雑木林がそのまま残されていて、その林の間を木の形をしたコンクリートの道が通っています。私の娘たちが幼い頃、よく来た公園です。最近は、遊具が撤去されてしまい、残っているのはブランコと砂場だけで、広場はありますが、寂しい公園になってしまいました。でも老人と犬の散歩にはちょうどよい広さです。空を見上げると青空が広がっています。雨が止んで朝陽が輝いています。冬の冷気が肌を刺しますが、気持ちのよい朝です。腰の痛みはなんともないようです。この公園を一回りしますと、歩数計はだいたい二〇〇〇歩くらい稼げます。午後にもソランの散歩をしますので、それで四〇〇〇歩。後はスーパーに歩いて買い物に行きますと、それで七〇〇〇歩くらいになります。歩数計をつけていなくても、一日のだいたいの歩数が分かるようになってきました。このまま歩くことを続けてゆけば、お医者さんが言っていたように、降圧剤の量を減らすことができるでしょうか。歩く目標ができて嬉しいです。もうちょっと体重を減らして、七〇キロを切るくらいになれば血圧の調子はもっとよくなるでしょう。基礎疾患が改善すれば、コロナで死ぬ確率も下がるかもしれません。

カフカやオーウェルは結核で亡くなりました。結核と闘いながら書き続けていました。そして、二人は世界文学を代表するような作家になりました。そんな世界文学の果実を味わえる時間は、また格別の喜びです。テーブルの上には、カフカの『訴訟』、そしてオーウェルの『一九八四年』『動物農場』が載っています。『カフカの生涯』を読み終わったら、これらの小説を読みたいと思っています。

思えばカフカは、第一次世界大戦とスペイン風邪、さらには結核を経験しています。オーウェルは、第一次世界大戦、植民地での警察業務、スペイン内戦、第二次世界大戦、そして結核を経験しています。共産主義やファシズムの独裁政治への批判は鋭いものがあります。これからも疫病や戦争、そして恐慌などが私たちの生活を脅かし、生命を危険に晒すでしょう。その中で書かれた彼らの小説から学ぶべきことは多いと思います。

と、ここまで書いてきたところ、再び刺すような痛みが腰に走りました。ぎっくり腰でしょうか。あまりに痛いので日記はここで止めることにします。痛みが引いたらまた書くことにしましょう。

一月二三日（月）

ぎっくり腰の痛みに耐えられず、昨日まで布団で寝ていました。身体が冷えたからでしょうか。久しぶりにぎっくり腰になりました。下半身が痛みで重く感じられ、身体全体から精力が抜け落ちたようになっていました。今日は、まだ怖々ソファーに座っています。少し元気が戻ってきました。痛みというのは、人間から元気を奪い取るものなのですね。痛みが少しずつ引いてゆくと、身体の方もなんとかもぞもぞ動き出します。痛みが酷くて、布団の中で寝ていた時は、小学生の頃、熱を出して寝ていた時を思い出しました。学校から解放されてなんとなく嬉しいような、でも熱で身体が重い不快感で苦しいような、不思議な感情が私を満たしていました。学校があまり好きではなかった私は、熱で火照った身体を解放感が満たしてゆくのを感じて、嬉しかったのです。もともと一人遊びが好きだった私は、布団の中で一人寝ているのも苦にはなりませんでした。熱を出して寝ていても、布団の中で『海底二万里』などを読みふけっていたのです。私の読書好きはこの頃から始まっていました。もちろん、野球や水泳、缶蹴りや隠れん坊をして遊ぶのも好きでしたが、それ以上に本を読むのが好きだったのです。六六歳になった今でも、毎日本は読みます。また腰が痛くなるのはこりごりなので、今日はこの辺で止めておきます。また寝床に入って腰を休めます。少しずつ回復し、数日後にはもっと書けるように頑張ります。

一月二五日（水）

腰は少しずつですが良くなってきています。今日は、スーパーまで歩いて行って、卵と納豆を買ってきました。ただ、一〇年に一度という寒気団が流れ込んできているそうで、気温は低く、外の水道は凍ってしまいました。日本海側では、大雪が降っているようです。たいへんなことにならなければいいなと思っています。

話題は変わりますが、今日の午前中、ちょっと不思議なことがありました。ぎっくり腰で寝込んでいる間、たまたま手に取った小説がヘルマン・ヘッセの『デミアン』でした。中学二年生の時に出会ってから、何回読み返したでしょうか。その印象が未だに心の中に渦巻いていました。ユングの言うアニマとグレート・マザーを合わせたようなエヴァ夫人の印象が、私の心を虜にしていたのです。そして、午前中、暇つぶしにユーチューブの番組で「河合隼雄の最終講義」という何年も前の番組があったので、それを見ていました。河合隼雄は、ユングのいう「コンステレーション」という考え方を説明していました。その中で、ユングが描いた曼荼羅が出てきました。曼荼羅の中には、「アプラクサス」という神の名が記されていました。これは、ヘッセの『デミアン』の中にも出てくる神様です。河合隼雄は、「これはヘッセもデミアンの中で描いていますね」と言いました。ぎっくり腰の治りかけの今日、再びヘッセの『デミアン』に出会ったのです。なんとなく不思議な感じがしました。これがユングの言う「共時性」という現象でしょうか。因果性とはまた異なった「意味のある偶然の一致」でしょうか。なんとなく不思議な感覚に囚われました。『デミアン』は、エミール・シンクレールという主人公の自己実現の物語です。自己実現の道が、どんなに困難な道かを描いた小説です。この小説では、青春の物語が語られますが、私たちの人生は、それ以後も続きます。高齢者になっても、自己実現の物語は続きます。高齢者の私が、自分の人生をどのように生きてゆくかを考えなさいと言われているような気がしました。これまで、平凡な高校教師として生きてきました。しかし、教師という職を離れ、今は母の介護、そして孫の世話、読書、執筆、などをしながら生活しています。これでいいのでしょうか。ユングや河合隼雄、そしてヘルマン・ヘッセなどを読みながら自分の道を開拓してゆく、そういう老年期の課題に直面しているのだなと思いました。もちろん、私は乱読が好きなので興味があちこちに飛ぶでしょうが、ユングやヘッセ、そして河合隼雄のロマン主義にはずっと興味を持ち続けることでしょう。

一月三〇日（月）

昨年末に受けた胃の内視鏡検査の結果を聞きに行きました。萎縮性胃炎があるものの治療の必要はなく、一安心です。

老後は、医者通いでたいへんですね。生老病死とはよく言ったものです。仕事が終われば、病との戦いですね。

一昨日、昨日とまた孫たちが泊まりに来て、遊んでゆきました。大きな病気がなさそうで、今しばらくは孫たちと遊んでいられそうです。

本日、街道沿いをドラッグストアーへ買い物に行くために歩いていたら、またあの美しい女性が運転する車に出会いました。

詩を書きます。

「川が流れるように」

川が流れるように
時が流れ
君と僕の間にも
五年の時が流れた

空は青く
想い出はいつまでも
空に浮かぶ白い雲のように
心の海に浮かぶ

僕たちが
流れつく岸辺はあるのか
白い砂浜に浮く貝殻のように

どこかへ流れつくのか

風が空を吹きわたる
想い出は雪のように
私たちの肩に
降り積もる

二〇二三年二月

二月三日（金）

一昨日、斎藤幸平著『ゼロからの『資本論』』（NHK出版新書　二〇二三年）という本を読みました。マルクスが真新しい背広を着て、二一世紀に蘇ってきたような印象を持ちました。私たちの穏やかな暮らしを侵食する資本主義の悪辣な搾取が私たちの生命を蝕みます。かといって、旧ソビエトや中国のような共産主義国の独裁に与《くみ》することはできません。では、どのように斎藤幸平の言う「脱成長コミュニズム」を実現したらよいのでしょう。斎藤幸平は、マルクスの次のような構想を引用します。

「資本主義は西欧でも、アメリカ合衆国でも、労働者大衆とも科学とも、またこの制度の生み出す生産力そのものとも闘争状態にあり、一言でいえば危機のうちにある〔中略〕その危機は、資本主義制度の消滅によって終結し、また近代社会が、最も原古的な類型のより高次の形態である集団的な生産および領有へと復帰することによって終結するだろう」（斎藤幸平著『ゼロからの『資本論』』NHK出版新書　二〇二三年　一九五ページ）

このマルクスの言葉に、柄谷行人が言う交換様式Dを見ることもできるのではないでしょうか。特に引用の最後の二行にびっくりします。つまり、「最も原古的な類型のより高次の形態である集団的な生産および領有へと復帰することによって終結するだろう」。ここには、柄谷が言う交換様式Aのより高次の形での回帰、すなわち交換様式Dを見ることができるのではないでしょうか。ここでは、マルクスの思想を介して柄谷の思想と斎藤の思想が通底し合っています。私たちは、互酬性に基づく共同体の高次元での回帰の中で、資本主義を越えてゆく道を見いだせるのかもしれません。

二月一三日（月）

このところ、書き続けてきた日記を読み返し、様々な過ちや分かりにくい文章を直したり、書き加えたりしています。数字の表記の問題や細々した問題があって、どうしたものかと迷ってしまいますが、なんとか解決して、文章を整えてゆきたいと思います。そんな作業を通じて、よりよい文章になってくれたらと思っています。

二月一四日（火）

読み返してみると、同じ話題の繰り返しが多く、読みにくい部分もたくさんあることが分かり、書き直さなくてはならないことが分かりました。日記の事実はそのままにして、拙い文章をなんとか分かりやすい整った文章にしてゆきたいです。私の文才のなさにも呆れかえりますが、なんとか読みやすい文章にしてゆきたいです。

二月二一日（火）

今日は、都立高校の入試の日。雪も降らず、電車やバスも遅れていなさそうなので、よかったですね。昨年までは、入試の担当者だったのでその大変さが思い出されます。学力検査は無事に始まったでしょうか。無事に終了することをお祈りしています。

この一週間は、色々なことがあり、日記を書く暇がありませんでした。なんと一週間も間が開いてしまいました。口腔外科での手術や自転車のパンクや孫たちの宿泊や妻の手首の捻挫やその他様々なことが起こり、その対応で忙しかったです。口腔外科での手術では、上顎にできた腫瘍を取りました。悪性かどうかは、今検査中です。医者によると多分違うと言っていました。手術をする前は、かなりドキドキしていましたが、取れてしまったらなんとなく安心しました。人間の身体も色々なことが起こります。当たり前のことですが、生命は自我意識とは別の次元で動いているのですね。思うようにならない身体とともに生きてゆく。老化も進んでいます。散歩は続けていますが、時々膝が痛くなったりします。生命は意識のものではない。当然の事実が、手術などをすると意識されます。身体は自然の働きです。自然の中から意識が生まれてきましたが、その母なる自然とのお付き合いは中々難しいですね。やがて死がやってきて、私は滅びてゆくのですが、あと少し、孫が成人するまでは頑張っていたいと思っています。もちろん、自然は思い通りにはならないのですが……。

現在、一〇時三〇分です。高校入試は、二時間目の数学が行われているはずです。毎年、三時間目の英語が一番緊張しました。なぜなら、リスニングテストがあるからです。毎年、どこかの高校で事故があり、ＣＤの録音状態が悪く、音が飛んでしまったり、放送設備の不具合が起きて、テストが中断したりします。そうすると翌朝の新聞に記事になってしまいます。私が担当していた時は、事故は起こりませんでしたが、とにかく嫌なものです。

それに今年は、事前にスピーキングテストがあり、それを今日の入試の点に加算するようです。作業が多くなれば、それだけミスも多くなります。複雑さとミスは比例します。最近は、記述式の問題を除いて、マークシート方式での採点になりましたが、それは都立高校での採点ミスが問題になったことをきっかけにしています。人間にミスはつきものですが、入試における公平・公正さをどのように確保するかは、いつも大きな問題です。神経をすり減らす仕事から離れられて、ホッとしています。今でも、眠っている間に、仕事をしている夢を見ますが、私の身体は仕事を続けているようです。でも緊張の度合いは大分下がりました。

　昨日、昼食を近くのスーパーへ買いに出た時、街道をあの美しい女性が運転している姿を見かけました。

　また、詩を作りました。

「**微かな美の希望**」

そこまで来ている春の陽射しが

額を照らし
断崖の危機などどこ吹く風の
静けさ

眼の前を
微かに影が過り
ああ　あれは
魅惑と陶酔の風だと思う

美の詩神よ
肉を誘惑し魂をかき乱す
幸福の約束
明日の希望

無残にも打ち砕かれた

平和の静けさ
遠くから呼ぶ野砲の声に
微かな明日の希望を美に託す

二月二四日（金）

本日は、ロシアのウクライナ侵略が始まってから一年です。新聞もその記事でいっぱいです。ロシアの軍事侵略の犠牲になったウクライナ市民は、八〇〇〇人を超えるそうです。民間施設への無差別攻撃や集団虐殺などの戦争犯罪が頻繁に起こり、狂気の沙汰としか思えない破壊と殺戮が続いています。プーチンは、核戦力による脅しをかけています。戦争の終わる見込みは立っていません。ウクライナからの日本への避難民は、二〇〇〇人を超えました。さぞかし辛い生活を送っているのだと思います。妻が働いている病院の系列の介護施設にも、ウクライナからの避難民の青年が介護士として働いているそうです。その青年はイケメンで、介護施設に入所しているお婆ちゃんたちに大人気だそうです。金髪で青い眼をした青年の美しさに日本の老婆たちも心を惹かれるようです。戦前、日本が行った中国侵略も一九三一年の満州事変から数えれば、一四年も続きました。この青年は、いつ故郷へ帰れるのでしょうか。戦争による生命の破壊ほど、おぞましいものはありません。日本は、平和国家になってからまだ七八年しか経っていません。全体主義と軍事国家の脅威は、今世界の国々が直面する最も大きな問題です。民主主義が劣化し、極右勢力の台頭を招いています。世界インフレや格差の極大化、そして気候危機など資本主義もうまくいっていません。この危機に直面して私たちはどのように生きてゆけばよいのでしょうか。ウクライナへの支援や避難民の受け入れの他にできることはなんでしょうか。平和を再構築するために一人一人の市民ができることはなんでしょうか。微力ながらできることを考えてゆきたいです。ロシアへの経済制裁で私たちにできることはなんでしょうか。ロシアが持つ軍事力や経済力を衰微させ、戦争の遂行を諦めさせる方策とはなんでしょうか。ただ見ているだけではなく、小さなことを積み重ねて巨悪を倒すそういう行動を起こしたいと思います。

情報を集め、思考を積み重ね、行動に移す。そんな小さなことの繰り返ししか、私たちにできることはありません。できる限り、ロシアの産物を買わないとか、戦争反対のデモを行うとか、一市民としてできることを考えてゆきたいです。そうすることによってしか、自分たちの未来を切り開くことはできません。希望は、小さな行動の積み重ねの中からしか生まれません。小さな一歩を積み重ねる勇気を持ちたいと思います。

暗い話が続きましたが、明るい話題もないわけではありません。海の向こうでは、エンジェルスの大谷翔平が、アリゾナのキャンプ地で三五スイングのうち八本の柵越え打を放ったということです。WBCに向けて、調子が上がってきました。今回のWBCは本当に楽しみです。日本がアメリカに打ち勝って優勝してほしいです。ドミニカとか強敵もいますが、なんとか世界一に向けて頑張ってほしいです。

二月二七日（月）

時の経つのは早いもので、二〇二二年度も残すところあと一ヶ月になりました。高校では、もう入試も終わり、合格発表を待つばかりです。入試の仕事は、後始末が大変で様々な提出書類を完成させなければなりません。現役の時は、この書類の仕事で締め切りに追いまくられていました。その間に学年末試験や卒業式があり、卒業式の司会なども務めねばならなかったので、息つく暇もありませんでした。

今年度はそんな忙しさからも解放されて、暢気な三月を迎えようとしています。その代わり、今年度は、医者通いで大変でした。例えば、歯医者にかかる治療費などもばかにならず、年金生活者にとっては、非常に痛い出費になります。心配事のない人生などあり得ませんが、懐具合を心配しなくてはならないのは、どうも生活が窮屈になります。妻が働いてくれているので、家計全体では赤字にはなりませんが、物価高のおり家計の心配をしなくてはなりません。特に、電気代の値上がりは異常で、先月は三〇〇〇〇円を超えました。これは、一ヶ月の私の小遣いを超えています。もちろん、ガス代や水道代も値上がっていますので、暮らしは大変です。忙しさからは解放されましたが、医者通いや家計のやりくりでやはり心配事はつきません。それに、胸が突然痛みだしたり、股関節が痛くなったり、そんなことも増えてきました。年金暮らしも中々大変です。

そんな中でも、本屋通いは止められず、先日も何冊か本を買ってしまいました。高い本は買えず、文庫本ばかりですが、何冊か本を買いました。本代を少し工夫すれば、家計のやりくりも少しは楽になるかもしれません。もっと図書館を利用するとか、本好きの友人と本の貸し借りをするとか、本代を浮かせれば、私の生活も楽になるかもしれません。

加藤周一ではありませんが、私の人生は学校と本屋が故郷になっています。学校で過ごした時間は、私の人生の大部分を占めています。それにどれくらいの本を読んだのでしょうか。一年にだいたい三五冊の本を読んだとして、四〇年。概算、一五〇〇冊くらいになります。読書人としては、これは決して多い方ではありません。しかし、それなりの時間を本とともに過ごしてきました。これからも本を読み続けます。そして、この日記のような文章を書き続けます。読み書きを続けながら、私は死に向かっていきます。年金暮らしには、ちょうど良い趣味です。問題は、私の部屋に溜まり過ぎてしまった本をどうするかという問題がありますが、最近になって少しずつゴミに出せるようになりました。断捨離という奴ですね。だんだん人生の後始末をつけてゆかねばなりません。先日も、四、五〇冊捨てました。古本屋でも買ってもらえないような本ばかりですので、ゴミに出すのが楽なのです。最近は、文章を書くのに疲れ、本を読むのに飽きると、本の整理をしています。洗濯物干しやソランの散歩が終わると、気がつくと自分の部屋で本の整理をしている時がありますｃ中々ふんぎりのつかない本もありますが、最近は思い切って捨てるようにしています。あとどれくらい本を読めるか分かりませんが、人生の残り時間も少なくなってきましたので、本の整理が必要です。整理をしていて、ふと気がつくと夕焼けが空を染めている時があります。私の人生もそんなふうに終わってゆくのでしょうか。学校での人生はもう終わってしまいました。あとは本との付き合いで時間を過ごしていきます。乱読が好きな私にとっては無理な計画なのですが、これから読む本のリストでも作ってみましょうか。あれもこれもというのではなく、焦点を絞って、読書の見通しをつけてみようかとも思います。三月はそんなことも考えながら過ごしていきたいです。

二月二八日（火）

偶然に例えば柄谷行人の次のような文章を読む時、私は何か既視感のようなものを覚えます。

「資本主義は、経済的下部構造というようなものではない。それは、人間の意志を超えて人間を規制する、あるいは、人々を互いに分離させ且つ結合する或る『力』であり、それはむしろ宗教的なものである。マルクスが生涯にわたって解明しようとしたものがそれであることはいうまでもない」（『トランスクリティーク　カントとマルクス』柄谷行人著　岩波現代文庫　二〇一一年　一九ページ）

ここにあるのは、柄谷行人が昨年刊行した『力と交換様式』において解明しようとした「力」の在処、呪力や権力や商品の物神性のことを述べている件です。しかもそれは二〇年以上前に出版された『トランスクリティーク』の中で言われていることなのです。柄谷行人は、この商品の物神性を解き明かすために、交換様式という図式を考え出したのでしょう。私の理解力が足りないために、この『トランスクリティーク』から『世界史の構造』を経て、『力と交換様式』に至る柄谷が歩んだ長い道を見通すということができませんが、しかしこの『トランスクリティーク』の中にすでにその道が示されていたと言うべきでしょう。

もう一度、『力と交換様式』を精読してみるべきでしょう。ここには、私たちの未来を考える大きな一歩が記されています。私のような凡愚にも理解することができるでしょうか。資本と国家の揚棄という希望を交換様式Dの中に見ることができるのでしょうか。もっとよく理解してみるために、忘却の彼方に去った『トランスクリティーク』をもう一度読んでみるべきでしょう。私の読書の計画の中に柄谷行人の全著作を入れるべきでしょうか。そしてカントやマルクスを読んでみるべきでしょうか。

確かにここでもある種の交換が成立しています。商品としての本と貨幣の交換。そして、本を読むこととそこから得られるある種の洞察への期待との交換。私は柄谷やカントやマルクスを読むことを通じて、何を手に入れようとしているのでしょうか。やがてやってくる死までの短い時間の中で、私はこの手に何をつかもうとしているのでしょうか。そのことを理解するために、私は柄谷を読もうとしているのです。

二〇二三年三月

三月二日（木）

昨日、九〇歳の母親が入居する有料老人ホームに行ってきました。久しぶりに電車に乗って、三〇分ほど揺られていました。

体温を測り、入館手続きをすると、介護士さんが母親の部屋まで案内してくれました。母は、ベッドで気持ち良さそうに寝ていました。昼寝の邪魔をして悪いなと思いながら、肩に触れ、起きてもらいました。

「ああ、おまえか」母の目の焦点が私に合いました。

「よく来てくれた」そう言って、母が笑いました。入れ歯を入れていないのと、少食になってしまっているので、頬がこけて見えます。

「久しぶりだな」

「そうだね。もっと早く来ようと思っていたのだけど、ぎっくり腰になってしまって、しばらく腰が痛かったのです」私がそう言うと、母の耳の中で、小鳥が鳴くような音がします。補聴器の音です。母はかなり耳が遠いので、両耳に補聴器をつけています。

「おまえは、もう仕事、辞めたんだろ」

「そうだよ。一年前に辞めたよ」

「じゃあ、暇でいいだろ」

「暇じゃないよ。結構、忙しいんだよ」

「おまえは、いくつになったんだ」

「六六だよ」

「六六！　ほんとかよ。結構、歳とったな」そう言って母が顔をくしゃくしゃにして笑います。

「それで、私はいくつになったんだっけ？」と母が聞きます。

「九〇歳だよ。今年の誕生日が来ると、九一歳だよ」

「ほんとかよ。長生きしたな。九〇かよ」認知症はそんなに進んでいないようです。

「それで、おまえはいくつになったんだ」

「六六だよ」

「よく来てくれたな。久しぶりだな。私の家の始末、頼むぞ」

「分かっているよ。大丈夫だよ」私は母の手を握って、手の甲をさすりました。手の指が細って、今にも折れそうです。

　面会時間はたったの三〇分です。往復で二時間半もかかるのに、面会時間が三〇分とは短すぎます。でも、コロナ禍で感染予防の措置でしょうから、仕方ありません。第八波でも、こうした高齢者施設では、コロナの感染が拡大し、亡くなる方がたくさん出ました。厚労省は、新型コロナウイルス感染症を二類扱いから五類に引き下げると決定しました。現在でも、感染予防対策は何もしていません。母の入居している老人ホームでも、昨年の一二月にクラスターが起きました。私は一ヶ月間母に会うことができませんでした。母は幸運にも、感染はしませんでした。ほんとに恐ろしい時代です。

「それで、おまえは今何をしているんだ？」母が私の手を握りながら言います。

「本を書いているよ。本ができたら持ってくるよ」

「そうか。早くしてくれよ。わたしも、もうすぐお迎えが来るから」

「何を言ってんだよ。まだまだだよ」

「あたし、いくつだっけ？」

「九〇歳だよ」

「九〇かよ。そろそろお迎えが来るよ」

腕時計を見ると、三〇分が過ぎようとしています。ゆっくりできません。私は母の手を握り、さすりながら、

「それじゃ、また来るよ。面会時間は、三〇分なんだって！」と言いました。

「そうか、また来なよ」

「また来るよ。今度は何か甘いものでも持ってくるよ」

「それじゃね」

「よく来てくれた。また来なよ」

「それじゃ」私はそう言いながら、手を離し、母の部屋を出ました。寂しさで胸がいっぱいになりました。帰りの電車の中でも、寂しさは収まりませんでした。身体の中から、力が抜けていくようでした。

三月六日（月）

三月四日の土曜日に妻と二人で六本木にある国立新美術館に行ってきました。もう四年

ぶりです。そこで「ルーブル美術館展　愛を描く」をやっていて、久しぶりに西洋の本物の絵画を見ることができました。ギリシア神話や新約聖書を題材にした愛を巡る絵画です。特に一六世紀から一八世紀に描かれた作品群です。ヴィーナスやディアナがたくさん登場します。名前を知っていた画家は、フラゴナールとユベール・ロベールの二人だけでした。しかし、フランソワ・ブーシェという画家の「褐色の髪のオダリスク」という作品に眼を惹かれました。一八世紀の有名な画家だそうです。青と白の布の上に半裸で下半身の臀部を晒しているポーズは確かにエロティックで官能性に満ちています。腹ばいになった女性の誘惑するような目つき。そして、左右に開いた足がさらに官能性を高めます。美とエロスは深い関係にあるのですね。美の誘惑は想像力を高めます。まったく六本木の街にふさわしい美術展です。六本木の広い道路には、外国製の高価そうなスポーツカーが走っています。国立新美術館は、春の日にガラス張りの壁面を輝かせています。コロナ禍で外出を控えていた私たち夫婦の眼の歓びを満たしてくれました。予約制とはいえ、非常に多くの観客が訪れていました。みなさん、やはり美に飢えているのですね。そして、確かに富裕層が住む街なんだなあというため息が漏れ出てきます。妻は羨みや妬みという感情とは無縁な人なので、純粋に六本木の街や美術展を楽しんでいましたが、私の場合にはそういうわけにはいかず、富裕層に対する敵意が心の中に芽生えます。一九世紀までの絵画は、貴族や富裕層のための芸術でした。資本主義による搾取が貧困層と富裕層との間に大きな格差を作るということに怒りを感じます。すると西洋絵画が放つ美とエロスの誘惑に全面的に身を任せるというわけにはいかなくなってしまいます。なんと損な性分なのでしょうか。ですから、私は二〇世紀に起こった「芸術に美は必要ない」という芸術の革新運動の方に共感してしまいます。しかし、妻のように無垢な心で芸術を楽しむという態度も大事だと思います。中々芸術鑑賞にも色々な様相があって、単純にはいかないということを学んだ一日でした。ちょっと足と腰が痛くなりました。歳には勝てません。

昨日は、痛くなった足と腰を休めるために、外出は買い物だけでした。食料や灯油、日用雑貨を買ってきました。一日のんびりと過ごしました。夜、眠る前にソファーで妻と二人で並んで座って、鶴見俊輔の『老いの生きかた』（ちくま文庫　二〇二一年）を少し読みました。鶴見俊輔が六六歳の時に編集した老いを主題にした文章の集成です。サルトルやモンテーニュも入っていますが、大部分は日本の作家の文章です。その中にこんな文章がありました。

「年をとると、男は家事の分担をいやおうなくしてゆかなくてはならない。そういう時までに、家事の細部をわずらわしく感じるように自分をつくりあげていると、もう老齢にはたえられない」（鶴見俊輔著『老いの生きかた』ちくま文庫　二〇二一年　一一ページ）

この文章を読んでズキンと胸が痛みました。たしかに家事の細部をわずらわしく感じることがあります。私も家事の分担を細々とやってはいますが、でも好きにはなれません。六六歳の鶴見俊輔は偉かったんだなあと思います。私も六六歳ですが、妻のように上手に料理を作ることはできません。修行が足りません。人生は難しいものです。

本日は、朝から雨が降っていました。しかし、この日記を書いているうちに晴れてきました。ソランの散歩と部屋の中に干していた洗濯物を外に出しました。このまま晴れてくれると嬉しいです。

三月八日（水）

一昨日の三月六日から、大リーガーも参加して、ＷＢＣの強化試合が行われています。六日は、阪神タイガースとの強化試合でした。すると指名打者として出場していた大谷翔平が、二打席連続のホームラン、六打点をたたき出しました。観客も三万人を超える入場者で、このホームランで球場は一気にお祭り騒ぎになりました。また野球シーズンがやってきました。わくわくします。日本チームがＷＢＣで優勝してくれると嬉しいのですが、本場アメリカやドミニカなど強敵は多いです。それでも日本チームは調子が良さそうで、昨日もオリックス相手に大勝しました。明日から本番です。最初は中国と対戦です。予選では韓国が難敵ですが、それでも準々決勝は軽々出場するでしょう。準決勝、決勝は本場アメリカで試合をします。順当にゆけば、準決勝でアメリカと対戦します。これが、日本にとっての正念場でしょう。アメリカチームは、大谷翔平と同じエンジェルスのトラウトがキャプテンを務めます。トラウトと大谷の対決も見物ですね。

ＷＢＣが終われば、三月の終わりから大リーグのレギュラーシーズンが始まります。今シーズンは、大谷翔平がどんな活躍を見せてくれるでしょうか。それもとってもわくわくします。ホームラン王とサイ・ヤング賞を同時に取ったら、再びＭＶＰ受賞でしょう。そんな期待が湧いてくるような大谷翔平の調子の良さです。今年はエンジェルスが勝って、ポストシーズンまで進めるとよいなと思っています。一〇〇年に一人という野球選手がどれほど凄いものなのか私たちは、今ここで目の当たりにしているわけです。

そんなことを考えていると、家事をするのも楽しくなります。皿洗いや洗濯物干しやソランの散歩の間も、大谷翔平のことを考えていることができるからです。これも人生の楽しみのうちの一つですね。

＊

午後、スーパーマーケットへ買い物に行きました。歯磨き粉やハンドソープ、それに晩酌で妻と二人で飲む日本酒も買いました。その行き帰り、またあの美しい女性が運転する自動車に会いました。詩を書きます。

「海の波音」

春の光りが溢れる
象徴の輝く白い舗道
どこからともなく
魅惑と陶酔の風が吹き寄せる

サングラスをかけた
美の詩神が
知らんふりしながら
通り過ぎる

田舎町の街道にも
神話の光りが降り注ぎ
万物は流れる
時間の流動に沿って

僕たちの心は
どこに流れ着くのだろう
どこか海の果ての白い砂浜で
君と二人　海の波音を聞いていたい

三月一〇日（金）

昨晩は、ＷＢＣの開幕戦で妻と二人でお酒を飲みながら、日本対中国の試合を見ました。やはり、開幕戦ということもあり、日本チームは緊張していて、中々点が取れず、重苦しい試合展開でした。しかし、先発が大谷翔平で、無失点で試合が進みました。四回に大谷翔平の二塁打が出て、二点をもぎ取り、三点を先取しました。なんとかリードをしたものの、なんとなく物足りない試合展開になっていました。後半、打線が爆発し、結局八対一で勝利しました。やはりなんと言っても大谷翔平の活躍で、日本は勝利を手にしました。しかし、村上宗隆や吉田正尚がヒットを打っていないので、打線がつながっているとは言えず、本日の韓国戦に不安を残しました。

本日の韓国戦に日本は勝てるでしょうか。先発は、ダルビッシュ有です。去年、大リーグで一六勝もしています。韓国には、大リーグで活躍している選手が二人います。油断はできません。世界一になるには、撃破しなくてはならない相手です。今からワクワクします。ダルビッシュがいるのだから、そうそう点は取れないはずです。あとは日本の打線がいつ爆発するかですね。本当に楽しみです。

話は変わりますが、私は時折本が読めなくなる時があります。数日前まで順調に本を読んでいたのですが、体調も悪くなく、気力も充実しているのですが、突然本が読めなくなるのです。これは、どうしたことなのでしょう。本を手に取ってみるのはいいのですが、読書が長続きせず、集中力が切れてしまうのです。ここ何日か、そんなことがあり、読書が進みません。あちこち様々な本を手に取ってみるのですが、みな途中で放り投げてしまいます。しばらくするとまた読めるようになるのですが、読めない間はなんとなく所在なげな自分を持て余してしまいます。年金生活者としては、読み書きの道を進むのが、私の生活の柱ですが、その読みがなくなってしまうと、時間を持て余してしまいます。乱読ばかりしていると、気が散るからでしょうか。英語やドイツ語の本を辞書を引き引き、精読を心がけてみましょうか。そういえば、このところ精読というのをやったことがありません。漫然と本を読み流していると、心に残るものがあまりありません。だから、本が読めなくなってしまうのでしょうか。もっと集中力を高めて、読書に集中し、散漫になった精神に喝を入れてみましょうか。昼間は、病院や本屋へ行く以外、人と話をすることがないので、精神が散漫になっているようです。これ、よかったよ、なんて本を推薦してくれる人がいません。自分の興味関心だけで読んでいるので、時折読書の推進力が失われてしまうのかもしれません。ぼんやりと休憩するのには、テレビやユーチューブの番組を見るのが一番ですが、でも三〇分もすると飽きてしまいます。やはり、自分の心を生き生きと動かすためには、読書が一番です。なんとか毎日読めるようになるといいのですが、読書疲れなんてこともあるのでしょうか。普段、あまり読まない長編小説でも読んでみましょうか。気分が変わるかもしれません。

三月一四日（火）

ここ数日、飛ぶように時間が流れていきました。その間、ＷＢＣの日本チームは勝ち続け、四連勝しました。まったくワクワクが止まりませんでした。

しかし、昨日、三月三日に大江健三郎さんが亡くなっていたことが発表されました。戦後民主主義の精神を体現し、私たちを導き続けてくれた人が亡くなったので、大きなショックがあります。二〇一五年の五月には、横浜臨海公園で、安保関連法案反対の大きな集会があり、大江さんはそこで演説をしました。私たちは三万人の人々に混じって、その演説を聴いていました。ギュンター・グラスの言葉を引用しながら、集団的自衛権の行使に道を開き、戦争への道を踏みならす時の政権への反対を強く表明されていました。私たちは再び戦争をするような国に生き、もう一度日本が滅亡するような悲惨な状況に対面しなければならないのでしょうか。大江さんが導く、反戦と平和、反原発と人権擁護、そして戦後民主主義を受け継いで、私たち小さな人間にもできることがあるでしょうか。大江さんの若い頃の作品『セブンティーン』に描かれたファシズムに惹かれてゆく青年の精神構造が、現在の日本の世間にも蔓延しているということはないでしょうか。大江さんが提起し続けた問題を私たちも受け継いでいかねばなりません。私には何ができるでしょうか。そんなことを考えます。

三月一五日（水）

今日も晴れて、気温が上がり、暖かい日になりました。国保税を納めて、高校の同窓会費を振り込んできました。年金生活はぎりぎりです。物価は上がり続け、税金も多く取られて、銀行口座が空にならないか心配です。次の年金振り込みまで、あと一ヶ月もあります。電気代がやけに高いので、厚着をしてエアコンは消してあります。節約をしなければ、生活が成り立ちません。マクロ・スライドで物価が上がれば、年金も上がるはずなのですが、今年度の四月に〇・四％下げられているので、二〇二三年度の六月から〇・六％上がるといっても、結局差し引き〇・一九％の引き上げにとどまります。これでは、生活が成り立ちません。物価の上昇率は四％を超えています。大企業の賃金は五％ほど上がるようですが、中小企業や年金生活者の収入は上がりません。ほんとに苦しい生活です。日本のＧＤＰが増えないのも当然です。格差は広がるばかりで、貧困が増大しています。どのようにしたら私たちが陥っているこの窮境を抜け出す道を見出すことができるのでしょうか。戦争も終わらず、コロナも終息せず、アメリカでは大きな銀行が二つも破産しました。北朝鮮はミサイルを飛ばし、大地震や大洪水があちこちで起こっています。

しかし、小さなことに喜びを見出すこともできます。再び春が巡ってきて、桜の開花宣言も出ました。墓参りにも行ってきました。孫たちもすくすくと成長しています。妻が作ってくれるウドの酢味噌和えや天ぷらもおいしいです。毎晩の晩酌も楽しみです。そんな中で詩を作ることもできます。小さな楽しみを見つけながら生きていくしかありません。

そして、また詩を作りました。

「一瞬の誘惑」

雲のように白い月が

東の空に昇る
まだ明るい
三月の夕暮れだというのに

そのまあるい月のように美しい
額の半月が輝いて
それはきっと魅惑と陶酔の風に
吹き分けられた美の詩神の額

ああ　恋の輝き
ヴィーナスのように
エロスを湧き立たせる
一瞬の誘惑

その一瞬で

魂の湖は沸騰し
憧憬の悲哀が
朝露のように滴り落ちる

三月二〇日（月）

先週の木曜日、金曜日と歯医者に行き、土曜日、日曜日は孫たちが泊まりに来ました。土曜日は一日雨でしたが、昨日の日曜日はからっと晴れました。孫たちと遊ぶと身体は疲れますが、心は爽快になります。幼稚園は今日で修了式を迎え、春休みに入ります。四歳の孫は、コロナの感染など酷い目にも遭いましたが、総じて元気に一年間幼稚園に通えました。りっぱなものです。成長の凸凹は少しずつ改善して、大分成長しました。昨日は、子どもたちの相手で疲れて、ソファーで昼寝している自分の母親に、「おかあさん、おやすみなさい」と言って、タオルケットをかけてあげていました。やさしい子です。一歳半の次男は、たくさん食べてもう一一キロになりました。公園でも遊戯施設でもずっと雄叫びを上げながら歩き回っています。こちらも成長が楽しみです。

ＷＢＣは、明日メキシコとの間で準決勝が行われます。これもとても楽しみです。とても悪い時代に生まれ合わせましたが、少しでも楽しいこと、心安らかに過ごせる状態を保って、過ごしていきたいです。午後から、昨日娘夫婦が忘れていった子どもたちの絵本やシャンプーを届けに行きます。

読書の方は、中々進んでいません。何かのきっかけでまた読めるようになるのですが、現在は本に集中することができません。時々、読書という快楽の度合いが下がってしまうことがあります。現代という時代の課題と私の興味関心が一致して、未来への希望が感じられるような本があると、読書が進みます。そんな本を探しにまた本屋さんへ行ってみようと思います。

三月二四日（金）

二一日（火）には、WBCの日本チームがメキシコと対戦して、九回裏に二塁打を村上が打って、六対五の逆転サヨナラ勝ちになりました。日本中が大騒ぎになりました。そして、二二日（水）には、決勝でアメリカと対戦して、アメリカに三対二で勝利を収め、ついに日本は世界一の座につきました。九回には、大谷翔平がクローザーを務め、最後現役大リーガー最高の打者と言われるトラウトと対戦して、これを三振に打ち取り、世界中の賞賛を集めました。これには、日本だけでなく、世界中が大騒ぎになりました。ＷＢＣのＭＶＰには大谷翔平が選ばれ、名実ともに世界最高の野球選手になりました。幼い頃からの夢をまた一つ実現させました。本当に凄い人ですね。こんな人生を歩む人がいるのかと、驚嘆の念を抑えられません。あまりに劇的な人生なので、神様はこんな脚本を書くのかとしばらく物思いに耽ってしまいました。芝居でも小説でも映画でも漫画でもこんな筋書きを考えられる人はいないと思います。あまりのことに、この二日間は家族中テレビにかじりついていました。祭りの後は、少し物寂しい感じがしますが、すぐにまた大谷翔平は、大リーグのシーズンが始まります。日本時間の三一日には、アスレティックスとの開幕戦で、大谷翔平は開幕投手を務めます。私は年金生活者ですから、毎日大谷翔平のプレーを見ることができます。そこでは、また様々な劇的なシーンが繰り広げられることでしょう。しばらくの間、ＳＨＯ―ＴＩＭＥを楽しむことができます。大谷翔平は、孫たちの次に私の心を虜にする存在です。これは人生の最大の楽しみの一つと言っていいでしょう。孫たちと遊ぶ、大谷翔平のプレーを楽しむ、そして読書と書き物、こんな楽しみの中で来年度も暮らしてゆきます。

コロナの感染者は、大分少なくなってきました。映画を見に行ったり、妻と旅をしたり、美術館へ行ったりという楽しみもできそうです。七月には、アニメの天才、宮崎駿の新作が封切られるそうです。断崖の危機と絶望を感じさせる出来事の中に、人生の希望と夢を抱かせる出来事もあるでしょう。孫たちを連れて、宮崎アニメを見に行くのが楽しみです。

そして、外は雨ですが、桜の花は満開です。例年よりも大分早いのではないかと思います。私の家の小さな庭では、紫色のムスカリが咲き始めました。再生の春です。私の生命も、もうあと少し、この世での春の訪れを楽しむことができるでしょう。スポーツも芸術も、人間が開かせる大輪の花でしょう。私たちの生を活気づける刺激剤です。そして生命を受け継いでゆく文化の花です。私はスポーツよりも芸術の方に惹きつけられますが、そこに生きる意味の結晶を見る思いがします。私が書いているこの日記も少しでも読んでいただける人々を元気づけるものであってほしいと願っています。戦争が終わり、パンデミックも終息し、物価高や格差の問題が解決し、気候危機や環境問題への取り組みが進み、自由と平和がこの世界に満ちてゆくことを願っています。生活の苦しみを乗り越え、美しい花のように人生の意味を咲かせる、そういう人生が開かれてあることを願っています。この地上に生まれたすべての人々に、生きる望みと人生の意味がその心の湖に美しい細波として広がってゆくことを望んでいます。

三月二七日（月）

このところずっと雨が降っています。今日は、なんとか曇り空で雨は降ってはいませんが、はっきりしない天気です。春の明るい光が懐かしいです。念のため洗濯物は室内干しです。妻は私の昼ご飯のために、鳥の唐揚げを作っていってくれました。ありがたいことです。三月から四月にかけて年度が替わりますので、妻の管理する事務所も忙しいことでしょう。お昼ご飯が用意されているので、私はソランの散歩や皿洗いや洗濯物干しをするだけです。

年金生活者となって、約一年が経ちました。医者通いが忙しくなりましたが、あとは読書と日記を書くことで一日が過ぎてゆきます。母は一二月から有料老人ホームに入居しましたので、以前のように週に二日、実家通いをすることもなくなりました。ホームへの面会は、一ヶ月に一回から二回くらいです。あとは空き家になった実家へ郵便物を整理したり、空気の入れ換えをしたりしに行きます。時間は穏やかに過ぎてゆきます。コロナの感染者が減っているうちに、映画館や美術館に行ってこようと思います。そのうちまた第九波がやってくるでしょう。高齢者の死亡率はまだ高いままなので、いつコロナに感染して、死んでしまうか分かりません。ほんとに酷い時代になりました。ただ私の家族はなんとか生き延びてきました。娘一家が、孫が幼稚園からもらってきたコロナに感染して酷い目に遭いましたが、後遺症もなく健康を回復できたのは不幸中の幸いでした。妻も二女三女も感染していません。私も病院通いは多いですが、コロナには感染していません。この一年、幸運に恵まれたことに感謝しています。孫が成人する頃までは、健康に長生きしていたいです。妻と二人で、晩酌を楽しみつつ、冗談を言い合いながら、平穏な毎日を過ごしていきたいです。

ここで妻に詩を書きました。これまでの結婚生活に感謝を込めて書き留めておきたいと思います。

「妻／ラベンダーの香り」

紫のラベンダーの花
咲き乱れる丘で　二人
ゆったりとした時間を過ごしたい
あまりにも早く流れ去った年月

しかし記憶は
静まりかえった紫の香りに包まれて
いつまでも新しい永遠の現在
娘らも巣立ち行くときを迎え
私たちは年老いてゆく
この平穏でなだらかな坂を
煌めく陽光を浴びながら
ゆっくりと降りてゆきたい
いつまでも黄金に輝く妻よ
ラベンダーのような香りに包まれた魂よ
私の揺れ動く不安をおさめる紫色の香りよ
命あるものの宿命は
やがて静かに訪れようとも
二人　手をつなぎ
世界の頂点の丘で

ラベンダーを摘み
永遠の現在に生きる午後を
あの香りに包まれながら
光そのものになって
愛を伝え合おう

四月六日（木）

いつの間にか時が流れ去って、二〇二二年度は終わってしまいました。約一年間書き続けてきたこの日記も一旦はこれでお終いということにします。私も六六歳になり、今年の誕生日がくれば、六七歳になります。なんと七〇歳が近づいてきました。あとどれくらい生きられるのでしょうか。三月二八日には、音楽家の坂本龍一が亡くなりました。七一歳でした。「戦場のメリークリスマス」や「ラスト・エンペラー」などの映画音楽が今も記憶の底から蘇ります。与えられた寿命がどれくらいになるのか、誰にも分かりませんが、死についての考え方には、いくらか思うところがあります。

私が一番親近感を覚える死生観は、エピクロスのものです。こんな言葉が残されています。

「死はわれわれにとって何ものでもない、なぜなら（死は生物の原子的要素への分解であるが）分解したものは感覚をもたない、しかるに、感覚をもたないものはわれわれにとって何ものでもないからである」（『エピクロス　教説と手紙』岩波文庫　出隆、岩崎允胤訳　一九八〇年　七五ページ）

もちろん、生きている者が味わう老いや苦しみ、病や痛みに対する恐怖はありますが、それは今のところ想像の産物です。死後の世界の天国や地獄、極楽浄土、輪廻転生なども人類の想像の産物です。一時期、臨死体験の研究がもてはやされ、多くの書物が出版されましたが、それは現在では下火になっています。

エピクロスの思想に近い考え方で、次のような大岡昇平の文章は、私にとってとてもしっくりくるものです。アジア・太平洋戦争でフィリピンに出征し、生死の境を彷徨した経験のある大岡昇平は、戦争小説の傑作『野火』を書きます。その中に次のような一節があります。

「死はすでに観念ではなく、映像となって近づいていた。私はこの川岸に、手榴弾により腹を破って死んだ自分を想像した。私はやがて腐り、様々の元素に分解するであろう、三分の二は水から成るという我々の肉体は、大抵は流れ出し、この水と一緒に流れて行くであろう。

私は改めて目の前の水に見入った。水は私が少年の時から聞き馴れた、あの囁く音をたてて流れていた。石を越え、迂回し、後から後から忙しく現れて、流れ去っていた。それは無限に続く運動のように見えた。

私は吐息した。死ねば私の意識はたしかに無となるに違いないが、肉体はこの宇宙という大物質に溶け込んで、存在するのを止めないであろう。私はいつまでも生きるであろう。

私にこういう幻想を与えたのは、たしかにこの水が動いているからであった」（『野火・ハムレット日記』大岡昇平著　岩波文庫　二〇一五年　五二ページ）

死に際して、意識は消失し、肉体は元素に分解し、宇宙の物質の流動に流れ込んで永遠に生きるというのは、プラトンやデカルトと正反対の考え方です。魂や精神が肉体の死後も生き残って、永遠の生を生きるというのが、西洋の長い間の伝統的な考え方です。大岡昇平の場合は、その反対に物質の流動として生命は生きながらえるという幻想を抱きます。

これは、現在の私にとっても、受け入れやすい考え方です。天国やイデアという幻想は私にとっては受け入れがたいです。しかし、現に眼の前にある水の流れのような物質の流動の中に、私の肉体を構成していた元素が流れ込んで、それに合流してゆくという考え方は、現代の科学の常識とも矛盾しないように思われます。

死はやがてやってくるでしょう。しかし、私の肉体を構成していた元素は、物質の流動の中に合流して、宇宙の運動に加わります。老いと病と痛みを越えて、物質の運動の中へ溶け込んでゆく。最後の意識の閾を越えて、物質としてこの宇宙と合体する。そういう幻想の中で、私はこの老後を生きていくのだと思います。

それまでの短い人生を私は芸術や哲学とともに生きていきたいと思います。W・B・イエイツの美しい言葉を、最後に引用します。

「『希望』と『思い出』には一人の娘がいるが、その名は『芸術』である。彼女は人生のすさまじい戦場の戦いの旗として、人間がお互いの衣類を掛ける枝から、遠ざかった場所に住家を作っている。愛する「希望」と「思い出」の娘よ、少しのあいだ私と一緒にいてくれることを願う」（『ケルトの薄明』W・B・イエイツ著　井村君江訳　ちくま文庫　二〇〇七年　一二一ページ）

あとがき

この一年間の日記を書き終えてしばらくすると、妹から電話が入りました。母の具合が悪いようです。有料老人ホームに入居してから、まだ半年も経っていません。医者の回診があるから、お兄さんも来てくれると呼び出しがかかりました。老人ホームに行くと、医者が、点滴などを打って延命措置もできるのですが、このホームは看取り介護もしてくれますし、延命措置は取らず、看取り介護に入ったほうがよいとの意見を述べました。延命措置を取らないと後一週間ほどの命だといいました。妹と相談して、医者の意見に従って、延命措置を取らないことに決めました。妹は流れる涙を拭きもせず、医者や看護師と話をしています。私はなんだか自分が空っぽになったように感じて、母との別れを実感できずにいました。電車で三〇分のところに老人ホームはあるので、それから毎日私は通勤電車に乗るように、通いつめました。その間、三人の娘たち、娘の夫、それから二人の孫たち、そして叔母たちが最後のお別れに来てくれました。妹と私は、毎日ベッドの脇で眠り続ける母の顔を見つめていました。

四月二七日夜、母は眠るように息を引き取りました。美しい顔をしていました。次の日の朝、葬儀社の車がやってきて、母の遺体は故郷の街へ帰ってきました。主を失った家の前を通り、遺体安置所へ向かいます。葬儀社と相談して、通夜や葬儀の手はずを整えます。夜、母が生前自費出版した歌集『流露』を読み返していると次のような歌に出会いました。

白く咲ける芙蓉の花は亡き母か彼岸の墓地で吾を待つがに

（歌集『流露』清水工房印刷　二〇〇五年　四六ページ）

この歌を読んで、私は今頃彼岸で祖母と母が手をつないでお喋りをしているのだろうと想像しました。葬儀での喪主の挨拶でも、ご会葬くださった皆さんに紹介しました。母の死は私の心に大きな空洞を作りましたが、お棺に納められた母の姿はまるで生きているかのように非常に美しいものでした。小林秀雄にも次のような文章があります。忘れられない文章なので引用してみます。

「終戦の翌年、母が死んだ。母の死は、非常に私の心にこたえた。それに比べると、戦争という大事件は、言わば、私の肉体を右往左往させただけで、私の精神を少しも動かさなかった様に思う。…中略…

母が死んだ数日後の或る日、妙な経験をした。誰にも話したくはなかったし、話した事はない。尤も、妙な気分が続いてやり切れず、「ある童話的経験」という題を思い付いて、よほど書いてみようと考えたことはある。今は、ただ簡単に事実を記する。仏に上げる蝋燭を切らしたのに気付き、買いに出かけた。私の家は扇ヶ谷の奥にあって、家の前の道に添うて小川が流れていた。もう夕暮れであった。門を出ると、行く手に蛍が一匹飛んでいるのを見た。この辺りには、毎年蛍をよく見かけるのだが、その年は初めてみる蛍だった。今まで見た事もない様な大ぶりのもので、見事に光っていた。おっかさんは、今蛍になっていると、私はふと思った。蛍の飛ぶ後を歩きながら、私は、もうその考えから逃れることができなかった」（小林秀雄著『人生について』中公文庫　二〇一九年　所収「感想」二四五〜二四六ページ）

母も芙蓉の花に亡き祖母を見たように、小林秀雄も夕暮れの空を飛ぶ蛍におっかさんを見ました。人生にはそんなことも起きるのかもしれないと私も感じます。私も母の死は、非常にこたえました。本も読めなくなりました。生きる気力が失われてゆくようです。通夜、葬儀、四九日の納骨の儀、そして新盆と時間が私の心を置いて流れてゆきました。六一歳の時に父が亡くなりました。六五歳で職を失いました。そして、六六歳で母が亡くなりました。この日記も母に読んでもらえなくなりました。後悔ばかりが多い人生です。次は私の生命が燃え尽きるのでしょう。

孫たちにこの日記を読んでもらえるように、本にして残しておきたいです。妹一人を除いて私が生まれ育った家族はもうこの世にはなくなりました。しかし、私が作った家族、妻や娘たちがいます。そして、娘が新しく作った家族に、私の孫が生まれました。生の歓びもまたあったわけです。この生命の循環の中に歓びも哀しみも込められています。

夏、林の中で鳴く蝉の声に、母の声を聞くような気がします。そういう中でこの人生を全うしようと思います。

なお本書の出版に際しては、文芸社出版企画部飯塚孝子様に大変お世話になりました。ありがとうございました。

二〇二四年　八月七日（水）

呼戯人（コギト）

著者プロフィール

呼戯人（こぎと）

1956年、東京都八王子市に生まれる
1981年、筑波大学第二学群比較文化学類卒業
1981年より41年間、高校教師を務める

著書『詩集 象徴の輝く白い道』（私家版）

魅惑と陶酔の風に吹かれて 六五歳の詩日記

2024年11月15日　初版第１刷発行

著　者　呼戯人
発行者　瓜谷 綱延
発行所　株式会社文芸社
〒160-0022 東京都新宿区新宿1－10－1
電話 03-5369-3060（代表）
03-5369-2299（販売）

印刷所　株式会社晃陽社

ISBN978-4-286-25766-2